여름의 묘약

프로방스, 홀로 그리고 함께

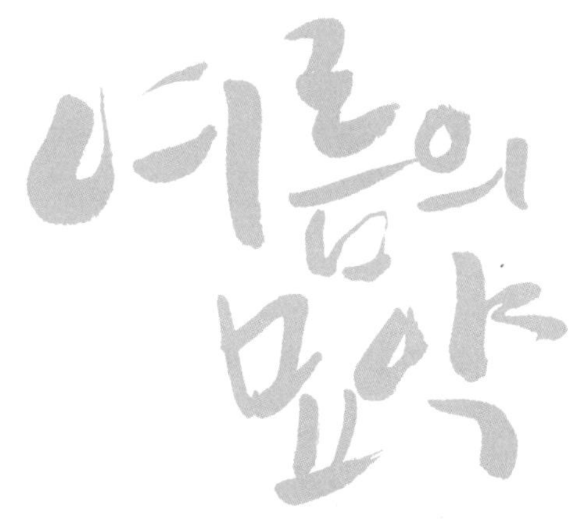

여름의 묘약

김화영 산문집

문학동네

서문

오래된 현재 1969~2012

1969년 어느 날 나는 문득 엑상프로방스에 도착했다.
내게 장학금을 지급하는 프랑스 외무성이 지정해준 곳이었다.
그 도시에 대하여 아무것도 아는 것이 없었던 나는
스물일곱 살이었고 혼자였다.

그날 이후 나의 삶은 프로방스를 향하여 밝고 넓은 창문을
활짝 열었다.
그 고장의 빛과 향기는 내 속으로 깊숙이 들어와
'행복의 충격'이 되었다.

1977년 나는 신혼의 아내와 함께 프로방스로 돌아갔다.
그곳에서 첫딸을 얻었다.
매 순간의 여름빛은 영원한 현재가 되었다.

30여 년이 지나,

아내와 나는 지난 두 번의 여름을 프로방스에서 보냈다.

그리고 우리는 프로방스에서 파리까지 느린 여행길에 올랐다.

이것은 긴 세월 동안 남(南)프랑스의 여름빛이 숙성시킨

사랑의 묘약 이야기다.

그리고 여행길의 풍경 속에 지워지지 않는 지문을 남긴

문학의 이야기다.

2013년 6월

김화영

차례

너무 짧았던 여름의 빛

목신을 찾아서

■ 일러두기

이 책의 외래어 표기는 국립국어원 원칙을 따랐으나, 일부 인명과 프랑스 지명의 경우 저자의 외래어 표기를 따랐습니다.

너무 짧았던 여름의 빛

2011년 여름,
엑상프로방스

"어제는 여름이었는데, 벌써 눈앞에 가을!" 보들레르는 이렇게 노래했다. 가을빛 속에 몸을 잠그고 지나간 여름을 생각한다. 보들레르의 가을 노래, 그 마지막 연을 생각한다.

"아! 부디 그대 무릎에 내 이마를 기대고
하얗게 작열하던 여름을 그리워하며
노랗게 물든 늦가을의 다사로운 빛을 음미하게 해주오!"

그보다 앞서, 올해 이 나라의 여름은 길고 지루했다. 석 달 동안 겨우 일주일을 제외하고는 줄곧 비가 왔다. 100년 만에 처음이라는 말이 들렸다. 누군가 나직한 야산을 깎아 집채 같은 흙더미를 집 울타리 뒤에 부려놓았다. 어둠 속에서 사람들이 외쳤다. 그 외침 너머에서 황토를 싣고 사나운 물이 밀고 내려왔다. 아침에 깨어 신문을 펼치니 서울 한복판에서 산사태가 나 바위가 아파트 거실로 들어와 앉고 자동차 위에 자동차가 올라앉았다는 소식이 굵은 글자로 황폐한 사진 위에 박혀 있었다.

나는 비를 맞으며 흐린 거리를 돌아다녔다. 그리고 떠날 날을 생각했다.

비가 오기 전, 이미 겨울은 혹독했다. 깊은 눈 속에 모진 추위가 싸늘한 뼈가 되었고 모든 것은 견고하게 얼었다. 오래 묵은 나무둥치가 쪼개지고 그 틈으로 얼음이 뻗어 내려가면서 그 아래 뿌리가 함께 얼었다. 대숲에서 10년 만에 많은 왕대가 얼어죽었다. 청청하던 댓잎들이 하얗게 말라 돌 틈에, 작은 개울에 눈처럼 쌓였다가 바람에 뾰족하게 날렸다. 그 날카롭고 무용한 잎이 눈을 찔렀다. 봄이 다 가고 여름이 지나도록 올해는 끝내 작약이 피지 않았다. 아파트 출입문 앞에 선 감나무에는 감이 세 개밖에 달리지 않았다. 벌들이 오지 않았다.

마침내 비가 개었다. 나는 떠나면서 마당의 잡초가 걱정되었다. 내가 떠나 있는 동안 저 풀들이 무섭게 웃자라서 숲이 되겠지. 볼썽사나운 숲이 되었다가 늙어 눕겠지.

그래도 나는 프로방스로 떠났다. 너무나 여러 해 동안 나는 떠나지 못한 채 웅크리고 앉아 있었다.

이제, 나는 여행에서 돌아와 가을빛 속에 몸을 잠그고 지나간 여름을 생각한다. 그 무용한 정열을 생각한다. "너무 짧았던 우리 여름의 싱싱한 빛이여!"

세잔의 길과
보르쾨유의 여름집

8월 20일 토요일 쾌청. 파리 리옹 역에서 엑상프로방스로 떠나는 TGV를 타는 방법은 간단치 않다. 말끔하게 신축한 서울역 홈에서 단정한 제복을 입은 여자 역무원의 안내를 받으며 부산행 KTX를 타는 것만큼 간단하다고 생각하면 오산이다. 오래되고 어수선한 파리의 리옹 역. 전광판에는 끝내 내가 타야 할 기차의 홈 번호가 찍히지 않은 채 노란색 빈칸뿐이다. 기다리다못해 기차를 놓칠 것만 같은 불안감을 느끼며 안내 데스크에 물어본다. 창구 앞에 줄을 서서 또 오래 차례를 기다린다. 노란색은 빈칸 표시가 아니라 홈이 위치한 '구역'의 색깔이라는 설명이 겨우 돌아온다. 노란색 구역을 어렵사리 찾아가서 또 오래 기다린다. 유럽에서는 기다림의 지혜가 없으면 인생살이가 우울해진다. 출발 30분

전, 전광판의 노란색 바탕 위에 17번 홈 번호가 떴다. 역무원의 검표 과정은 복잡하다. 게다가 내가 출력해온 e-티켓 또한 판독이 녹록지 않다. 마침내 무거운 짐을 끌고 차에 올랐지만 1등칸은 그 무슨 달갑지 않은 친절인지 계단 저 위 2층이다. 30킬로는 되는 짐과 함께 계단을 오르자니 땀이 비 오듯 흐른다.

자리에 앉아서야 새삼 놀란다. 엑상프로방스에 TGV 역이라고? 40여 년 전, 처음 유학생으로 찾아왔을 때 나는 파리의 리옹역에서 로마행 기차를 타고 마르세유에서 내렸었다. 그리고 이른 새벽 전동차로 갈아탔다. 출근하는 사무원들과 등교하는 학생들 틈에 끼어 조그마한 간이역 같은 엑상프로방스 역 홈에 내렸을 때의 그 막막함과 쓸쓸함. 그때는 파리에서 무려 아홉 시간이 걸렸다. 지금은 초고속 열차로 불과 세 시간.

차창 밖에는 고흐풍의 검푸른 녹색으로 막아서는 방풍림과 햇빛에 부대끼다못해 붉은색이 흐려진 기와를 인 프로방스 특유의 외딴집들. 넓은 구릉의 들판에 한가하게 혼자 돌고 있는 스프링클러. 그 낯익은 풍경의 끝, 한여름 정오의 직사광선에 유린당하고 있는 오늘의 초현대식 엑스(엑상프로방스) 역사는 낯설다.

무심한 승객들이 급히 빠져나간 역사의 계단 아래로 내려선 나는 당장 선택해야 한다. 졸라와 세잔, 두 개 방향의 출구 중 어느 쪽으로 나가야 하나. 두 단짝 친구 중 졸라는 파리로 떠나 소설가가 되었고 세잔은 고향에 남아 화가가 되었다. 그러니 엑스 시내로 가자면 단연 세잔 쪽 출구로 나가야 한다. 지금 생각하면 간단한 논리다. 그런데 뙤약볕 아래 내려선 여행자의 어리둥절한 머리는 그 간단한 이치도 깨닫지 못한다. 세잔과 졸라는 끝내 절교하고 말았다.

풀 한 포기 없는 주차장 입구에 놓인 컨테이너 사무실 안 렌터카 카운터. 또 길고 지루한 줄을 선다. 화끈거리는 자동차 안에서 이번에는 내비게이션의 사용법을 익히느라 옷이 땀에 젖는다. 마침내 자동차는 엑상프로방스를 향하여 고속도로를 달린다. '레밀' 표지판. 이 근처 어디쯤에 '라파라드'라는 이름의 아파트가 있을 것이다. 70년대 후반, 다시 프랑스로 돌아와 신혼살림을 꾸린 나는 그곳에서 첫딸을 얻었다. 옆 좌석에서 졸고 있는 아내는 그때 얼마나 젊었던가. 이런 어설픈 기억의 언저리를 맴도는 사이, 차는 벌써 아름다운 소나무들로 잘 정돈된 고급 주택가의 로터리를 돌고 있다. 낯선 동네를 이리저리 헤매다가 길옆 표지판을 보고서야 옛날 학생 시절, 내가 몸담아 살던 대학 기숙사 '레가젤'과 '퀴크'가 가까운 캠퍼스 지역이라는 것을 짐작하지만 아무 도움이 되지 못한다. 40년 사이에 너무 많은 것이 변했다. 기숙사 창문으로 내려다보이던 그 높고 아름다운 석축의 육교는 어디쯤일까? 그 위로 마르세유행 열차가 길게 몸을 꼬며 돌아가고 있었지. 그때 가슴 졸이던 젊음은 어느 모퉁이로 돌아갔을까?

아브뉘 벨주. 엑상프로방스 시내 한복판. 로통드 광장의 거대한 분수가 햇살을 받으며 구슬 같은 물줄기를 뿜어댄다. 주차장에 간신히 차를 세우고 돌아서니 간단한 셀프서비스 식당이 보인다. 빌린 집의 열쇠를 받자면 시간이 많지 않다. 끼니때가 좀 지나선지 홀 안이 휑하다. 띄엄띄엄 몰려 앉아 한낮의 유령처럼 말없이 식사하는 노인들. 줄을 설 것도 없이 카운터에서 닥치는 대로 골라 주문한 것이 만만한 스파게티. 따분해서 미칠 것 같다는, 젊은 날은 왜 이리 더디게 흐르냐고 묻는 것 같은 표정의 종업원 아가씨가 식판 위에 올려놓는 것은 퉁퉁 불어터진 국수 위에 퇴색한 토마토소스. 그녀는 돌아서는 즉시 하던 일을 계속한다. 점심 영업을 끝내는 신호인 물청소. 호스에서 쏟아져나온 물이 내 스파게티 쟁반에 튈 듯이 시멘트 바닥을 쓸고 흐른다. 그 물줄기를 타고 프로방스의 여름 오후가 나른하게 흐른다.

나는 왜 낯선 도시에 도착하는 첫날엔 매번 이런 셀프서비스 집에 들어와서 식욕을 망치는 것일까. 40여 년 전, 처음 발 디딘 파리의 생미셸 거리에서도 나는 우선 셀프서비스 집에 들어갔었다. "기아선상에 선 민생고를 해결"하겠다며 쿠데타를 일으킨 키 작은 장군의 나라에서 온 나는 그런 '서비스'가 세상에 존재한다는 것을 처음 알았다. 그래서 입구와 출구를 혼동했다. 그때는 쌀쌀한 늦가을이었다. 소시지와 사워크라우트 한 접시를 달랑 식판에 담고 와 앉았다. 그게 그저 가늘게 썬 양배추 무침인 줄로만 알았는데 진열중에 쉬었는지 시큼했다. 역시나, 싸구려 요리니 저 혼자 상한 게 분명하다, 타관에 와서 식중독에 걸리면 안 되지, 이렇게 생각하고 먹지 않았다. 그러나 이 더운 여름날, 엑스의 불어터진 스파게티 국수 앞에서 40년 전 젊은 날 기억이나 되씹고 있을 게 아니라 서둘러 일어서야 한다. 집 청소를 끝낸 코케 부인이 내게 열쇠를 전달하기 위하여 초조하게 기다릴지도 모른다.

작은 도시를 허리띠처럼 에워싸는 외곽도로를 따라 옛 역사를 지나서 돌다가 우회전하면 아브뉘 생트빅투아르. 그 길이 연장되어 17번 지방도, '세잔의 길'로 이어진다. 집주인 브뤼아 씨는 전화 통화 때, 엑스 시내까지 자동차로 10분이라고 했었다. 낯익은 숲길이다. 시내의 거리보다도 오히려 이 자연 속의 숲길이 더 낯익다. 공설 체육관 옆 공동묘지를 지나면 조붓한 길이 나오는데, 왼쪽은 나직한 야산을 이루고 오른쪽은 완만한 경사의 골짜기다. 지난날, 학생 시절, 혹은 신혼 시절, 한가한 주말이면 느릿느릿 걷곤 했던 아름다운 풍경이다. 세잔이 화구를 등에 지고 자주 걸어다녔다고 해서 그의 이름이 붙은 길. 비베뮈스 채석장, 검은 성 같은 그의 그림에 자주 등장하는 현대 회화의 성지들도 그 숲속 어딘가에 숨어 있을 것이다.

톨로네 성 앞의 훤한 광장, 거대한 플라타너스 그늘 밑에 잠시 차를 세우고 코케 부인에게 전화를 걸어 길을 확인한다. 보르쾨유 마을. 그 언저리 어딘가, 들판 한가운데 벚나무 한 그루가 환한 꽃가지를 쳐들고 서 있는 마을 풍경을 등뒤에 두고, 다시는 돌

아올 길 없을 것 같아 휑한 가슴으로 떠나왔던 1974년 4월, 그 봄빛이 내 마음 한구석에 빛바랜 사진처럼 걸려 있다. 생트빅투아르 산 쪽을 향해 오르막길을 달린다. 세잔이 그렸을 법한 큰 소나무들. 그 소나무 그림을 어디서 보았던가? 아마도 상트페테르부르크의 예르미타시 미술관, 거기였던 것 같다. 〈큰 소나무〉. 세잔은 흔하고도 흔한 그 나무 한 그루를 신화로 승격했다.

문득 길가의 왼쪽, 어느 큰 소나무 밑에 꽂힌 작은 나무 팻말, 집의 번지가 눈에 들어온다. 좌회전. 소로의 입구, 나무 그늘 밑에서 어떤 여자가 뭐라고 뭐라고 소리친다. 그 길이 아니고 이 아래쪽 오솔길로 오란다. 입구에 키 큰 시프레나무 두 그루. 프로방스 사람들은 집을 지으면 두 그루의 시프레나무를 심는다. 한 그루는 평화를 위하여, 또 한 그루는 번영을 위하여. 숲의 터널로 들어가자, 차바퀴가 모래 바닥을 밟고 구르는 소리가 상쾌하다. 나직한 프로방스식 가옥. 하체가 놀랍도록 풍만하지만 맑고 앳된 나팔꽃처럼 여린 얼굴을 가진 가정부 코케 부인의 푸른 눈동자가 투명하다. 복잡한 서류를 꺼내놓고 내용은 간단한 설명으로 대신하잔다. 찬성이다. 프랑스 사람들 특유의 장황하고 구구하고 지겹게 사무적인 세간들의 명세서와 계약조항 들을 이 아름다운 풍광 속에서 조목조목 읽고 따지는 것은 나도 못 할 짓이다. 서류에 서명하는 동안 집 앞 광대한 정원의 나무 그늘 저쪽에 파랗게 누워 있는 수영장이 햇빛 속에 빛난다.

집 안내. 아래층엔 밖의 눈부신 빛과 대조적으로 어둑한 그늘 때문에 더 안락해 보이는 거실과 침실, 훤칠한 주방, 저 안쪽의 깊숙한 서재. 입구의 욕실. 에나멜같이 반짝이는 주황색 타일 계단을 딛고 오르면 조붓한 복도를 사이에 두고 방 세 개와 욕실. 창살 너머로 눈물겹도록 찬란한 빛이 쏟아지는 프로방스의 숲. 인적이 없다. 코케 부인이 오래된 나무 벽장문을 열고 그 속에 차곡차곡 쌓인 시트들을 보여준다. 확 끼치는 신선한 광목 냄새에 나는 비로소 프로방스에 도착했음을 실감한다. 이곳으로 돌아오는 데 40년이 걸렸다니. 그 먼길 위에 흩어진 내 청춘의 발자국이 간데없다.

그러나 지체할 시간이 없다. 큰딸, 둘째 딸, 사위, 손자가 이제 곧 인천, 샤를 드골 공항을 거쳐 마르세유 마리냥 공항에 도착할 것이다. 아내와 나는 그들을 마중나가야 한다.

떠들썩한 그들의 소란과 무거운 짐을 거실에 부려놓자 이내 배가 고파진다. 엑상프로방스에서 태어나 이젠 아이 엄마가 된 큰아이 알린은 미술대학을 졸업하고 파리에서 페랑디 고등요리 학교를 다녔다. 그는 전문가답게 이미 첫날 저녁에 식사할 곳을 예약해놓았다. 집에서 불과 500미터 거리인 톨로네 성 앞의 '라플랑타시옹'. 흔히 '토메네 집'이라고 부르는 식당이다. 식당 주변의 정원이 넓고 그 정원이 바로 톨로네 성의 공원과 연결되어 있어서 여간 쾌적하지 않다. 우리는 자갈 깔린 정원 테이블에 자리를 잡았다. 드문드문 놓인 불빛 속의 테이블들이 모두 만원이어서 인상주의 그림 속의 잔칫집 같다. 옆 테이블에 날라져온 요리 접시에 눈이 끌려 우리도 그걸 주문한다. '아비뇽식 도브'. 어린양 어깨찜이다. 양고기 어깨 부분을 올리브유과 백포도주, 타임, 월계수잎, 오렌지 껍질, 그리고 후추에 하루 동안 재워놓았다가 치즈, 당근, 양파를 넣고 졸여내는 전형적인 프로방스 음식이다. 거기에는 물론 거위 간을 곁들인 니스식 샐러드와 프로방스의 적포도주 '지공다스' 같은 술이 제격이다. 이 감미로운 식탁 앞에서 젊고 건장한 우리 사위님은 계속 졸고 있다. 길고 고단한 여행과 알레르기 탓에 복용한 약 때문인 것 같다. 하기야 프로방스의 서늘한 여름밤은 양고기 요리 이상으로 단잠을 부르는 묘약이다.

프로방스의 아침 시장과
카바용 멜론의 향기

프로방스의 첫 밤은 매우 더웠다. 늦게까지 이어진 저녁 식탁에서 오랜만에 맛본 차가운 '코트 드 프로방스' 로제 포도주, 거기에다 양고기찜과 함께 마신 지공다스 적포도주가 밤의 열기에 가세한 것이다. 결국 한밤중에 잠이 깼다. 창문으로 달빛이 환하게 비쳐들고 있었다. 잠결에 우리 시골집인가 싶었다. 그런데 창문 저쪽에 반쯤 열린 덧문이 낯설다. 그렇지, 나는 한국에서의 오랜 습관 때문에 프로방스 여름나기에 필수인 한 가지 수칙을 어긴 모양이다. 세찬 햇볕이 사정없이 내리쬐는 여름철, 이곳 사람들은 반드시 방의 창문 앞에 붙은 '덧문(볼레)'을 꼭꼭 닫아둔다. 습기가 없는 지중해성 기후이므로 그렇게만 하면 낮 동안 두꺼운 벽이 열기를 차단해서 방안은 충분히 서늘한 온도를 유지한다. 그런데 어제 낮에 나는 이곳에 도착한 기쁨에 취해 창문과 덧문을 그냥 열어둔 것이다.

새벽 3시. 달빛에 이끌리듯 자리에서 일어나 밖으로 나왔다. 밖의 정원이 오히려 서늘했다. 올리브나무 몇 그루가 우두커니 서 있는 넓은 잔디밭에 서리 내린 듯 달빛이 하얗게 깔렸다. 잠의 끝, 대낮의 집착도 밤의 의혹도 벗어던진 몸이 홀로 달빛 속에 가벼워진다. '푸시'의 모습이 떠오른다. 달밤이면 황홀경에 든다던 이 보르쾨유 마을 청년 푸시. 박사과정 시절, 캐나다에서 온 클로드 부샤르라는 친구가 있었다. 한쪽 팔밖에 없는 떠돌이 시인 블레스 상드라르 연구가 전공이었다. 대학 옆 기숙사에 들어 살고 있는 우리와 달리 그는 생트빅투아르 산 밑의 큰 저택(이런 저택을 프로방스에서는 '바스티드'라고 부른다)에 널찍한 방 두 개를 빌려 살고 있었다. 어느 달 밝은 밤, 우리는 그가 이 동네에서 사귄 프로방스 토박이 친구 푸시를 따라 이 근처의 야산을 밤새도록 쏘다녔다. 푸시는 삼촌에게서 큰 바스티드를 유산으로 받았지만 여전히 건축 공사 잡역부 일을 생업으로 삼고 있었다. 그는 달이 가득한 보름날 밤만 되면 달과 함께 제 속에서 차오르는 신명을 이기지 못해 산과 골짜기를 누비고 다녔다. 어느 산등성이에 이르자 발아래 소나무 가지 밑으로 퍼런 호수가 내려다보였다. '졸라의 댐'이라고 푸시가 설명했다. 소설가 에밀 졸라의 아버지가 설계한 댐에 가득한 물이 달빛을 받아 번뜩였다. 엑상프로방스 시민들이 마시는 식수와 수많은 분수의 수원지다. 이탈리아 출신 토목기사 프랑수아 졸라는 댐의 완성을 보지 못한 채 폐렴에 걸려 아내와 외아들 에밀을 남겨놓고 세상을 떴다. 달빛 때문일까? 이승의 시간과 장소가 모두 하나로 이어지며 한 생애의 정다운 얼굴이 되어 하늘에 어린다. 이젠 노년에 접어들었을 푸시는 아직도 이런 달밤이면 발이 가벼워져서 이 산등성이를 나는 듯이 뛰어다니고 있을지도 모른다.

밤의 실내는 더웠지만, 해가 높이 떠오르기 전 아침은 조금 춥게 느껴질 만큼 서늘하고 상쾌하다. 아침식사. 식구들 모두 거실 앞의 널찍한 테라스로 나와 등나무 시렁 아래 식탁에 둘러앉는다. 어제 슈퍼마켓 '카지노'에서 서둘러 장을 봐온 식료품들. 빵, 햄, 내가 좋아하는 치즈 '카프리스 드 디외'. 소시송(살라미), 복숭아, 멜론. 프랑스에 처음 도착하는 날이면 늘 과일을 푸짐하게 사들이는 것이 내 나름의 사치이다. 오렌지와 바나나는 이제 한국에도 많이 수입되어 귀한 맛이 덜하다. 그러나 아직도 가격이 비싸서 병원에 입원한 환자들에게나 선물로 사가는 멜론은 그 옆으로 지나가기만 해도 주황색 과육에서 물씬 풍기는 독특한 향기에 저절로 침이 고인다. 그런데 슈퍼에서 사온 멜론의 몰골이 도무지 성에 차지 않는다. 아침식사를 마치면 엑스 시장에 가서 달고 싱싱한 진짜 캉탈루 멜론을 사와야겠다고 벼른다.

프랑스에서 여름철 멜론 하면 프로방스산 '카바용 멜론'이 최고 귀족이다. 일명 '캉탈루'라고도 하는 이 과일은 인도가 원산지라지만, 오래전 이탈리아로 수입되어 로마 근처의 교황령 칸탈루포 마을에서 많이 재배되었다. '캉탈루'라는 프랑스식 이름은 거기서 온 것이다. 14세기 중엽 교황이 로마에서 아비뇽으로 교황청을 옮기자, 그 멜론도 프랑스로 따라왔다. 그리고 기후가 건조하고 따뜻하고 일조량이 많은 인근의 교황령 카바용에서 재배되어 수백 년 동안 교황의 총애를 받았으니 과연 귀족 중의 귀족이다. 그래서 카바용에서는 '멜론 기사단'까지 조직되어 7월이면 축제를 벌인다. 그러나 카바용 멜론이 널리 퍼진 것은 19세기부터다. 철도가 부설되면서 그 과일이 파리까지 신선한 상태로 배달되었기 때문이다. 당대의 인기 소설가 알렉상드르 뒤마는 멜론을 어찌나 좋아했는지 1864년 자신의 문학전집을 카바용 시립도서관에 기증하고 매년 열두 개씩의 멜론을 선물받았다. 카바용 시는 1870년 이 인기 작가가 사망할 때까지 한 해도 거르지 않고 그에게 멜론을 배달해주었다.

아침식사 후 파리의 갈리마르 출판사로 전화를 걸어 소설가 로제 그르니에 씨와 통화. 그는 알베르 카뮈 생전에 가까운 친구였다. 나는 모처럼 프로방스에 머무는 동안 그리 멀지 않은 곳인 루르마랭으로 가서 카뮈의 집을 방문하고 싶었다. 현재 그 집에 살고 있는 딸 카트린 카뮈와 잘 아는 사이인 그르니에 씨에게 내 방문을 주선해달라고 부탁해두었다. 파리 바크 가의 집 부엌

이 수리중이어서 호텔에 나와 지낸다는 그는 카트린의 전화번호를 가르쳐주며 약속을 잡으라고 했다. 카트린은 친구가 그 집에서 결혼식 파티를 열기로 해서 좀 어수선하다면서도 친절하게 수요일에 찾아오면 좋겠다고 대답했다.

루르마랭에서 그리 멀지 않은 라 바스티드 데 주르당에 사는, 아내의 미술학교 동창생 크리스틴이 그의 아들 르낭과 함께 찾아왔다. 르낭은 지난 봄 서울에 와서 석 달 동안 머문 적이 있어서 구면이다. 일주일 동안 엑스에서 즐거운 날을 보내고 나면 우리 부부는 따로 크리스틴의 집에 가서 며칠 더 지내기로 했다.

나는 아이들과 함께 아침 시장 나들이 겸 장보기를 하려고 엑스 시내로 나갔다. 프랑스 역시 세태의 변화와 더불어 이른바 '슈퍼마켓'이라는 대형 유통업체가 재래식 시장을 잠식하면서 동네의 채소와 과일 가게, 정육점, 치즈 전문점, 생선 가게 들을 위협하고 있다. 그러나 우리나라와 달리, 아직도 생산자가 직접 찾아와 신선하고 풍성한 상품을 보기 좋게 진열하는 프로방스의 시장은 수백 년의 전통 속에서 그 활기와 삶의 진한 맛을 잃지 않았다. 프로방스의 유명한 장날 중 엑스의 큰 장은 화, 목, 토요일에 선다. 그러나 인근에서 채소와 과일을 가꾸는 생산자들은 매일 오전 8시부터 예외 없이 우체국 앞 리셸름 광장의 아름드리 플라타너스 그늘 아래에 파라솔을 활짝 펼치고 싱그러운 장마당을 연다. 그들은 자신들의 채소와 과일과 빵과 치즈에 대한 자부심으

리셸름 광장의 아름드리 플라타너스 그늘 아래 차려진 장마당.
싱그러운 과일들과 삶의 기쁨이 가득.

로 질을 보증한다. 일요일 시내 거리는 한산해도 시장 가까운 법원 앞 주차장은 벌써 만원. 시장이 어디냐고 물어볼 것도 없이 장바구니를 들고 한가하게 걷는 사람들을 따라가면 거기가 장이다.

농가에서 직접 구운 부드러운 빵이 넘쳐날 듯이 쌓여 있다. 토마토, 복숭아, 오렌지, 멜론 같은 과일들, 아직 땅냄새가 채 가시지 않은 양파와 호박과 버섯, 녹색과 검은색의 올리브 절임, 토마토 말랭이, 노란 호박꽃 무더기, 올리브유, 타임, 바질, 월계수 잎, 로즈메리 등 각종 프로방스 허브…… 향긋한 냄새와 빛나는 색깔과 떠들썩한 사람들의 대화가 오관을 애무한다. 삶의 기쁨은 바로 이곳, 과일과 채소와 소금과 기름과 향료의 색채와 냄새가 소용돌이치는 이 시장에서, 즐거운 표정들 속에서 빛난다. 기계적으로 돌아가는 슈퍼와 달리 여기서는 사람과 사람이 눈빛과 목소리와 미소로 만난다. 프로방스의 아침 시장에 우울한 얼굴은 없다. 아무도 서두르지 않는다. 버섯을 한 봉지 사면서 요리 방법을 물으면 길게 늘어선 고객들은 기다리고, 요리 강연은 길고 신명나게 이어진다. 프로방스 사투리의 진한 악센트는 감칠맛나는 덤이다. 우체국 앞 카페의 테라스에 앉아 커피를 마시는 사람들은 세상에 태어나기를 잘했다는 듯 흐뭇한 얼굴로 플라타너스 잎사귀 사이로 번뜩이는 햇빛에 한쪽 눈을 찡긋한다.

나는 동글동글한 아기 머리통들처럼 와글거리는 멜론 무더기 앞으로 다가간다. 멜론은 들어서 무게를 느껴보고 손바닥으로 쓰다듬어보고 코로 냄새를 맡으면서 애인처럼 검사해야 한다. '페쿠(밑바닥에 달린 꼬리)'가 껍질과 같은 색이어야 한다. 그 주위에 붉은색이 감도는 작은 틈이 갈라져 있으면 잘 익었다는 증거다. 거기에 코를 대보면 단맛이 풍긴다. 정상적으로 잘 익은 카바용 멜론은 단맛이 고여 있어 들면 손안에 무게가 느껴지고, 청색이 도는 초록의 가느다란 세로 선으로 껍질이 모두 열 쪽으로 구획되어 있어야 한다. 아홉 쪽이면 덜 익었다. 우리는 장바구니 가득한 과일과 향료와 빵을 안고 개선장군처럼 돌아온다. 아이들은 모두 이번 여행에서 가장 행복한 순간으로 엑스 과일시장의 아침나절을 꼽았다.

점심 식탁에서 다른 식구들이 복숭아와 푸른 자두를 베어 무는 동안 나는 냉장고에 채워두었던 멜론을 꺼내온다. 잘 익은 멜론을 세로로 잘라 두 조각을 내고, 가운데 씨를 스푼으로 파내어 오목한 샘을 만든 다음 그 속에 코냑을 반쯤 채워서 냉장고에 넣어 차게 해두었다가 스푼으로 떠먹는 내 방식의 '요리'다. 물기 많은 과육 속에 깊숙이 배어든 코냑 향이 그윽하다. 이 전식 혹은 후식의 준비 방식은 사실 저 유명한 '봄 드 브니즈에 재운 카바용 멜론'의 한 변형일 뿐이다. 씨를 파낸 오목한 샘에 코냑이 아니라 인근 마을 봄 드 브니즈의 사향포도(뮈스카)로 빚은 백포도주를 부어 그 향이 배어들게 하여 먹는 방식이 저 유명한 '봄 드 브니즈에 재운 카바용 멜론'이란 것이다. 교황 클레멘트 6세가 특히 이 포도주를 즐겼다고 하여 프로방스에서는 여름 후식의 백미로 삼는다. 사향포도 뮈스카가 없으면 이렇게 코냑이나 셰리로 바꾸어 향을 내도 맛은 그윽하다. 뜻밖에도 멜론은 게, 갯가재, 큰 새우 같은 해물, 돼지불고기, 닭고기와도 잘 어울려서 메인 디시로도 인기다. 멜론은 식사의 시작에 이른바 '앙트레(전식)'로 내놓는 것이 보통이다. 그러나 나는 여름철에 멜론을 세로로 잘라 여러 토막을 내고 그 위에 짭짤한 파르마산 햄(장봉 드 파름)을 얹어 아예 한 끼의 간단한 식사로 대신하는 걸 좋아한다. 과일도, 햄도 이탈리아가 고향이다. 돼지 넓적다리를 소금에 절인 햄(장봉)으로는 스페인의 세라노와 이베리코, 프랑스의 바이욘산 못지않게 이탈리아산 파르마와 상다니엘이 으뜸이다. 그 짭짤한 햄이 또한 캉탈루 멜론의 단맛과 잘 어울린다. 프로방스 여름날의 타오르는 화염이 땅속의 서늘한 물을 만나 과육 속에 썩지 않는 시간의 단맛으로 스며들면, 우리의 혓바닥에서는 '세상의 빛과 소금'이 만나 삶의 희열이 된다.

낮잠 뒤에 차린 쿠스쿠스

점심식사 후 아내의 친구 크리스틴, 그의 아들 르낭과 테라스에 앉아 커피를 마시면서 지난 일들을 이야기하고 있자니, 점심에 겨우 한 잔을 마셨을 뿐인 로제 포도주 때문인지 졸음이 밀려온다. 파도가 없는 날 바닷가의 가는 모래에 잔물결이 스며들듯 조금씩 조금씩 번지는 졸음. 어느 순간인가, 저만큼에서 르낭이 서울에서 맛보았다는 신설동 골목의 삼계탕 이야기를 꺼낸 것 같았는데, 어느새 지금 그들이 살고 있는 보클뤼즈 지방의 포도밭 쪽에서 불어오는 미풍과 햇빛이 그 이야기를 얇은 포장처럼 덮다가 또 아득히 멀어져간다. 저들이 지금 불어로 말을 하고 있는가 아니면 한국어인가? 창밖 시프레나무 저 위의 하늘에 작은 파문이 일어나는가 싶더니 슬리퍼에 반쯤 걸친 채 비스듬히 기울어진 내어리석은 발이 내려다보인다. 문득 직사광선이 하얗게 쏟아지는 수영장 쪽에서 물장난을 하는 아이들의 새된 외침 소리가 종달새처럼 솟아오른다. 나는 잠시 눈을 크게 뜨고 이대로 졸음을 계속할 것인가, 아니면 2층 방으로 올라가서 본격적으로 프로방스식 낮잠을 청할 것인가 결정을 해야 할 것 같다. 일단 의자에서 일어나 조금 걷기로 한다.

그 순간 어느 책에선가 화가 살바도르 달리가 효과적인 낮잠의 흥미로운 예로 소개한 '열쇠를 가진 잠' 이야기가 생각났다. 낮잠이 진정한 휴식이 되려면 그 잠은 잠시 일손을 놓는 짧은 시간 동안의 이완 상태로 그쳐야 한다. 깊은 잠 속으로 완전히 가라앉아버리면 나중에 긴 시간의 각성을 요하는 우둔함에 빠져 오후 시간이 뒤틀려버린다는 것이 그의 생각이다. '열쇠를 가진 잠'을 위해서는 우선 팔걸이가 달린 안락의자에 편안하게 앉아야 한다. 그리고 두 손은 의자 밖으로 늘어뜨린다. 그중 왼손의 엄지와 검지로 꽤 무겁고 큼직한 열쇠 하나를 가볍게 쥔다. 그리하여 그 열쇠가 미리 방바닥에 갖다놓은 접시 위 허공에 떠 있도록 한다.(하긴 요즘 우리 주변에서 이런 열쇠를 구경하기란 쉽지 않다. 모든 것이 전자 센서로 대체되어 옛날의 저 큼직한 고방 열쇠나 중량감이 느껴지는 대문용 무쇠 열쇠는 보기 어려워졌다. 그러나 오랜 전통이 살아 있는 프랑스에서는 아직도 많은 사람들이 이런 열쇠를 사용한다.) 모든 준비가 갖추어지고 나면 독한 압생트 술이 설탕 속으로 배어들듯이 잠이 영혼 속으로 서서

히 스며들도록 방치하기만 하면 된다. 순간적으로 밀려드는 잠에 심신이 용해되면 손가락에 힘이 풀리고 열쇠는 바닥에 엎어놓은 접시 위로 툭 떨어진다. 쨍하고 울리는 소리에 잠이 깬다. 이리하여 단 1초의 잠도 더는 필요 없는 짧은 한순간의 휴식으로 육체와 정신의 활력을 되찾는다. 오후의 보람 있는 활동을 위해 넘치지도 모자라지도 않는 잠, 이것이 달리의 '열쇠를 가진 잠'이다.

그러나 내가 필요로 하는 것은 '오후의 보람 있는 활동'이 아니다. 나는 아무것도 하지 않는 무위의 시간을 위하여 프로방스로 왔다. 그 텅 빈 마음속으로 실바람이 지나가는 가벼움의 시간, 이것이 바로 바캉스 아니던가. 어쨌든 이제 졸음은 다 가셨다. 집의 경내를 한 바퀴 돌아보기로 한다. 엑스 시내에서 자동차로 '세잔의 길'을 달려올 때면 매번 집 입구를 놓치고 지나쳤다가 되돌아오곤 했다. 그만큼 이 집은 자연 속에 푹 파묻혀 있어서 자연과 잘 구분이 되지 않는다. 오솔길을 따라 큰길까지 천천히 걸어나갔다가 포장도로 건너편의 포도밭과 이쪽 입구에 서 있는 거대한 소나무와 눈을 맞추어 잘 기억해두고 되짚어와본다. 큰 나무와 생목 울타리로 가려진 오솔길은 그늘져서 서늘하다. 이 집은 앞도 뒤도 나무가 우거진 자연의 언덕이어서 인위적인 대문도 달지 않았고, 울도 담도 없지만 옆집이나 뒷집, 혹은 지나가는 자동차 같은 것이 전혀 보이지 않는다. 집과 수영장 사이에 나무를 심어 가려놓은 것이 전부다. 세상과 동떨어진 숲속의 넓은 잔디밭과 수영장에 가득한 푸른 물과 햇빛. 더 필요한 것은 없다. 그런데 서쪽으로 왕대나무가 우거진 곳이 있어 가보니 큼직한 타일을 덮은 사각의 뜰 가운데 처음엔 보지 못했던 아담한 별채가 하나 더 있다. 출입문은 굳게 잠겨 있다. 아마도 지금쯤 브르타뉴에서 여름휴가를 보내고 있을 이 집 주인 브뤼아 씨가 예정보다 앞당겨 돌아오기라도 하면 이 별채를 사용하는지도 모른다. 그저 나 혼자의 짐작이다.

이젠 나도 수영복으로 갈아입고 아이들이 떠들썩하게 물장난을 치고 있는 수영장 쪽으로 간다. 물속에서 큰딸 알린이 햇살에 눈이 부신지 눈을 가늘게 뜨며 "로 에 본!(물이 좋아요!)" 하고 소리친다. 나는 뜨거운 햇볕과 서늘한 물 사이의 상쾌한 온도 차이가 피부에 전해오는 부드러운 감촉을 덤덤하고 간결하게 표현해주는 그 프랑스 말을 좋아한다. 물속 가장 깊은 곳으로 잠수해 들어가면서 나도 혼자 소리내어본다. "로 에 본!" 어린 태오가 수영장 가두리의 첫번째 계단에 발을 담근 채 고무 인형을 힘껏 눌러 요란한 소리를 내며 깔깔댄다. "라비 에 본!" 저만의 풋풋한 언어로 그렇게 말하고 있는 것인지도 모른다.

간단한 샤워를 마치고 2층 침실로 돌아온다. 아침에 덧문을 닫아둔 방의 서늘한 어둠이 아늑하다. 수영을 하고 난 뒤의 이 기분 좋은 피로와 나른함. 덧문의 틈으로 가느다란 줄을 그으며 새어드는 빛이 노랗게 떨린다. 돌연 마음속에 떠도는 향기와도 같

^^ 가족의 행복한 한때를 만들어준 여름집의 수영장.

은 이 여린 흔들림의 기미는 무엇일까? 머리맡에 놓인 나이트 테이블 위에는 책 몇 권, 반쯤 펼쳐진 프로방스 지도, 안경, 작은 수첩과 볼펜. 구석의 안락의자에 걸쳐진 흰 셔츠. 어느 것 하나 움직이지 않는다. 고요와 한가함이 만드는 박명 속의 가벼운 둥지. '향기와 같은 이 여린 흔들림'이란 덧문으로 새어드는 노란빛의 무늬가 내 마음속에 일으킨 어떤 기억의 파문이다. 서울에서 막 초벌 번역을 마치고 온 프루스트의 『잃어버린 시간을 찾아서』의 첫 권 『스완의 집 쪽으로』 어딘가에 눈에 들 듯 묘사되어 있는 그런 방이 기억 속에 되살아난 것이다. 나이트 테이블의 등불을 켜고 그 옆에 놓인, 내 손때가 묻어 해진 책을 펼쳐본다. 화자 마르셀이 손에 책을 들고 그의 방 침상에 혼자 누워 있다. 지금의 나처럼.

"내 방은 거의 다 닫은 덧문 뒤로 내리쬐는 오후의 햇빛과 겨루며 파르르 떨듯이 투명하고 깨지기 쉬운 실내의 서늘함을 지켜주고 있었다. 그렇지만 덧문 사이로 반사된 햇빛은 기를 쓰며 그 노란 날개를 들이밀고는 문살과 유리 사이의 한구석에 나비처럼 내려앉아 그대로 꼼짝도 하지 않고 머물러 있었다. 방안은 겨우 책을 읽을 수 있을 정도로 밝은데, 바깥의 찬란한 햇빛은 라퀴르 가에서 카뮈가 먼지투성이 상자들을 두드려 터는 소리로 겨우 감지할 수 있고, 그 소리는 더운 날 특유의 잘 순환하는 대기 속에서 메아리치면서, 광채나는 별들을 멀리 날려보내고 있는 것만 같았다. 바깥의 찬란한 햇빛은 내 앞에서 여름날의 실내악처럼 작은 음악회를 벌이고 있는 파리들로도 감지되었다. 이 파리의 실내악은 어느 아름다운 계절에 우연히 들었던 것이 계기가 되어 훗날 그 계절을 떠올리게 만드는 어떤 인위적 음악의 곡조와 같은 방식으로 찬란한 햇빛의 감각을 환기시키는 것이 아니다. 그 실내악은 보다 필연적인 관계에 의하여 여름과 이어져 있다. 화창한 나날들에서 생겨나 오직 화창한 날들과 더불어 되살아나는 그 음악은 단순히 우리의 기억 속에서 그런 나날들의 이미지를 일깨울 뿐만 아니라 그런 날들이 돌아왔음을, 그날들이 당장 손에 닿을 만큼 우리를 에워싸고 실제로 눈앞에 와 있음을 확증해 준다."

화자 마르셀이 어린 시절 바캉스를 보내는 콩브레 마을에서 소금 가게를 열고 있는 사람의 성이 카뮈다. 알베르 카뮈도 젊은 날 이 책을 읽으면서, 한가한 여름날 고요 속에서 먼지 앉은 통을 탁탁 두드려 터는 소금 가게 주인이 자신과 같은 성을 가졌다는 사실을 알았을 것이다. 때로 이런 정치한 묘사는 우리에게 현실보다 더 강렬한 삶의 일부분이라는 느낌을 준다. 문학은 삶에 형태와 윤곽을 부여함으로써 우리를 참으로 존재하게 만드는 능력이 있다. 프루스트의 이 대목을 다시 읽을 때면 프로방스의 2층 방, 가볍고 서늘한 어둠의 감촉이 떠오를 것이다. 또한 프로방스에서 보낸 여름날 기억의 한구석에서는 언제나 프루스트가 그려낸 빛의 '노란 날개'가 떨리고 있을 것이다.

오후 내내 수영장을 떠날 줄 모르던 아이들이 해도 지기 전에 벌써부터 배가 고프단다. 르낭이 서울에 있을 때 추천해주었던 엑스 시내의 모로코 식당 '르리아드'에 좌석을 예약한다. 내가 가장 좋아하는 쿠스쿠스 요리를 잘한다고 들었다. 엑스는 주차가 어렵다는 선입견 때문에 외곽도로인 레퓌블리크 대로변 플라타너스나무 밑에 차를 세웠더니 식당까지 거리가 꽤 멀다. 태오가 제 어미 품을 떠나려 하지 않아 아이를 안고 많이 걷게 만든 것이 자꾸 맘에 걸린다. 리외토 거리 21번지. 지난날 친구들 집이 여럿 있어서 자주 드나들던 거리인데도 흘러간 세월 때문인지 낯이 설다. 그러나 대로에서 그다지 멀지 않고 간판이 커서 쉽게 알아본 식당 '르리아드'. 어둑한 실내, 몇 개의 계단을 내려가서 좁은 홀을 지나니 거대한 활엽수 고목이 하늘을 덮은 널찍한 뜰. 눈이 부시도록 흰 테이블클로스를 덮은 식탁들 저 너머 사막의 끝 카라반세라이를 연상시키는 큰 텐트. 아름답고 상쾌한 분위기다. 웃음이 서글서글한 가르송이 첫손님인 우리를 바로 그 거대한 나무 바로 밑의 원탁으로 안내한다. 배가 고픈 우리는 즉시 '루아얄'('로열'이라는 뜻으로 '고기 모둠'을 의미함)과 메르게즈, 양고기 넓적다리 꼬치구이, 이렇게 세 가지 모둠 쿠스쿠스와 이 집 특유의 앙트레와 모로코산 적포도주를 주문.

쿠스쿠스는 알제리, 모로코, 튀니지, 리비아 등 북아프리카 원주민 베르베르족의 전통적인 요리로 프랑스에 전래되어 근래에는 프랑스 사람들이 가장 좋아하는 두 가지 요리 중 하나로 자리 잡았다. 이 요리는 사실상 두 가지 요리의 결합이다. 하나는 굵은 밀가루로 만든 '스물'. 외관상으로 보면 우리네 조밥을 연상시키는 이 노란 밀가루 시리얼만을 쿠스쿠스라고 부르기도 한다. 이 '스물'을 전용 냄비에 담아 수증기로 쪄내고 버터와 올리브유를 섞어 윤을 낸다. 또 한 가지 요리는 병아리콩, 호박, 당근, 양파, 무 등의 채소와 고기(여러 가지 고기를 섞은 모둠 '루아얄', 양고기, 쇠고기, 닭고기, 꼬치고기, 미트볼, 매콤한 아랍식 소시지 메르게즈 가운데서 선택)를 노릇노릇해질 때까지 구워서 육수에 담아 졸인 스튜. 식당에서 '쿠스쿠스'를 주문하면 당연히 이 두 가지 요리를 함께 내놓는다. 다만 각자 입맛에 맞는 고기 종류에 따라 양고기 쿠스쿠스, 닭고기 쿠스쿠스, 모둠 쿠스쿠스 등을 주문하면 된다. 요리가 나오면 우선 '스물'을 자기 접시에 덜어놓은 다음 그 위에 스튜 국물을 끼얹고 고기와 같이 먹는다. 나는 특히 고춧가루로 만든 아랍 고추장 '아리사' 소스로 매콤하게 양념하여 먹는 것을 좋아한다. 요리는 양이 많아 푸짐하고 특히 양고기 꼬치구이는 향기롭고 메르게즈는 적당히 맵고 쫄깃하다. 여기에는 무엇보다 혓바닥을 꾹꾹 눌러주는 듯한 진한 북아프리카산 포도주가 제격이다. 아내도 아이들도 바로 이거야! 하는 표정이다. 매운맛이 더해져 한국인의 입맛에도 아주 잘 맞는다. 서울에서는 딱 한 번, 11월 1일 알제리 독립 기념 리셉션에 초대받아야 제대로 된 쿠스쿠스를 맛볼 수 있다. 그날이 바로 이 글을 쓰는 오늘이다. 나는 지금 대사관에서 온 초대장을 내 책상 위에 펴놓고 '르리아드' 식당의 하늘을 가리던 거대한 나뭇가지를 머리 위에 펼쳐본다. 벌써부터 입에 침이 고인다.

생트빅투아르와 쿠르 미라보

아직 아이들이 잠자리에서 일어나지 않았는지 집 안이 고요하다. 싱그러운 아침이다. 식사 전에 나는 아내와 함께 밖으로 나와 차에 올랐다. 투명한 아침 빛을 입은 생트빅투아르의 모습이 보고 싶었다. '세잔의 길'로 나서는 즉시 좌회전. 아직 자동차 한 대 보이지 않는 고요한 길. 보르괴유 마을로 접어드는 갈림길까지는 좌우로 나직한 포도밭이 펼쳐지다가 생탕토냉을 4킬로미터 정도 남겨놓은 지점부터 길은 무성한 소나무 숲속으로 빨려든다. 꼬불꼬불 도는 오르막. 문득 숲이 걷히면서 개활지가 나타나고, 줌렌즈를 확 당긴 듯, 바로 지척인 왼쪽에 생트빅투아르의 석회암 연봉이 쥐라기 공원에서 뛰쳐나온 공룡 같은 장엄한 모습을 드러내며 내려다본다. 마치 거대한 신의 손이 이제 막 길쭉한 돌덩어리를 꽉 쥐었다 놓은 것 같은 청회색의 주름이 시선을 압도한다. 톨로네 쪽에서 바라보고 그린 세잔의 그림이나 내가 학생 시절 기숙사의 창문 밖으로 멀리 바라보던 삼각형의 생트빅투아르와는 전혀 다른 모습이다.

엑상프로방스 시 동쪽에서 서쪽으로 15킬로미터 가량 길게 뻗으며 피크데무슈 정상까지 1011미터의 높이로 솟아오른 이 석회암 덩어리는 남쪽으로 급경사를 이루며 엑스에서 니스로 달리는 7번 국도와 그 아래로 라르크 강 골짜기를 굽어본다. 반면에 북쪽으로는 여러 층의 석회암 고원들의 완만한 경사가 광대한 평원으로 이어져 뒤랑스 강 골짜기에 이른다. 특히 톨로네에서 퓔루비에에 이르는 약 10여 킬로미터는 산의 발치를 두르는 진흙땅의 붉은색과 그 위에 자라는 식물의 초록색, 그리고 석회암으로 이루어진 암벽의 청회색이 강한 대조를 보여 인상적이다. 세잔은 아마도 이 색채의 구성과 장엄한 풍경에 매료되어 일생 동안 이 산을 무려 60여 회에 걸쳐 빛과 거리와 각도를 달리하며 반복적으로 그렸는지도 모른다.

나는 70년대 학생 시절, 친구들과 함께 이 산의 정상까지 올라갔던 적이 있다. 당시에는 아무런 사전 지식이나 준비도 없이 친구 셋이서 즉흥적으로 결정하여 시작한 등산이어서 신발도 마땅치 않았고, 목에는 무거운 캐논 FT 사진기까지 메고 있었으니 그야말로 무모함 그 자체였다. 무엇보다도 마실 물을 준비하지

않아 목마름에 많은 어려움을 겪었던 기억이 새롭다. 졸라 댐과 비몽 댐을 지나 색깔별로 구분된 안내 표식을 따라가면 길을 잃을 염려는 없었다. 멀리서 보면 오로지 석회암 일색일 것 같은 그 산의 어느 높이에 이르자 어디선가 소나무 숲이 나타났다. 정상에 가까워지면 옛 노트르담 드 생트빅투아르 수도원이 있던 자리에 지어놓은 보잘것없는 건물을 지나 마침내 '프로방스 십자가'가 나타난다. 높이 17미터. 그곳에서 내려다보이는 수많은 프로방스 산들의 파노라마는 수고로운 등산이 주는 장엄한 보상이다. "신의 고요 위에 던지는 이 오랜 시선은/ 오, 명상 끝에 오는 보상인가!" 발레리가 노래한 「해변의 묘지」 어느 한 대목이 떠오른다. 생트봄, 레트알 고원, 비트롤, 라크로 연봉, 그리고 멀리 뤼베롱과 프로방스의 알프스. 발치에는 피카소의 무덤이 있는 보브나르그 성. 우리는 지친 나머지 그쯤에서 되짚어 내려왔지만 조금만 더 올라가면 정상인 피크데무슈. 그 동쪽의 깊은 크레바스에는 깊이가 150미터나 되는 컴컴한 '가라가이 심연'이 입을 벌리고 있어서, 그 바닥의 검은 물은 깊은 밤 프로방스 어린이들의 몹쓸 꿈속에 나타나 출렁거리곤 한다. 그때 함께 산을 올랐던 옛 친구들. 캐나다 캘거리 대학교 교수직에서 지금은 은퇴했을 영국인 친구 브라이언 길. 캘거리 보우 강변에 자리잡은 그의 집에서 다시 만나 즐거운 며칠을 함께 보냈는데, 그것도 벌써 7년 전의 일이다. 오로지 비트겐슈타인에 코를 박고 사는 철학도 앙투안 뤼시오. 아마 며칠 후 파리로 가면 그를 다시 만날 수 있을 것이다.

그사이에 몇 차례나 전화를 걸었으나 응답이 없던 생 레미 드 프로방스의 모롱 부인이 마침내 수화기 저 끝에서 귀에 익은 그의 목소리를 가지고 나타났다. 옛날 학생 시절 나의 선생님이었지만 오랜 세월을 두고 친해져서 나와는 서로 한가족 같은 느낌이 드는 사이다. 부인에게는 엑스 대학 학장을 지낸 클로드, 광학 연구소의 세계적 전문가 니콜라 등 성공한 아들이 둘이나 있지만 (나와 가장 가까웠던 셋째 아들 세바스티앵은 80년대 말에 사고로 사망했다), 신세지지 않고 씩씩하게 혼자 산다. '밖'에 나가 있어서 전화를 못 받았다면서 몹시 반가워한다. 밖이란 물론 집 뜰에 이어져 있는 그의 넓은 올리브밭을 의미하는 것이리라. 내가 전화를 건 오늘이 바로 당신의 생일이란다. 연세가 어떻게 되느냐고 물으니 올해로 여든아홉, 우리 나이 아흔이다. 그런데도 목소리에 힘이 있다. 건강하시냐고 물으니 지난달에는 손수 자동차를 운전하여 스위스에 있는 동생 집에 다녀왔다는 대답이 돌아온다. 그사이에 내가 여러 차례 생 레미로 찾아갔었고, 선생님이 한국에 오셔서 우리집에 묵어가시기도 했었다. 70년대 신혼 시절 프로방스에서 첫딸 알린이 태어났을 때, 선생님은 배내옷을 선물로 사들고 찾아오셨었다. 그 아이가 커서 결혼하여 남편은 물론 그 당시 자신보다 더 큰 태오까지 데리고 바캉스를 온 모습을 선생님께 보여드리고 싶었다. 목요일 아침 11시경 댁으로 찾아가기로 했다. 신이 나신 선생님은 시내의 식당을 예약해둘 터이니 점심식사를 같이하자고 하셨다.

첫날 채소와 과일 시장을 만끽했고 어제 시내 식당에서 저녁식사를 하긴 했지만 오늘이 바로 엑상프로방스를 제대로 즐기기 시작하는 날이다. 알린은 엑스에서 태어나 시청에 호적신고가 되어 있고 신혼여행까지 프로방스로 왔었으니 구면이다. 그러나 둘째 딸 남윤은 처음 와보는 도시. 아빠, 엄마가 젊은 날을 보냈다고 오랫동안 들어온 고도 엑상프로방스는 큰 호기심의 대상이다. 관광안내서를 자세히 읽어보고 나서야 시내 한복판인 로통드에 무려 1500여 대를 수용할 수 있는 거대한 지하 주차장이 새로 들어섰다는 사실을 알게 되었다. 따라서 어제와 달리 오늘은 아주 쉽게 주차. 엘리베이터를 타고 지상으로 나오니 이게 웬일인가! 로통드 광장 분숫가에 있던 옛 카지노는 간데없고 말쑥한 공원과 멋진 상가와 사무실 건물 들이 신축되어 있어 완전히 다른 도시의 모습이다. 로통드의 거대한 분수가 뿜어내는 물방울이 햇빛에 반사되어 진주같이 빛난다. 무슨 축제의 시작인 것만 같다.

가령 파리에 처음 도착하는 여행자는 호텔에 짐을 내려놓는 즉시 가슴 설레며 거리로 나간다. 지나가는 행인들과 상점의 불빛을 바라보며 거리에 출렁이는 도시 특유의 공기와 냄새를 가슴 깊숙이 빨아들인다. 여행자의 성향에 따라 그가 우선 찾아가는 거리는 좌안의 몽파르나스나 생제르맹데프레나 카르티에라탱

일 수도 있고 우안의 샹젤리제일 수도 있다. 그러나 작고 아름다운 엑상프로방스에서 여행자는 망설일 것도 없이 쿠르 미라보로 나간다. 여기가 엑스의 심장이다. "메마른 돌산 생트빅투아르에 등을 기댄, 물과 신선한 공기와 푸른 하늘의 도시, 화가 세잔이 붓으로 그 매서운 아름다움을 세상에 널리 알린 고도 엑상프로방스는 쿠르 미라보 거리에 늘어선 고색창연한 저택들과 분수와 하늘을 가린 플라타너스 가로수와 좁은 골목의 구시가 등 유구한 세월 동안 간직해온 그 고전적 문화유산을 자랑하는 프로방스의 수도다"라고 안내서들은 소개한다. 엑스는 본래 앙트르몽 전투의 승리자 섹스티우스 칼비누스 로마 총독이 기원전 123년에 온천수가 뿜어나오는 옛 골족의 요새 근처에 건설한 진지였다. 이 도시의 이름 엑스Aix는 거기서 유래하여 '섹스티우스의 물Aquae Sextiae'이라는 의미를 가지고 있다. 오늘의 쿠르 미라보는 루이 14세 시대인 1649년부터 3년간 미셸 드 마자랭 대주교가 중세 시대 성벽을 허물고 건설한 정교한 대로다. 이 길을 설계한 건축가는 4라는 숫자에 매혹되었던 것일까? 총 길이 404미터, 폭 42미터, 모두 마흔네 그루의 플라타너스가 10미터 간격으로 네 줄 늘어서 있고, 그 사이로 네 개의 왕복 차로가 뚫려 있고, 길의 중앙에는 또 네 개의 분수가 일정한 거리를 두고 배치되어 있다. 그러나 실제로 이 거리를 거니노라면 늘어선 가로수의 둥치와 가지와 그 넓은 잎들과 그 사이로 새어들어와 번뜩이는 햇빛의 흐름, 그리고 넓은 포도鋪道에 차려놓은 카페의 테라스가 자연스러운 조화를 이루면서 이 설계의 기하학적 직선의 엄격함은 느껴지지 않는다. 도시 인구의 반을 차지하는 대학생들로 인하여 이 거리는 늘 신선하고 젊다. 나는 쿠르 미라보 거리의 카페테라스에 친구들과 나앉아 보란듯이 느린 걸음으로 지나가는 아름다운 여자들과 하늘에서 쏟아지는 햇빛을 바라보는 것을 무엇보다 좋아했다. 그리고 『행복의 충격』이라는 책에 이렇게 썼었다. "프로방스에 내리는 각종 햇빛의 감도, 부활절 무렵 애무하는 꽃물결처럼 피부를 간질이는 햇빛, 저녁나절 가벼운 바람에 실려와서 당신의 목덜미를 쓸고 가며 벌써 저 앞에 걸어가는 처녀의 갈색 머리털을 번뜩이는 햇빛, 한여름 심벌즈를 난타하는 듯 금속성을 내며 찌르릉거리는 햇빛, 가을철 분수의 물줄기를 타고 천천히 걸어내려오는 햇빛, 한겨울 론 강 골짜기를 따라 살을 에도록 미스트랄 바람이 불 때도 창밖에서 내다보면 언제나 '따뜻한 겨울'의 환상을 주는 노랗고 투명한 햇빛, 베란다의 베고니아 꽃 속에 자란자란 고이는 햇빛, 작은 커피잔 위로 플라타너스 잎새들 사이로 스며 나와 짤랑짤랑 흔들리며 요령 소리를 내는 은빛 반점의 햇빛, 이 모든 햇빛, 이 도시의 문화, 이 도시의 청춘, 이 도시의 행복의 살 속에, 핏속에 들어와 노래하는 소리를 들으려면 우리들은 최초의 낯선 시간들을 견디지 않으면 안 된다."

그러나 오후가 되면 쿠르 미라보의 북쪽, 인파가 북적대는 카페와 서점과 호텔 쪽에만 해가 들고 거만한 저택과 은행과 변호사 사무실과 고급 과자점이 전부인 남쪽은 그늘에 젖어 있다.

이 도시에 대한 나의 장황한 설명이 지루해진 것인지 아이들은 벌써 넓은 포도에 노점을 벌이고 늘어선 여러 개의 모자 가게들 쪽으로 달려간다. 올해 프로방스 지방에는 유난히 파나마모자가 유행이다. 본래 남미 에콰도르의 명산품으로 챙이 넓고 질감이 부드럽고 가벼운 이 여름 모자는 파나마운하를 건설하던 노동자들이 햇빛을 가리기 위하여 많이 썼다고 해서 '파나마모자'라는 이름이 붙었다. 20세기 초엽에 자유롭고 거리낌없는 우아함의 상징인 양 유행했던 이 모자는, 21세기 초에 와서 다시 젊은이들에게 큰 인기를 얻고 있다는 설명이다. 노련한 에콰도르 장인들이 야자수 껍질 섬유를 오래 손질하여 만든다는 이 모자를 나 역시 오래전부터 가지고 싶었다. 뜨거운 프로방스 여름날의 직사광선을 가리는 데는 아주 효과적일 것 같아 고상한 회색 테를 두른 부드러운 상아색 파나마모자 하나를 거금 45유로에 구입하여 즉시 머리 위에 올려놓았다. '아홉 개 대포'라는 이상한 이름이 붙은 분수 저 건너 지난날 내가 자주 드나들던 슈퍼마켓 '모노프리'와 프로방스 서점이 변함없는 모습으로 정오의 햇빛을 받아 노랗게 빛난다. 두 딸아이도 저마다 파나마모자를 하나씩 사 쓰고 좋아라 하고 스마트폰으로 사진을 찍으며 깔깔대는 소리가 들린다. 아! 마침내 나는 30여 년의 세월을 건너질러 엑상프로방스 여름의 한복판으로, 내 청춘의 반짝이는 햇빛 반점이 아이들 얼굴 속에 반사되며 되살아나는 쿠르 미라보의 심장 속으로 돌아왔다.

낯설어진 도시의 이방인

수십 년 만에 다시 찾은 쿠르 미라보가 아무래도 좀 이상하다. 뭔가 빠진 것 같고 어딘가 달라진 것 같다. 흘러간 세월 때문일까? 대로 양편의 건물들 바로 앞으로 나 있던 좁은 차도가 인도와 바로 이어져 넓고 시원한 맛이 더해졌다. 그 대신 옛날의 아기자기한 배치가 그만 밋밋해져버린 느낌이다. 구시가를 허리띠처럼 에워싸는 순환도로변 곳곳에 거대한 지하 주차장을 마련한 덕분에 시내에는 거의 자동차가 보이지 않는다. 엑스가 베네치아 같아졌다. 그래서 지난날처럼 쿠르 미라보 양편에 빼곡히 주차한 자동차가 거리의 풍경을 어지럽히는 일은 없어졌다. 그런데 나는 왜 이처럼 개선된 도시 환경이 오히려 낯설고 불만스럽게 느껴지는 것일까? 인간이란 기이한 동물이다. 세계와 사물을 있는 그대로 보지 않고 자신의 기억과 정서의 그물을 씌워서 주관적으로만 읽으려 든다. 나는 내 청춘의 요람이었던 이 도시가 돌연 나를 '이방인'인 양 밀어내는 느낌 때문에 잠시 당황하지 않을 수 없었다. 그런데 아마도 나를 진정한 이방인으로 만들어버린 것은 흘러가버린 세월, 내 얼굴에서 젊음을 지워버린 시간, 그리고 지금 한창 신명이 나서 저희들끼리 저만큼 가고 있는 우리집 아이들의 빛나는 웃음으로부터 밀려난 이 거리감일 터이다.

이 거리의 오른편 어디쯤인가에 서늘하고 어둑한 시간의 냄새가 고여 있는 서점 '르 디방'이 있었다. 그런데 지금은 흔적도 없다. 서울의 내 서재에는 지금도 30여 년 전 그 서점에서 산 반 에이크의 『겐트의 제단화』 화집이 꽂혀 있다. 카뮈의 난해한 소설 『전락』 속에 등장하는 그 그림의 전모를 다양한 각도에서 보여주며 해설하는 이 희귀본을 발견했을 때 나는 얼마나 기뻐했던가. 그리고 좀더 위쪽에는 '시네보그'라는 영화관이 있었다. 지금은 세상에 없지만 당시에는 한창 인기였던 여배우 안니 지라르도가 나오는 영화를 보려고 나는 친구들과 함께 그 영화관 앞에 줄을 서고 있었다. 그때, 학교에서는 자주 만나지 못하던 지도교수 레몽 장 선생과 딱 마주치는 바람에 몹시 당황했다. 공부는 하지 않고 무슨 영화 구경이냐고 질책할 것만 같았던 것이다. 왕초보 유학생이었던 나는 그 저명한 교수에게 나 같은 외국 학생의 비학구적 태도쯤은 관심의 아득한 변두리로 밀려나 있다는 사실을 알지 못했던 것이다. 어쨌든 그때의 기억이 어제처럼 선명한데 지금은 영화관도 매표소도 레몽 장 교수의 그 거만한 무관심도 모두 다 간데없다. 그러나 로통드 광장 옆의 '세잔' '르누아르' 같은 영화관은 지금도 예전과 다름없이 성업중이다.

길 건너편에는 푸른색 차양 위에 1792라는 창업연도 표시도 선명한 '되 가르송' 카페가 건재를 과시하고 있다. 세잔이 살아 있을 때에도 이미 문을 활짝 열고 있었고, 장 콕토처럼 엑스를 자주 찾는 저명 문인들과 이 지방의 명사들이 즐겨 찾아들곤 했다는 유명한 카페. 나는 단 한 번도 그곳에 발을 들여놓은 기억이 없다. 우리 가난한 학생들에게 그 고상하고 우아한 분위기는 너무 벅찬 가격을 의미하는 것이기 때문이었다. 나는 그 카페에서 몇 걸음 떨어진 건물(55번지)의 골목 안쪽 벽에 흐릿하게 남아 있는 화가 폴 세잔의 아버지네 옛 모자 상점 표시를 흘끗 쳐다보며 지나쳐 굴라르 서점이나 프로방스 서점으로 들어가는 것을 좋아했다. 그러나 끝없이 늘어선 서가 사이를 홀린 듯이 누비고 돌아다녔지만, 가지고 싶은 책들과 빈약한 주머니 사정을 저울질하다가 지난 주일에 주문한 책 몇 권만 겨우 찾아가지고 돌아나오는 것이 고작이었다. 하지만 조금 위쪽의 산뜻한 미셸 문방구점 옆에 굴처럼 뚫린 '파사주 아가르'란 이름의 좁은 골목 안 왼편에 헌책방이 하나 있었다. 알리바바의 동굴 같은 그 흐릿한 소굴 안으로 들어가면 언제나 욕구불만을 해소할 수 있었다. 바닥에서 천장까지

FRANCAISE
DES JEUX
LOTO
L'ESPARIAT TABAC LOTO
SHOES
French Concept

orange
DIESEL

책들이 가득 꽂히고 쌓인 어둑한 실내에는 오래된 책 먼지와 언제나 입술을 빨갛게 칠한 주인 노파 주변의 역한 방향제 냄새가 뒤섞인 채 고여 있어 기이한 정다움과 동시에 이물감을 자극했다. 나는 그 어둠 속에서 매번 수많은 낡은 책과 포켓북 들을 찾아낼 수 있었다. 커피값 정도에 불과한 헐값으로 구입한 책꾸러미를 안고 개선장군처럼 돌아오던 저녁나절이면 나는 얼마나 행복했던가. 어느 날 오후, 그 낡은 책더미 속에서 에밀 파게의 『프랑스 문학사』 한 질을 발견했을 때의 전율을 나는 지금도 기억한다. 물론 그 책들은 엑상프로방스의 헌책방을 떠나 지구를 반 바퀴 돌고 나서 지금 내 책장 속에서 오랜 세월 동안 먼지를 뒤집어쓰고 있지만, 거기에 배어 있던 역한 방향제 냄새는 증발한 지 오래다.

점심때가 되었다고 아이들이 나를 부르는 소리에 정신을 차리고 쿠르 미라보를 가로질러 건너편으로 간다. 이제야 비로소 나는 아까부터 뭔가 낯설고 불편했던 그 기이한 느낌이 대체 어디서 오는 것인지를 알 수 있었다. 나를 '이방인'으로 만드는 것은 단지 흘러간 시간만이 아니다. 이 거리의 명물 플라타너스 가로수가 변한 것이다. 수백 년 묵은 거목들의 무성한 가지와 잎이 하늘을 가리며 유현한 궁륭을 이루던 거리는 과도한 가지치기 때문에 휑하게 하늘을 드러내며 한여름의 직사광선에 유린당하고 있다. 지난날 이곳에서는 한여름이면 길의 아래위를 차단하여 가로

수가 벽과 지붕을 이룬 자연의 음악당이 만들어지곤 했었다. 유명한 '거리의 음악제'가 열리는 철이 오면 나는 즐겨 이곳을 찾아와 한여름 밤의 연주에 넋을 놓곤 했었다. 그런데 지금은 가지치기로 인하여 그 깊고 서늘한 맛을 잃은 플라타너스 가로수들이, 마치 헤어숍에서 깡똥하게 머리를 자르고 나온 신식 귀부인처럼, 깔끔하지만 정이 가지 않는 허전한 모습으로 기지개를 켜고 있다. 하기야 지난날의 쿠르 미라보를 알지 못하는 여행자나 젊은 사람들에게는 지금의 이 산뜻한 거리가 더 아름답게 느껴질지도 모를 일이다. 세월이 가고 시간이 흐를 것이다. 젊은 사람들은 나이를 먹을 것이다. 그러면 플라타너스의 가지들은 또 자라 하늘을 덮을 것이다. 이 세상 어디를 가나 자리를 가리지 않고 잘도 자라는 플라타너스지만 이곳 사람들은 오직 프로방스에서만 진정한 플라타너스의 맛을 즐길 수 있다고 믿는다. 낮잠을 위한 참으로 서늘한 그늘은 소나무도 참나무도 아닌 이 고장의 플라타너스만이 제공할 수 있다고 그들은 믿는다. 과연 톨로네 성 앞길이나 생 레미 드 프로방스 입구의 플라타너스 길을 한 번이라도 지나가본 사람은 오래도록 그 서늘한 자연 궁륭의 인상을 잊지 못한다. 트로이의 목마를 만든 재료였다는 플라타너스, 이 고목들은 오래오래 쿠르 미라보의 양편에 늘어서서 세월을 잊은 듯 머리 위의 하늘을 가리고 드러내기를 되풀이하면서 무수한 세대들이 새로이 일어났다가 사라지는 모습을 무심하게 지켜볼 것이다.

점심식사 후에는 쿠르 미라보의 짝수 번지 쪽, 17, 18세기의 유서 깊은 대저택들 사이에 유일하게 문을 열고 있는 칼리송 상점을 구경했다. 전에 언젠가 내가 선물로 사다준 칼리송을 맛본 적이 있는 남윤이가 유난히 이 엑상프로방스의 특산물을 좋아하기 때문이었다. 이탈리아에는 '칼리소네'가 있고 그리스에는 또 그들의 '칼리추니아'가 있지만, 프로방스 사람들이 달콤한 군것질감 중 으뜸으로 꼽는 것은 단연 엑스의 '칼리송'이다. 갸름한 타원형에 양쪽 끝이 뾰족한 모양의 이 달콤하고 쫄깃한 과자는 아몬드와 멜론잼과 과일 시럽 등을 원료로 만들고 그 위에 계란 흰자와 설탕으로 졸인 흰색의 장식을 씌운 것이다. 흔히 흰색 바탕에 금박 글씨를 박은 마름모꼴의 고급스러운 상자에 담아 파는 이 당과糖菓는 재료가 귀하고 제조 공정이 복잡하여 매우 비싼 가격으로 팔린다. 1473년 프로방스의 성군인 르네 왕과 잔 드 라발의 결혼식 피로연 식탁에 올랐다는 전설이 남아 있을 정도로 역사가 오래된 칼리송은 이제 수공업적 특산물에서 특별한 제조 규칙과 판매 규정을 갖춘 공산품의 수준으로 승격했다. 무엇보다도 칼리송은 엑상프로방스 이외의 지역에서 제조되어서는 안 되도록 정해져 있다. 제조규칙에 있어서는 그토록 까다로운 칼리송이지만 그 소비 방식은 너그럽다. 그래야 널리 팔릴 터이니까. 커피나 차와 함께 맛보아도 좋고 샴페인이나 봄 드 브니즈 백포도주를 곁들이면 더욱 좋다고 선전한다. 그러나 단것을 좋아하는 남윤이와 달리 나는 이 값비싼 당과에 그다지 열광하는 편이 아니어서 그나마 다행이다.

우리는 다시 길을 건너 뒤쪽 구시가의 에스파리아 거리를 천천히 걸어내려왔다. 길의 양편에 늘어선 아름다운 상점들의 진열장에 쏟아지는 한낮의 빛이 눈부시다. 길의 끝에서 만나는 저 조그만 앙시엥 콩바탕 광장. 그 한 모퉁이에 아담한 분수대를 내다보며 아직도 문을 열고 있는 '오텔 드 프랑스'. 1976년 겨울 어느 날, 아직은 '어리다'고 해야 할 신혼의 아내를 데리고 나는 내 청춘의 발자국이 찍힌 엑스로 다시 돌아왔다. 그리고 옛 친구들이 모두 떠나고 없는 도시의 이 작은 호텔에 처음으로 여장을 풀었다. 이제 그때의 내 나이에 가까운 두 딸과 사위와 어린 손자가 저만큼 앞서 걸어가고 있다. 저들과 나 사이에 내려앉는 하얀 여름 빛이 문득 신기루만 같아 보인다. 아이들은 어제 저녁식사를 했던 '르리아드' 식당 옆에 '마르세유 비누' 상점이 있었다면서 그곳을 향해 발걸음을 재촉한다.

그다지 청결한 편이 못 되었던 골족(프랑스인들의 조상)의 역사에 위생적 전기를 마련한 인물은 바로 마르세유 사람 크레스카스 다뱅이었다. 그는 14세기 말엽에 처음으로 마르세유에 비누 제조 방법을 도입했다. 그러나 오늘과 같은 제조 규칙에 따라 '마르세유 비누'를 본격적으로 제조하기까지는 300여 년을 더 기다리지 않으면 안 되었다. 규정상 72퍼센트 이상의 올리브유 혹은 야자유를 사용해 만들어야 하는 이 비누는 인공첨가제를 넣지 않기 때문에 세상에서 가장 위생적인 세제, 즉 '비누의 왕'으로 널리 알려져 있다. 순정한 마르세유 비누에는 반드시 그 제조 도장이 찍혀 있어야 한다. 육면체 비누의 한 면에 '기름 72퍼센트의 순정제품'이라는 표시, 다른 한 면에 비누의 무게, 또다른 한 면에 제조자의 이름, 그리고 다른 한 면에는 '마르세유 비누'라는 표시가 선명하게 찍혀 있다. 비누의 색깔은 사용한 기름의 종류에 따라 두 가지다. 크림색은 야자유, 옅은 녹색은 올리브유를 사용한 것이다. 특히 알레르기성 피부에 효과가 좋아서 속옷의 세탁과 어린아이의 목욕에 애용되고, 이 비누로 머리를 감으면 머리털이 건강해지고 윤이 난다는 설명이다. 아이들이 이 유서 깊은 '웰빙' 비누에 홀려 있는 동안 나는 무엇보다 상점 실내의 매우 상쾌한 냉방 장치를 만끽한다. 눈이 맑고 목소리가 서늘한 점원 아가씨의 부드럽게 빛나는 손을 바라보고 있자니 나도 슬며시 '마르세유 비누'의 예찬론자가 될 것만 같다.

엑스의 분수대 순례
-마자랭 구역

어제 오후에 큰딸아이의 시부모님 내외분이 보르쾨유 집에 도착했다. 우리보다 더 일찍 프랑스로 오셔서 루아르 강 계곡의 고성들을 두루 구경하고 남쪽으로 툴루즈까지 내려갔다가 몽펠리에, 베지에 등지를 거쳐 우리와 합류한 것이다. 우리 양가의 사돈 내외는 우연이 인연이 된 것인지 고등학교 혹은 대학 선후배 사이인데다 서로 뜻이 잘 맞았다. 그래서 언젠가 가족이 다 함께 프로방스 여행을 하자고 약속했었다. 이제야 그 계획이 실현된 것이다. 일부러 방이 여럿 딸린 이 숲속의 집을 빌린 것도 그 때문이었다. 사돈 내외분은 미국에서 오래 살았고 그곳에서 오래 공부를 하셨다. 은퇴한 나와 달리 아직도 기업체와 대학의 현직에 계시지만 워낙 개방적이고 여행을 좋아하신다. 두 분은 나보다 먼

저, 최근에 프로방스 여행을 한 적이 있다. 휴대전화로 아침에 툴루즈를 떠나 오후 4시경 엑스에 도착한다는 연락이 있었다. 혹시라도 집을 찾기가 어렵지 않을까 걱정하였는데 나보다 더 쉽게 집을 찾아내셨다. 우리 모두 수영장에서 즐거운 오후를 보내며 쉬고 있을 때 낯선 차 한 대가 불쑥 숲속의 소로로 들어선 것이었다.

오랜만에 다 같이 모인 대가족의 저녁식사를 위해 집 가까운 톨로네 성 바로 옆에 넓은 주차장이 딸린 식당 '르레 세잔'에 예약. '세잔의 길'을 사이에 두고 요리를 준비하는 주방과, 손님이 식사를 하는 홀이 분리되어 있어서 여주인이 요리 접시를 들고 차도를 횡단하며 부지런히 오가는 광경이 놀라웠다. 충격적인 것은 접시에 가로누운 250그램짜리 등심구이, 350그램짜리 송아지 갈비의 막대한 볼륨. 이렇게 엄청난 것을 먹고도 프랑스 여자들은 어떻게 그리도 날씬한 것일까? 나는 오히려 아내 앞에 놓인 양의 넓적다리 고기 접시가 아담하여 더 식욕이 당기는 느낌이었다. 포도주는 여주인의 추천으로 '파라디'라는 이름의 코토 덱스Coteaux d'Aix를 한 병 주문했는데, 모두들 '낙원'을 뜻하는 그 이름에 손색이 없을 만큼 맛이 환상적이라고 평했다.

다음날 아침에 어린 태오를 돌봐줄 베이비시터 아가씨가 왔다. 친구의 아들 르낭과 그의 여자친구가 소개한 대학원 학생. 이름이 멜라니라고 했다. 그런데 놀라운 일이 벌어졌다. 발목까지 치렁치렁 내려오는 우아한 옷차림의 아가씨는 실내에 들어서면서 손에 들고 온 회색 곰인형을 태오에게 내밀었다. 그러자 말도 할 줄 모르는 생후 22개월의 이 어린아이가 거침없이 선물을 받아들더니 긴 소파 앞으로 걸어가 손가락질을 했다. 손님은 거기에 앉으라는 것이었다. 그리고 자신은 맞은편 1인용 소파에 점잖게 가 앉았다. 영락없이 새로 온 직원을 면접하는 주인의 태도다. 그리고 잠시 후 예쁜 인형 선물에 홀딱 넘어간 태오는 멜라니에 대한 사랑에 아주 빠져버렸다. 아빠, 엄마는 물론 우리 어른들은 안중에도 없는 것 같았다.

덕분에 우리는 어제 저녁에 합의한 오늘의 계획을 차질 없이 실행할 수 있었다. 젊은이들 셋은 먼길 마다않고 리비에라의 칸, 니스, 모나코 쪽으로 떠났다. 왜 젊은이들은 항상 내륙보다 바다 쪽의 좀 '야한' 매혹에 더 쏠리는 것일까? 나도 젊은 시절에는 칸, 니스가 보고 싶어 친구들을 꼬드겨 한밤중에 무작정 리비에라로 떠났다가 바닷가에 자동차를 세우고 차 안에서 우두커니 밤을 지새우고 돌아온 적이 있다. 이제는 젊지 않은 우리 내외와 사돈댁, 네 사람은 엑스 시내 쪽의 느긋한 산책을 택했다.

사실 엑스에서 오래 살았다고 하지만 나는 엑스 관광에 대해서는 잘 알지 못한다. 서울 토박이가 창경원을 잘 모르듯이, 엑스에서도 늘 다니던 길만 눈에 익었다. 기숙사 가젤에서 대학 교실이나 도서관으로, 아니면 시내 쪽으로는 에밀 졸라의 동상이 서 있는 주르당 공원을 건너질러서, 아니면 도르 비텔 로터리, 그리고 '9월 4일 거리'의 '네 마리 돌고래 분수대'를 지나, 쿠르 미라보, '모노프리' 지하실 식료품부, 혹은 몇 군데 서점과 카페, 영화관을 찾아가거나 친구들이 사는 구시가의 몇몇 허름한 거리를 맴도는 것, 그게 전부였다. 사돈 내외분을 위한 엑스 안내를 자청하자니 미리부터 진지한 '연구'를 해두지 않을 수 없었다. 관광안내서에 흔히 꼽는 것은 유서 깊은 구시가와 쿠르 미라보, 세잔의 아틀리에, 그리고 이 도시가 자랑하는 '책 마을(시테 뒤 리브르)' 등이다.

처음에는 알뤼메트 거리에 위치한 '책 마을' 쪽을 생각해보았다. 1810년 구시가의 시청 건물 안에 문을 열었던 메잔 도서관은 귀중한 장서의 양에 비해 비현실적으로 좁은 공간이었다. 1989년 엑스 시 당국은 드디어 로통드 광장 뒤편의 옛 성냥공장 터로 이 시립도서관을 이전하고 책과 관련된 기술대학, 다수의 협회, 모임 등을 대대적으로 통합, 확대하여 '책 마을'이라고 명명했다. 우리나라에 처음으로 문화부가 생기고 시립도서관이 문교부로부터 문화부 관할로 옮겨왔을 때 나는 프랑스와 영국의 시립도서관 제도를 살펴보고 보고서를 내기 위하여 장기간 연구 여행을 한 적이 있다. 그때 나는 학생 시절엔 없었던 방대한 '책 마을'을 방문하여 깊은 인상을 받았다. 우선 정문으로 세운 카뮈의 소설 『이방인』과 생텍쥐페리의 『어린 왕자』의 거대한 기념비적 모형이 대담하고도 아름다웠다. 또 그 두 권 다 내가 우리말로 번역한 책이니 내겐 감회가 없지 않다. 높이보다 넓이가 방대한 옛 성냥공장의

‘책 마을’ 정문에 세운
『이방인』과 『어린 왕자』 표지 모뉴먼트.

지하에 선로를 놓아 기차처럼 책을 신속하게 이동, 전달하는 시스템의 아이디어 또한 기능적이고도 신선했다. 그후 알베르 카뮈의 유족과 프랑스 출판문헌센터IMEC가 이 작가가 남긴 모든 원고와 자료, 장서, 그리고 각종 연구서, 번역서 등을 기증하여 이 안에 '알베르 카뮈 센터'를 열었다는 소식을 접한 바 있다. 몇 년 전 어느 날 나는 어느 낯선 한국 학생으로부터 엑상프로방스 소인이 찍힌 편지를 받았다. 엑스를 여행하고 있을 때 마침 그 '책 마을'에서 카뮈와 관련된 전시회가 열리고 있었고, 그 가운데서 내가 한국어로 번역한 카뮈의 책들이 진열된 것을 발견하고 반가워서 사진과 함께 보내준 고마운 편지였다. 그후 나는 이 센터로 내가 번역한 모든 카뮈의 작품을 보낸 바 있다.

그러나 바캉스를 겸하여 쉬러 온 분들을 모시고 책과 문헌이 가득한, 그것도 구시가의 반대쪽에 위치한 '문화 공간'을 찾아가자는 것은 너무 진지하고 무거운 일정 같다는 생각이 들었다. 그래서 나는 '물의 도시' 엑스와 밀접한 관련이 있는 이 도시의 수많은 분수대를 하나씩 찾아다니며 여유 있게 거닐고 오래된 구시가의 이모저모를 구경하고 즐기는 고고학적 산책을 선택하기로 했다. 사실 엑스가 아니라 해도 유럽의 유서 깊은 도시들에서는 아름답고 매력적인 분수대를 종종 만날 수 있다. 이탈리아를 여행하던 카뮈가, 카페들이 문을 닫는 늦은 밤이 되면 사탑으로 유명한 고도 피사가 신비스럽게도 "침묵과 물과 돌의 이상한 무대장치로" 돌변한다고 말할 때 '물'이란 바로 밤의 침묵 속에서 졸졸 소리내며 흐르는 '분수대'를 말하는 것이다. 목욕을 즐기고 수로 건설에 능했던 옛 로마인들이 세운 온천 도시인 동시에, 이동 목축이 성한 프로방스 지방의 양떼들이 지나다니던 길목인 엑스의 골목골목에는 대략 17, 18세기에 세워진 분수대만 해도 열다섯 개가 넘는다. 원래 분수대는 사람과 짐승의 식수를 받기 위한 실용적인 목적으로 만든 샘이었다. 그러나 점차 생활이 윤택해지면서 분수는 실용을 넘어서서 도시를 장식하는 문화적, 미적 장치로 중요한 기능을 담당하게 되었다.

나는 로통드 광장가에 위치한 관광안내소에서 배부하는 엑스의 지도를 손에 들고 사돈 내외분은 물론, 나 자신과 아내에게도 처음인 엑스 구시가의 분수대 탐방을 시작하기로 한다. 우선 엑스의 관문인 로통드 광장의 거대한 분수대는 비교적 가까운 과거인 1860년에 건축한 것으로, 이 도시의 얼굴이다. 바로 우리가 머무는 보르쾨유 마을 옆의 생탕토냉과 퓌보 마을에서 가져온 돌로 제작한 원형의 받침 수반은 지름이 32미터, 높이가 12미터. 그 위에 다시 지름 15미터의 중간 수반이 있고 꼭대기에는 각기 다른 조각가가 제작한 세 여신이 서로 다른 방향을 바라보고 하늘 높이 서 있다. 마르세유 방향의 남쪽을 바라보는 여신은 상업과 농업, 쿠르 미라보 쪽을 바라보는 여신은 정의(사법), 북쪽인 아비뇽 방향을 바라보는 여신은 예술, 이렇게 각각의 미녀들은 이 고도의 삶을 떠받치는 세 가지 기반을 상징한다. 물은 수백 킬로미터 떨어진 베르동 강에서 수로를 통해 끌어들인다.

엑스는 로통드 분수대에서 쿠르 미라보를 바라보며 그 양쪽, 즉 왼쪽(북쪽)의 구시가와 오른쪽(남쪽)의 신시가 마자랭 구역으로 나뉜다. 쿠르 미라보에는 세 개의 분수대가 차례로 배치되어 있다. 우선 역사가 오랜 대형 슈퍼마켓 '모노프리' 앞에 위치한 비교적 큰 '아홉 대포 분수'는 1651년에 세워진 문화재로, 아를 지방의 양떼가 이동하며 목을 축이던 곳이어서 수반의 높이가 낮은 편이다. 조금 더 올라가면 일명 '이끼 분수'라고도 불리는 '더운 물 분수대'가 있다. 안쪽 구시가의 바니에 온천수를 끌어들인 물이어서 따뜻하고 겨울에는 김이 난다. 17세기에 처음 만들어진 이후 여러 차례 손질을 거듭한 이 분수대는 비교적 크기가 작은 수반 위에 조립된 분수에 파랗게 이끼가 덮여 있어 식물학자들이 특별한 관심을 보인다.

쿠르 미라보 거리의 가장 위쪽 포르뱅 광장에는 1480년 7월 10일 엑스에서 사망한 성군 르네 왕의 석상이 플라타너스 궁륭을 내려다보고 있다. 한쪽 손에는 왕홀을, 다른 한쪽 손에는 사향포도(뮈스카) 한 송이를 들고 있고 발아래에는 책과 팔레트가 놓여 있다. 이 왕이 엑스를 위하여 농업과 문학, 예술 방면에서 세운 위대한 업적을 상징한다. 왕정 복고 시절인 1822년, 6톤이 넘는 이 조각 작품을 수레에 실어 파리에서 이곳까지 700여 킬로미터를 이동하는 데 무려 한 달이 걸렸다. 이 동상 밑에는 널찍한 분수의 수반에 물이 가득 고여 찰랑거리는데, 턱의 높이가 적당하여 사람들은 여름철이면 플라타너스 그늘이 드리운 가장자리에 걸터앉아 쉬기를 좋아한다. 자, 이번에는 포르뱅 광장을 건너질러 오페라 거리로 오르다가 왼편의 퐁텐 다르장 거리에 있는 작은 분수를 구경한다. 다시 오페라 거리에서 포르뱅 광장으로 되돌아 나와서 왼편의 이탈리 거리를 오르다가 오른쪽 두번째 카르디날 거리가 '9월 4일 거리'와 교차하는 작은 광장에 이르면 엑스의 명물인 '네 마리 돌고래 분수대'를 만난다.

17세기 중엽 엑스의 고대 성벽을 허물고 마차가 다닐 수 있는 신식 쿠르 미라보를 건설하는 데 앞장섰던 엑스의 대주교 미셸 마자랭은 교황 이노센트 10세 때 추기경을, 그리고 루이 13세와 14세 때 재상을 지낸 저 유명한 역사적 인물 쥘 마자랭의 동생이다. 그는 꼬불꼬불한 골목길이 뒤엉킨 북쪽의 중세 구시가의 건너편인 남쪽 지역에 이탈리아 르네상스식을 본떠 바둑판처럼 길이 반듯하게 교차하는 신시가지를 건설했다. 그래서 이 구역에는 그의 성을 따서 마자랭이라는 이름이 붙었다. 그는 또한 거리 한가운데에 화려한 대저택들로 에워싸인 작은 광장을 만들었는데, 그를 상징하여 이름이 '생미셸'이었던 광장은 훗날 '네 마리 돌고래(카트르 도팽)' 광장으로 개명되었다. 1667년 조각가 장클로드 랑보가 제작한 네 마리의 돌고래가 피라미드 기둥을 에워싸며 각기 동서

남북을 향하여 입으로 물을 내쏟는 이 아름다운 분수. 나는 학생 시절 기숙사와 시내를 오고가는 길에 언제나 이 분수 옆을 지나치곤 했다. 이십대 후반과 삼십대 초반 내 젊은 시절의 모든 우울과 기쁨이 깃들어 있는 이 광장과 분수, 나는 70년대 말 어느 날 저녁 그곳에서 열린 '거리의 음악제'에서 소프라노 조안 서덜랜드의 매혹적인 벨칸토와 분수의 나직한 물소리에 귀를 적신 적이 있다.

물의 도시를 걷다
-구시가의 골목길들

"이민자의 아들인 열세 살 소년은 '네 마리 돌고래 분수대'를 바라본다. 돌로 새긴 돌고래는 어떤 알 수 없는 불안감에 싸인 듯 꼬리를 무겁게 늘어뜨린 채 입으로 물을 내뿜고 있다. 그가 다니는 중학교는 거기서 아주 가깝다. 1853년 어느 날 아침, 소년은 서둘러 분수대 곁을 떠나서 언제나 음침하고 늘 닫혀 있는 소성당의 출입문 쪽으로 다가간다. 친구들과 어울려 거리에서 너무 오랫동안 빈둥거리다보면 수업 시작 시간에 늦곤 해서 철책이 쳐진 수위실 창문 앞으로 가서 문을 열어달라고 해야 하는 것이다. 출입문을 지나면 키가 큰 플라타너스들이 서 있는 네모난 뜰과 커다란 분수가 나온다. 이어 그네와 평행봉이 설치된 두번째 뜰이 나온다. 1층의 자습실들은 음산하고 공기가 잘 통하지 않는다.

2층의 교실들은 옆집 뜰의 나무 그늘에 창문이 면해 있어서 한결 쾌적하다. 엑스의 오랜 공립중학교인 이 '부르봉 중학교'에서 에밀 졸라는 크게 신날 일이 없다." 이것은 나의 옛 지도교수이기도 한 소설가 레몽 장의 저서 『세잔, 졸라를 만나다』의 시작 부분이다.

과연 '네 마리 돌고래 분수대'에서 다시 쿠르 미라보 쪽으로 나오기 위하여 카르디날 거리를 불과 20여 미터만 따라 내려가면 이내 그 왼쪽에 '미녜 중학교'의 출입문이 보인다. 19세기 중엽에는 교명이 '부르봉 중학교'였던 이 학교에서 에밀 졸라는 세잔을 처음 만났다. 같은 학년은 아니었지만 그들은 장 바티스트 바유와 더불어 '세 단짝'으로 통하는 절친한 친구가 되어 엑스 주변의 들판과 강가를 헤매고 다녔다. 세잔이 즐겨 그렸던 정물화 속의 사과, 그 사과의 연원은 그의 말대로 "아주 옛날로 거슬러올라간다!" 다른 아이들과 달리 파리 말씨에 근시안인데다 늘 어색한 태도로 말을 더듬기까지 하는 졸라는 친구들의 조롱과 야유를 받곤 했는데, 그때마다 세잔이 그를 보호해주고 너그럽게 감싸주었다. 이런 친절에 감사하는 뜻에서 어느 날 졸라가 사과 한 바구니를 들고 세잔의 집을 찾아갔다. 그들의 우정은 이 사과 바구니와 함께 시작된 것이다.

자, 우리는 이미 남쪽의 마자랭 구역에서 너무 오래 지체했다. 이제 쿠르 미라보 맞은편에 위치한 엑스의 구시가로 발길을 돌려야겠다. 미녜 중학교에서 조금만 더 내려오면 이내 로통드 광장이다. 큰 분수대를 등에 지고 쿠르 미라보가 시작되는 초입에서 왼편 골목으로 들어서면 곧 조그만 오귀스탱 광장이 나타난다. 이미 앞서 쿠스쿠스 요리를 맛보기 위하여 르리아드 식당을 찾아갈 때, 마르세유 비누 상점을 찾아갈 때, 이렇게 두 번이나 통과한 적이 있어 광장은 구면이다. 여름철에는 그 주변에 카페의 테이블과 의자 들이 어지럽게 놓이고, 많은 사람들이 모여들어 붐빈다. 그 한가운데 서 있는 것이 '오귀스탱 분수'. 본래 엑스 시외의 오귀스탱 시문市門 근처에 있던 분수를 이곳으로 옮겨놓은 것이다. 17세기 초에 제작된 이 분수대는 18세기 말에 공공세탁장으로 개조되었다가 1820년에 개축되었다. 분수대의 한 면에는 그 개축된 연대가 선명하게 새겨져 있다. 수반 가운데 우뚝 선 화강암 기둥은 프로방스 백작 저택의 능묘에 있던 로마 시대의 돌을 옮겨놓은 것이고, 그 꼭대기에는 구리로 만든 별이 반짝인다. 한때 이 도시로 드나들던 기관차에 사용하는 물을 공급하던 분수다.

우리는 이제 이 작은 광장에서 쿠론 거리를 따라 올라간다. 이 거리 왼편 어디쯤에는 한때 나의 스위스 출신 여자친구 클레르 리즈가 세 들어 살던 아파트가 있었다. 그녀의 집을 방문한 나와 친구들이 혹시 대문을 제대로 닫지 않은 채 계단을 올라가기라도 하면, 언제나 베란다에 나와 하릴없이 마당을 내려다보고 있는 어떤 노파가 어김없이 퉁명스러운 어조로 내뱉는 것이었다. "문은 닫으라고 만든 것이오!" 젊은 사람들에게 언제나 너그러운 한국의 할머니들에 익숙해 있던 나에게 그런 퉁명스러운 잔소리는 좀 충격이었다. 그냥 "대문을 좀 닫으시오"라고 충고하면 좋지 않겠는가. 나는 순간적으로 심사가 틀려 "문은 열라고 만든 것인 줄 알았는데요!" 하고 말대답을 했다. 덕분에 그 집을 찾아갈 때마다 나는 그 노파의 심술궂은 눈총을 받아야 했다. 쿠론 거리가 끝나고 리외토 거리가 시작되는 오거리에 이르면 도로보다 좀 높은 오른쪽 둑 위에 작은 타뇌르 광장이 나타난다. 역시 주변 식당의 파라솔과 작은 식탁 및 의자 들, 그리고 헌책방의 책 진열대까지 늘어놓인 한가운데 문득 고요의 섬처럼 커다란 트로피를 머리에 이고 대리석 수반으로 물을 흘려보내는 아담한 분수대를 만난다. 이 적적한 물소리가 좋아 우리 친구들은 시내에서 만날 때면 이곳을 약속 장소로 정하곤 했었다.

리외토 거리를 좀더 따라 올라가면 길은 마르세유 비누 상점이 있는, 그리고 1848년에 세잔의 아버지가 처음으로 문을 연 세잔 은행이 있었던 코르들리에 거리와 교차한다. 그 길을 건너질러 계속 올라가다가 오른쪽 첫번째 좁은 길로 들어서면 이내 포럼 데 카르되르 광장이 나온다. 그 왼쪽에 마치 수줍은 미소년처럼 호젓하게 서 있는 '작은 분수' 혹은 '퐁테트 분수'. 그 어디보다도 한적한 이 작은 광장은 오히려 여염집 안뜰 같은 인상이다. 카페에서 가지런히 내놓은 의자들 위로 접혀 있던 파라솔을 펼치던 청년이 내게 눈인사를 건넨다. 분수대 사면에 무쇠로 새겨진 앳된 얼굴의 입에서는 물이 쏟아진다. 잠시 의자에 앉아 그 물소리에 귀를 적시고 싶지만 아직 찾아가야 할 분수대가 많이 남아 있기에 내처 걷기로 한다.

포럼의 끝, 왼쪽으로 난 브넬 거리로 접어들었다가 우회전하여 봉 파스퇴르 거리를 따라 오르면 위니베르시테 광장이 나타난다. 이 지역이 고대 엑스의 심장부였던 옛 '소뵈르 마을'이다. 이 마을의 중심은 물론 생소뵈르 대성당이다. 옛 아폴로 신전 자리에 세워진 이 고색창연한 대성당은 5세기에서 18세기까지 1300년간의 긴 역사를 기록하며 조금씩 모습을 바꾸어왔다. 그 안에는 하느님이 모세에게 모습을 드러내 보인 〈타오르는 덤불숲〉 세 폭 장식 그림, 그리고 잘려나간 자신의 머리를 두 손으로 들고 있는 미트르 성인상이 특히 유명하다는 말을 수없이 들었지만, 나는 아직까지 한 번도 그 안에 들어가보지 못했다. 역사가 오랜 대성당이란 한번 그 안에 발 들여놓으면 그 장엄한 공간과 정교한 구조, 그리고 그 안에 소장된 보물들 때문에 자신도 모르게 한나절을 다 보내고 나오게 마련이다. 그래서 이번에도 분수대 순례를 위하여 시간을 아껴두기로 한다. 그 대신 널찍한 광장을 사이에 두고 맞은편에 우뚝 선 정치학연구소 건물을 눈여겨본다. 1950년대 신시가지에 큰 건물을 새로 짓기 전까지 엑스 대학교 법과대학으로 사용하던 곳이다. 아라공 왕이며 프로방스의 백작이었던 알퐁스 1세가 12세기에 세운 유서 깊은 엑스 대학교 자리에 조성한 고전적인 건물이다. 대성당과 연구소 사이로 난 좁은 길이 이 도시에서 로마와 중세 시대의 옛 모습을 그대로 간직한 가스통 드 사포르타 거리다. 이 거리의 좌우에는 구시가 중에서 가장 화려한 대저택들이 즐비하다. 우선 길의 왼쪽에는 조그만 마르티르 드 라 레지스탕스 광장이 한적한 안뜰처럼 깃들어 있고, 그 안쪽에 '태피스트리 박물관'으로 쓰이는 옛 대주교관이 우아한 자태를 자랑한다. 마침 오늘 화요일은 박물관이 쉬는 날이다. 대문 앞에서 돌아나오다가 오른쪽을 보면 대주교관 뜰로 들어가는 철책 문이 숨은 듯 보인다. 그 안에서 여름철이면 국제 음악제의 일환으로 모차르트의 오페라가 공연된다. 철책 앞에 의자를 내놓고 어떤 부인이 한가하게 뜨개질을 하고 있다. 부인에게 혹시 이 근처에 에스펠뤼크 분수가 있다는데 어디 있는지 아느냐고 물어본다. 부인은 "분수라……" 하고 혼잣말을 하며 한참 생각에 잠기더니 바로 옆을 가리킨다. 과연 안내서에 나와 있는 대로 오랜 세월에 마모된 두 개의 괴면상의 입에 물린 쇠대롱에서 물이 졸졸 흘러나오는 분수대가 대사원의 남쪽 벽면에 붙어 있다. 그 주위 카페테라스에 몇 안 되는 사람들이 둘러앉아 차를 마신다. 분수의 위쪽 벽에는 20세기 중엽의 역사학자 마르셀 프로방스의 얼굴이 새겨져 있다. 뜨개질을 하고 있던 부인에게 이번에는 내가 물어본다. 이 분수야말로 1618년에 만들어 지금은 없어진 에스펠뤼크 광장에 설치했다가 대주교관 앞에 새로 조성한 작은 광장을 장식

^^ 엑스에서 가장 오래된
에스펠뤼크 분수대.

하기 위하여 이곳으로 옮긴, '엑스에서 가장 오래된' 분수라는 사실을 알고 있느냐고. 부인은 그 사실을 처음 알게 되었다면서 놀란다. 하기야 나 역시 서울의 숨은 고적들에 대하여 외국인에게 배우는 일이 없지 않다. 되풀이되는 일상생활 속에서 우리는 흔히 호기심이 마모되어 무심해지기 쉬운 것이다. 반면에 이방인들은 모든 것을 새로운 눈으로 바라보며 놀란다.

가스통 드 사포르타 길의 건너편, 17번지는 현재 '옛 도시 박물관'으로 사용되는 에티엔 드 생장 저택, 19번지는 화려한 중앙 계단과 속임수 그림으로 유명한 샤토르나르 저택, 21번지는 17세기 건축물 특유의 우아한 정면(파사드)이 일품인 부아예 드 퐁스콜롱브 저택, 23번지는 18세기 엑스의 가장 유서 깊은 가문 중의 하나인 메니에 도페드 저택으로 지금은 엑스 대학교 소속으로 외국인 학생들을 위한 불어 어학원으로 쓰이고 있다. 아내는 엑스에 처음 도착했던 70년대 말에 여기서 불어를 배웠다.

그 길의 끝에는 엑스에서 쿠르 미라보와 더불어 가장 사람이 많이 모이는 시청 앞 광장. 이제 우리도 광장을 가득 메운 카페의 테이블 하나를 차지하고 잠시 쉬기로 한다. 음료수로는 과일주스, 페리에, 입안이 환해지는 박하수, 그리고 여름 프로방스 카페에서 빼놓을 수 없는 파스티스. 코린트식 기둥머리를 인 거대한 화강암 기둥은 장엄하고, 물이 찰랑거리는 다면체의 넓은 수반과 그 턱에 걸터앉아 쉬는 사람들의 모습이 여유롭다. 우리가 앉은 자리는, 17세기에 건축한 르네상스풍의 우아한 시청 건물, 론 강과 뒤랑스 강을 관장하는 두 여신상이 삼각형의 박공 밖으로 쏟아져 내릴 것 같은 중앙우체국(옛 곡물시장 건물)의 18세기 건축미를 음미하기 좋은 장소다.

쉬었던 자리에서 일어나 보브나르그 거리를 따라 내려온다. 좌회전하여 샤브리에 가와 거기에 이어진 조베르 가를 계속 따라 가면 '세 그루 느릅나무'를 의미하는 아담한 트루아조르모 광장에 이른다. 이름에 값하려 함인가, 아직은 어린 나무 세 그루 수줍게 서 있다. 그 한가운데 팔각형의 수반이 꽃과 과일을 새겨 장식한 짧고 무거운 기둥의 사방에서 작은 대롱을 통해 흘러나오는 물을 받고 있다. 찬물 속에 백포도주 몇 병을 담가 식히는 투명한 플라스틱 통 하나가 수반의 쇠시리에 올려져 있어 분수대의 정취와 서늘한 느낌을 더한다. 다시 분숫가의 몽티니 가를 따라 내려오면 이내 널찍한 프레쇠르 광장. 일주일에 화, 목, 토 사흘 아침이면 신선한 과일과 채소를 파는 장이 서는 곳이다. 거창한 마들렌 성당 앞에 화려하게 조각된 좌대 위로 하늘을 찌를 듯이 솟은 오벨리스크와 그 꼭대기에서 금방이라도 날아오를 듯 날개를 펼친 독수리가 고개를 한껏 뒤로 젖히게 한다. 좌대의 사방에 새겨진 인물상이 각각 엑스를 빛낸 섹스티우스, 샤를 드 멘, 루이 14세, 훗날 루이 18세가 될 프로방스 백작이라는 것을 아는지 모르는지 간편한 셔츠 차림의 젊은이는 널찍한 수반에 털북숭이 애완

견을 빠뜨려놓고 목욕을 시키는 데 여념이 없다.

이 광장은 법원 앞 광장과 이어져 있다. 그 오른쪽으로 난 마리위스 레노 가를 따라 내려오면 오른쪽 두번째 골목이 바니에 거리다. 그 길이 샤플리에와 교차하는 모퉁이에서 우리는 앞서 본 에스펠뤼크 분수와 더불어 이 도시에서 가장 오래된 바니에 분수(1685년)를 만난다. 벽에 새겨진 두 개구쟁이가 입에 문 대롱에서 물이 흘러나오는 모습도 앞서의 오래된 분수와 흡사하다. 여기서도 분수 바로 곁에 놓인 몇 개의 의자에 한가하게 앉아 차를 마시며 담소하는 몇 안 되는 동네 사람들의 모습이 고즈넉하다. 물이 흘러나오는 두 개의 얼굴 위에서, 최근에 르누아르의 데생을 바탕으로 하여 새긴 화가 세잔의 얼굴이 꽃과 과일 장식에 에워싸인 채 내려다보고 있다.

이제 구시가의 마지막이며 가장 화려한 분수대를 찾아갈 차례다. 마리위스 레노 가 쪽으로 되돌아나와서 오른쪽 에스파리아 거리를 따라 내려가면 그 왼쪽에 결코 놓칠 수 없는 알베르타 광장과 그 한가운데 커다란 무쇠 잔이 물을 받는 분수대를 만나게 된다. 정치한 18세기 저택들이 삼면으로 둘러싸고 있는 이 아름다운 광장은 문득 사람의 발길이 뜸해지면서 저물어가는 여름 하오의 빛 속에 침묵을 담는다. 비록 근세에 와서 제작한 것이지만 광장 한가운데 자리잡은 주물의 수반은 저녁나절의 고요 속에서 마치 나직한 피아노 선율을 간간이 흘리듯 작은 물줄기를 뿜어낸다. 섬세하고 아름다운 조각상이 무표정하게 내려다보는 어느 현관 앞 계단에는 젊은 연인들이 와 앉아 느리고 부드럽게 입을 맞춘다. 이제 우리도 보르쾨유 집으로 돌아갈 시간이다. 사돈이 보르도에서 안고 오신 향기로운 포도주 병을 열게 될 저녁식사에 마음이 당겨 벌써부터 발걸음이 급해진다.

뤼베롱 골짜기의 숨은 꽃 –루르마랭

오후에 알베르 카뮈의 딸 카트린 카뮈 여사와 만나기로 약속한 날이어서 우리는 루르마랭을 찾아가기로 했다. 아이들은 엑스에서 하루를 느긋하게 보낼 계획이다. 늦은 아침을 먹고 우리 부부는 사돈 내외분과 함께 생트빅투아르 산록의 길을 따라 동쪽으로 나아갔다가 7번 국도를 따라 다시 북쪽으로 올라갔다. 엑스, 압트, 카바용을 꼭짓점으로 하는 보클뤼즈 지방 삼각형 가운데 루르마랭은 그 중심을 차지하는 곳으로, 엑스에서 36킬로미터. 북쪽에는 뤼베롱 산맥이 동서로 달리고 그 아래는 길고 긴 뒤랑스강 골짜기. 그 강을 따라 프로방스의 땅과 사람과 짐승의 목을 축여주는 운하들이 실핏줄처럼 뻗어 있다. 알퐁스 도데의 단편소설 「별」에 그려져 있듯이 목동들과 양떼들은 큰 뤼베롱과 작은 뤼베롱 사이의 루르마랭 협곡으로 난 이 이동 목축의 길을 따라 남쪽으로 내려오는 것이었다. 봄철이면 벚꽃이 만발하는 이 아름다운 시골길을 나는 좋아한다. 도로변의 엑스, 프로방스, 뤼베롱 등의 이름을 붙여 포도주를 생산하는 포도밭에 초록이 무성하다. 카트린 여사는 전화 통화 때 "카드네를 지나면 곧 루르마랭이니 마을 입구의 주차장에 차를 세우고 전화하시면 마중나가지요"라고 말했었다.

루르마랭은 이미 여러 차례 방문한 적이 있어서 내게도 구면이다. 1974년 학위논문을 끝내고 처음 찾아갔을 때 마을 입구에서 수선화를 한아름 꺾어들고 가는 한 소년을 만났다. 어디서 그렇게 아름다운 꽃을 꺾었느냐고 묻자 소년은 저쪽에 많이 피어 있다면서 자랑스러운 듯 활짝 웃었다. 그리고 뜻밖에도 자신이 꺾은 꽃다발 한 묶음을 불쑥 내밀었다. 덕분에 나는 마을 옆의 별바른 묘지로 찾아가서 알베르 카뮈의 무덤 앞에 놓인 항아리에 그 꽃다발을 바칠 수 있었다. 30여 년 전 저쪽의 그 꽃, 그 봄빛이 어제 일처럼 생생하다. 그때의 사진이 나의 여행기 『시간의 파도로 지은 성』 첫머리에 실려 있다.

과연 마을 입구의 안마당 같은 작은 주차장에 차들이 빼곡하다. 인구 1천 명이 채 되지 않는 마을의 호젓한 골목길. 나는 번거롭게 전화를 걸 것 없이 곧장 카뮈의 집을 물어 찾아가고 싶었다. 이 작은 마을에 카뮈의 집을 모르는 사람은 없을 것 같았다. 그런데 지나가는 사람이 있어 카뮈의 집을 아느냐고 물으니 뜻밖에도 우물우물하며 잘 모른다는 답이 돌아온다. 이내 길이 세 갈래로 갈라지는 곳에 작은 분수가 있고 두세 개의 테이블과 의자 들이 놓인 작은 카페. 그 맞은쪽에는 피자집 간판도 보인다. 어렴풋한 기억을 더듬으니 그 안쪽 어디엔가 '카뮈의 집'이 있었던 것 같은 생각이 난다. 그런데 마침 고개를 드니 피자집 바람벽 위쪽 덧문이 닫힌 창 아래 '알베르 카뮈 길Rue Albert Camus'이라고 직접 손으로 새겨 붙인 듯한 사각형의 베이지색 표지판이 보인다. 그 안으로 조붓한 골목길이 경사진 언덕을 오른쪽으로 돌아가고 있다. 전에는 이름이 '성당 가는 큰길Grand'rue de l'Eglise'이었다. 세상에 자신의 이름이 붙은 길에 집을 가진 사람은 그리 많지 않다. 살아있는 동안에 파리의 개선문에서 집 앞으로 뻗은 대로가 자신의 이름으로 명명되는 영광을 입은 빅토르 위고가 아마도 대표적인 경우일 터이다.

아직 약속한 시간은 충분히 남았으므로 일단 골목 입구의 피자집에서 간단히 점심식사를 하기로 한다. 우선 주인에게 카뮈의 집이 어딘지 아느냐고 묻는다. 그런데 뜻밖에도 "이 골목 안 어디에 있다는데 잘 모르겠다"는 흐릿한 대답이다. 카뮈가 이 집을 매입한 것은 노벨문학상을 받은 이듬해인 1958년이었다. 그런데 반세기가 훌쩍 넘는 오랜 이웃인 그 집을 "잘 모른다"는 것이다. 카트린 여사가 전화 통화 때 내가 마을에 가서 직접 물어보고 찾아가겠다고 하자 "마을 사람들이 그다지 협조적이지 않을 것"이라고 했던 말이 기억났다. 그뿐 아니라 벌써 오후 2시가 가까운 시간이어서 피자집은 식사 서비스마저 끝났다는 대답이다.

하는 수 없이 우리는 마을 안쪽으로 난 길로 느릿느릿 걸어 내려간다. 길의 좌우에는 그림들이 걸린 아담한 갤러리, 그림엽서나 수공예품을 파는 가게, 카페, 혹은 어느 집 안마당으로 통하는 듯 깊숙한 파사주가 정답다. 마침내 루르마랭에서 사람의 왕래가 가장 많은 광장. '가비' '오르모' '라퐁텐' 이렇게 세 개의 카페가 마주보는 이를테면 '번화가'다. 우리는 왼쪽의 '가비'네 집을 택하여 테라스의 테이블에 자리잡는다. 마침 오늘의 메뉴는 내가 아주 좋아하는 밀라노식 '로소부코'. 송아지 뒷다리 토막을 백포도주 양념에 절여 골수가 든 뼈째로 익혀내는 별미의 요리다. 식사 후에 카트린 카뮈 부인에게 전화를 걸고 '알베르 카뮈 길'을 올라가니, 아무도 없는 골목에 안경을 쓰고 수수한 푸른 옷차림을 한 부인이 집 문 앞에 나와서 우리를 반갑게 맞아준다. 배의 선수船首를 연상시키는 길 쪽의 높이 솟은 집의 지붕이 눈에 익다.

부인은 몇 개의 계단을 올라서서 대문을 열기 전에 나직하게 귀띔한다. 지금 막 아이들이 낮잠에 들었는데 집 안의 개가 낯선 사람을 보고 짖어대면 아이들을 깨울지도 모르니 조용히 아래쪽 사무실로 내려가자는 것이다. 여름 한낮의 빛이 강해서 상대적으로 실내는 서늘하고 어둑하다. 무사히 현관을 통과하여 사무실로 이어지는 계단을 내려가기 전에 부인이 우선 테라스로 우리를 안내한다. 좁은 골목 안에서 본 집은 그리 대단해 보이지 않았고 오히려 좀 협소한 느낌을 주었는데 오래 묵은 돌난간을 손으로 쓰다듬으면서 테라스로 나아가자 눈앞으로 멀리 뤼베롱 산맥에 이르기까지 시야를 가리는 장애물 하나 없이 확 터진 보클뤼즈 평원과 뒤랑스 강 계곡이 펼쳐진다. 테라스 난간 위에 놓인 큼직한 돌 화분에 꽃들이 만발했고 집 앞으로는 넓은 포도밭과 하늘을 손가락으로 가리키는 듯한 시프레나무들. 난간 옆 한구석에 놓인 철제 테이블과 빈 의자 위로 쏟아지는 햇빛이 눈부시다. 카뮈는 이 풍경을 앞에 두고 생각에 잠겼고, 이 눈물겹도록 아름다운 풍경을 앞에 두고 『최초의 인간』을 썼다. 나는 옆에 서 있는 카트린 카뮈 부인을 까맣게 잊은 채 풍경 저 멀리 던져진 카뮈의 시선을 생각한다. 아니, 나 스스로 그의 시선이 된 느낌이다.

아마도 이와 비슷했을 이탈리아 피렌체의 풍경을 앞에 두고 카뮈는 그의 시적 산문 「사막」에서 이렇게 썼다. "이미 수없이 많은 눈들이 이 풍경을 응시했었다는 것을 나는 안다. 그런데 내게는 이 풍경이 마치 하늘의 첫번째 미소와도 같이 여겨졌다. 그것은 가장 깊은 의미에서 나를 밖으로 끄집어내놓는 것이었다. 나의 사랑과 이 돌의 아름다운 절규가 없다면 모든 것이 다 무용하다는 것을 이 풍경은 내게 확신시켜준다. 세계는 아름답다. 이 세계를 떠나서는 구원이란 있을 수 없다. 이 풍경이 내게 차근차근

루르마랭 마을 안 알베르 카뮈의 집 ≫
테라스 풍경. 밝은 햇빛 속에 시프레나무와
초원이 더 생생해 보인다.

가르쳐주는 위대한 진실은 바로 정신이란 아무것도 아니라는 것, 마음도 아무것도 아니라는 것, 햇살에 따뜻해진 돌, 혹은 하늘에 구름이 걷히면서 훌쩍 키가 크듯 위로 솟구치는 시프레나무, 바로 그것이 '이치에 맞다'는 말이 가질 수 있는 유일한 세계를 금 그어주는 경계선이라는 사실이다. 유일한 세계란 다름 아닌 인간이 없는 자연 바로 그것이다. 그리하여 이 세계는 나를 무화無化한다. 그것은 나를 저 극한에까지 떠밀어간다. 세계는 분노하지 않은 채 나를 부정한다."

카뮈는 2차 대전이 끝난 직후인 1946년 무렵, 일 쉬르 라소르그에 사는 시인 르네 샤르를 만났고 그를 통해서 보클뤼즈 지방을 알게 되었다. 이 지역의 풍경을 바라보며 카뮈는 고향 알제리의 산야를 떠올렸고 행복했다. 그후 그는 르네 샤르가 사는 곳 가까이 있는 팔레름에 시골집을 빌려 여러 차례 머물곤 했다. 1957년 노벨문학상 수상은 그에게 기쁨만 안겨준 것은 아니었다. 그를 공격하는 사람들이 많은 파리의 지식인 세계에서 그는 고립된 느낌이었다. 고향 알제리에서 벌어진 전쟁은 날이 갈수록 악화되어갈 뿐 해결책이 보이지 않았다. 그는 신경쇠약에 시달렸다. 그는 "늘 무엇인가 용서받아야 할 것이 있는 것만 같은 느낌을 주는" 파리의 지식인 세계를 떠나고 싶었다. 알제리로 돌아갈 수도 없게 된 그는 밝고 한적한 집필 환경을 찾아서 차라리 다른 나라로 가 살 생각도 했다. 가장 먼저 떠오른 곳은 어머니의 나라인 스페인이

였지만, 프랑코 독재 아래에 있었다. 그리스와 이탈리아를 생각해보았지만 파리를 아주 떠날 수는 없었다. 결국 그는 글을 쓸 수 있는 자신만의 고독과 시간을 얻기 위하여 이 지역에 시골집을 매입하고 필요할 때 파리에 잠깐씩 올라가기로 했다.

1958년 8월 31일, 그는 아내와 함께 일 쉬르 라소르그로 내려왔다. 그는 『작가수첩』에 이렇게 기록한다. "9월 2일. 뤼베롱 쪽 전망이 아름다운 셋집을 돌아본다. 뤼베롱 산등성이로 난 길로 르네 샤르와 세 번이나 장거리 산보를 한다. 세찬 빛, 광대무변한 공간이 나를 흥분시킨다. 또다시 나는 이곳에 살고 싶고 내게 맞는 집을 구하고 싶고 드디어 좀 정착을 해보고 싶다. (……) 9월 30일. 보클뤼즈를 다시 보고 집을 하나 구하기 위하여 한 달을 보냈다. 루르마랭의 집을 매입." 그는 옛 스승이요 이후 친구가 된 장 그르니에에게 보내는 9월 25일자 편지에서 "저도 선생님의 영역으로 발을 들여놓은 거지요. 곰곰 생각해본 끝에 이 참한 집을 샀습니다"라고 적었다. 사실 카뮈에게 루르마랭을 처음 소개한 사람이 바로 장 그르니에였다. 북쪽 브르타뉴 출신인 이 철학자는 아비뇽 출신의 작가 앙리 보스코를 통해서 루르마랭을 처음 알게 되었고, 1928년에는 이 마을에서 결혼식을 올렸다. 1930년과 1931년 두 해 여름을 이 마을의 성안에 있는 로랑 비베르 재단에서 빌려주는 작업실에서 기거한 적도 있다. 그래서 카뮈는 편지에서 이 마을을 '선생님의 영역'이라고 한 것이다.

카뮈가 노벨상 상금 덕분에 외과의사 올리비에 모노로부터 당시 시세로 930만 프랑에 사들일 수 있었던 이 아름다운 시골집은 원래 누에를 키우던 양잠장이었다. 전기 작가들의 설명에 따르면, 지하실 하나, 1층에 거실, 아이들 방 두 개, 부엌이 있고 2층에는 큰 방 하나와 욕실과 침실, 그리고 지붕 밑에 다락방이 하나 더 있는 매우 복잡한 구조의 집이다. 교회 쪽으로 올라가는 길과 같은 높이인 테라스는 높이를 달리하는 여러 층의 정원을 굽어본다. 나직한 담을 지나 거의 카뮈 집안사람들만 사용하는 골목 너머로 펼쳐진 정원은 골짜기로 이어지다가 수목이 우거진 야산과 만난다. 그 너머로는 뤼베롱 산맥이 병풍처럼 둘러 있다.

집을 매입한 즉시 10월 초의 두 주를 파리에서 보낸 카뮈는 마침내 루르마랭 집으로 혼자 돌아온다. "10월 17일 보클뤼즈로 출발. 10월 18일. 나는 건조하고 싸늘한 미스트랄 바람 속에서 밤기차를 타고 와 일 쉬르 소르그에 내린다. 반짝이는 햇빛 속에서 하루종일 기분좋은 흥분을 주체할 수가 없다. 전신에 힘이 솟아나는 기분이다. 19일. 끊임없는 빛. 가구 하나 없이 텅 빈 집에 여러 시간 동안 우두커니 서서 포도나무의 붉은 낙엽들이 거센 바람에 불려서 이 방 저 방으로 날아드는 것을 바라보다. 미스트랄 바람."

그로부터 반세기가 지난 이 뜨거운 여름날 오후, 당시 열세 살밖에 되지 않았던 카뮈의 딸 카트린은 이제 육십대 후반의 부인이 되어 두꺼운 근시안 안경을 추켜올리며 아래 사무실로 통하는 계단을 앞장서서 내려간다.

알베르 카뮈의 집

카트린 카뮈 여사의 '사무실'은 집 왼편의 잔디밭과 안뜰 쪽으로 향한 환하고 소박한 방이다. 궁륭형의 둥근 천장. 방 입구의 작은 책장을 등지고 창 쪽을 보도록 배치한 소파. 벽에 붙여놓은 갈색 나무로 짠 서류 정리함. 작은 나무 책상과 의자 하나. 오른쪽 창가에 놓인 필기대 겸용의 약간 높은 나무 장. 창가에 놓인 책상에서 그의 '협력자'라는 젊은이가 컴퓨터 모니터를 들여다보면서 작업을 하고 있다. 지난 30여 년 동안 카트린 카뮈가 아버지의 지적 유산을 관리하면서 유고를 정리하고 출판하는 일을 계속해온 작업실이다.

나는 여사가 권하는 소파에 앉으면서 우선 마을에서 만난 사람들이 아무도 이 집을 정확하게 가르쳐주지 않더라는 말부터 꺼냈다. 그러자 그녀는 나직하게 웃으며 "우리를 보호해주려고 그러는 거예요" 하고 대답했다. 사실 나는 마을 사람들이 그 유명한 작가의 집을 잘 알고 있을 것이라는 짐작만 했을 뿐 그 집에 사는 사람들의 입장이 되어서 생각해본 적이 없었다. 프랑스 국내는 물론 전 세계 여러 곳에서 찾아드는 애독자들, 관광객들이 마을 사람들에게 수시로 알베르 카뮈의 집이 어딘지 묻는다. 그중에는 아무런 사전 약속이나 허락도 없이 무턱대고 문을 두드리고 들어오려는 대담한 사람도 없지 않다고 한다. 자신의 조용한 사생활을 무엇보다 중요하게 생각하고 그래서 당연히 타인의 사생활을 존중하는 프랑스의 시골 사람들은 이 유명한 이웃이 불필요하게 방해받지 않고 살 수 있도록 보호해주고 싶은 것이다. 그 집 앞을 지나면서 여기가 바로 그 유명한 작가의 집이구나 하고 감탄하며 바라보는 것은 자유다.

나중에 보니 바로 가까운 거리의 기념품 상점에서는 '알베르 카뮈의 집' 혹은 '알베르 카뮈의 길과 집'을 찍은 그림엽서를 길가에 내놓은 진열대에 잘 보이도록 꽂아놓고 팔고 있었다. 그러므로 이 손바닥만한 마을에서 이 집을 찾는 것은 어렵지 않다. 그러나 박물관이 아니라 그 가족이 실제로 일하며 살고 있는 집에 함부로 들어가 '구경'을 하려 들 수는 없는 일이다. 나는 문득 우리의 하회마을이나 양동마을이 세계문화유산으로 지정된 후 '관광객의 일회성 호기심을 충족시키는 싸구려 관광자원'으로 내몰리는 안타까운 현실을 상기하지 않을 수 없었다. 진정한 문화유산은 남에게 보여주는 전시장이 아니라 그 속에서 영위하는 실제 생활과 공동체의 규범 및 전통이 존중, 보호받는 삶의 공간이어야 비로소 지속가능한 가치를 지닐 수 있는 것이다.

나는 인사동 어느 상점에서 사 가지고 간 그리 비싸지 않은 청자 주발 하나를 선물로 건넸다. "별것 아니지만 이 고장의 명물인 올리브나 버찌를 담으면 어울릴 것 같아서 가져왔습니다"라고 말했다. 선물을 받는 카트린 여사의 대답이 좋았다. "제가 좋아하는 연푸른색이네요. 아름다우면서도 유용한 선물이니 더욱 감사합니다. 아빠는 늘 유용한 선물이 좋은 선물이라고 말씀하셨어요." 그녀는 답례로 갈리마르 출판사에서 카뮈의 단편소설 「손님」을 만화로 각색하여 펴낸 커다란 책에 서명을 하여 건네주었다.

카트린 여사는 내게 그 먼 나라에서 어떻게 카뮈에 대하여 관심을 가지게 되었느냐고 물었다. 자연히 나는 엑상프로방스 대학에서 학위논문을 쓰며 보낸 젊은 시절, 그리고 대학에서 불문학을 강의하는 한편 카뮈의 작품을 번역하면서 보낸 수십 년의 세월에 대한 이야기를 하게 되었다. 그 이야기 중에 지난날 내 학위논문의 심사위원장을 맡아주신 분으로, 처음 출판된 플레이아드판 카뮈 전집의 편집자요 이 작가 연구의 최고 권위자였던 전직 건설부장관 로제 키이요 씨가 화제에 올랐다. 그러자 컴퓨터 앞에서 작업중이던 젊은 '협력자'가 "지금 키이요 씨 문헌을 정리중

^

카뮈의 단편소설 「손님」을 만화로 구성한 책에
서명중인 카트린 카뮈.
등뒤 오른쪽에 보이는 것이 카뮈가 생전에 사용하던 책상이다.

인데요" 하면서 아마도 어떤 강연 내용인 듯한, 녹음된 그분의 목소리를 한동안 들려주었다. 1992년에 『이방인』 출간 50주년을 맞아, 내가 한국에 초청하고 싶다는 편지를 보내자 분주한 공직에 있으면서도 선선히 찾아와 여러 대학에서 강연도 하고 글도 써주셨던 그 너그러운 석학. 그분은 클레르몽페랑 시의 시장으로 재직중이던 어느 날 불치병을 얻자 구차한 삶을 소리 없이 정리하고 친지들에게 작별의 편지를 보낸 다음 스스로 목숨을 끊었다.

카트린 카뮈 여사는 작년에 카뮈 사후 50주년 기념으로 카뮈와 관련하여 지금까지 남아 있는 거의 모든 사진 자료들을 수집하고 연대순으로 정리한 다음 각각의 자료에 정확한 설명을 붙여서 『알베르 카뮈, 홀로 그리고 함께Albert Camus, Solitaire et solidaire』라는 제목으로 매우 귀중한 대형 앨범을 펴낸 바 있다. 나는 그 책을 구입하여 펼쳐보다가 매우 반가운 대목을 발견했다는 말을 했다. 그 책의 67페이지에는 60여 개국어로 된 『이방인』 번역본들 가운데 유독 다섯 권만 그 표지 사진이 소개되어 있는데 그중에 내가 번역한 한국어판이 들어 있었던 것이다. 카트린 여사는 그 책을 책장에서 뽑아내어 해당 페이지를 펼쳐보더니 "내가 이 책을 선택하길 잘했네요" 하고 웃었다. 그는 한국어를 알지 못하니 번역이 훌륭해서가 아니라 아마도 책의 디자인이나 한글 제목이 독특하여 그 책을 골랐을 것이다.

이번에는 카트린 여사가 내게 카뮈의 『최초의 인간』도 번역했느냐고 물었다. 물론 그렇다고 대답했다. 그분은 우리가 앉은 소파 뒤의 책장 쪽으로 갔다. 책장의 맨 꼭대기 칸에 『최초의 인간』의 많은 외국어 번역판들이 꽂혀 있었다. 그 한가운데 나의 번역판이 눈에 들어왔다. 세계 여러 나라 낯선 문자의 책들 가운데 한글이 가장 먼저 눈에 쏙 들어오는 것은 내가 이 모국어 글자들에 익숙하기 때문일까 아니면 다른 그 어느 문자들과도 유사하지 않은 한글 자체의 독특한 형상 때문일까?

이 책은 카뮈가 루르마랭 집을 구입하여 겨우 1년 남짓한 동안 자기만의 고요한 시간을 가질 수 있었을 때 가장 심혈을 기울여 집필했던, 그래서 친구에게 농담처럼 자신의 『전쟁과 평화』라고, 자신의 『감정교육』이라고 말했던 소설, 그러나 불의의 교통사고로 세상을 떠나면서 미완성인 채 남겨놓은 일종의 유서다. 카트린 카뮈는 작가의 지적 유산 정리의 첫 작업으로 『작가수첩 3』에 이어 이 책을 펴내면서 「편집자의 말」에서 이렇게 쓰고 있다. "오늘 우리는 『최초의 인간』을 출판하게 되었다. 이것은 알베르 카뮈가 사망하던 당일까지도 집필중이던 작품이다. 육필 원고는 1960년 1월 4일 그가 지니고 있던 조그만 가방 속에서 발견되었다. 때로는 마침표도 쉼표도 찍지 않은 채 판독하기 어려운 속필로 펜을 달려 쓴 144페이지의 원고는 한 번도 손질하지 않은 상태였다." 카트린이 작가 최후의 작품인 『최초의 인간』의 유고를 정리하여 책으로 펴낸 것은 1994년이었다. 그때 마침 나는 안식

년을 맞아 1년간 파리 교외 뫼동에 머물며 이 책을 번역했다. 그곳에서 가까운 포르트 생클루에는 알제리 출신으로 카뮈 생전에 절친한 친구였고 공쿠르상 심사위원이었던 작가 엠마뉘엘 로블레스 씨가 살고 있었다. 언제나 정이 넘치는 호인인 그분은 객지에 나와 있는 나를 자주 식당에 초대해주었을 뿐만 아니라 20세기 초엽 알제리의 상황, 스페인 마온 지역의 생활과 속어俗語에 대한 체험과 해박한 지식으로 책을 번역할 때 자상한 도움을 주었었다. 너무 춥고 쓸쓸한 겨울을 넘기느라 잠시 서울로 왔다가 봄이 되어 다시 뫼동으로 돌아가보니 그사이에 로블레스 씨는 세상을 떠나고 없었다. 도무지 믿기지 않아 그분의 집으로 전화를 걸어보았다. 벨은 오래 울렸고 아무도 응답하지 않았다. 저 혼자 전화벨이 울리는 빈방이 머릿속에 떠올라 등이 시렸다.

그러고 보니 카트린 여사는 바로 그 포르트 생클루의 유명한 벨베데르 병원에서 태어났다. 2차 대전 직후인 1945년 9월 5일. 작가의 전기에는 그때의 일화가 남아 있다. 카뮈는 딸 카트린과 아들 장, 이렇게 쌍둥이를 출산한 아내를 퇴원시키기 위하여 병원으로 찾아왔다. 모든 짐을 앰뷸런스에 실었다. 아내와 함께 차에 오른 카뮈는 기사를 향해 소리쳤다. "자, 출발!" 그러나 아이 어머니인 프랑신 카뮈가 말했다. "아기들은 아직 저 병원 안에 있는데요."

그때처럼 또다시 부모를 다 떠나보내고 혼자 덩그마니 남아 늙어가는 카트린 여사에게 힘든 질문을 던져보았다. "쌍둥이 남동생 장은 어떻게 되었나요?" 막연하게 전해 들었던 대로 마음이 편찮은 대답이 돌아온다. 동생은 정신적인 장애로 일생 동안 병원을 드나드는, 정상적인 생활이 어려운 상태. 1974년, 카트린 여사의 어머니 프랑신 카뮈 부인을 만나기 위하여 나도 찾아가본 적이 있는 파리 뤽상부르 공원 뒤 마담 거리의 아파트에 살고 있다고 한다. 그래서 카트린 혼자 이곳에서 아버지의 유산을 관리하게 된 것이다. 여사는 자기 가족에 대해서 설명했다. 지금 위층에는 파리에서 변호사로 일하고 있는 딸과 그녀의 아이들이 내려와서 여름휴가를 보내고 있다고 했다. 그 딸 위에 아들이 하나 있는데 남프랑스의 향수로 유명한 도시 그라스에서 '코'(향수 제조인)로 일한다. 아이들의 아버지와는 이혼했다는 말을 들은 적이 있어 나는 화제를 돌려서 카뮈의 집필실은 그대로 보존되어 있느냐고 물었다.

지금은 카트린이 이 집에 살고 있어서 구태여 집필실을 박물관처럼 옛날 모습 그대로 보존하지는 않았단다. 그녀의 '협력자'가 사용하고 있는 책상이 바로 카뮈가 사용하던 집필용 책상이었다는 설명에 유심히 보니 과연 책상의 판을 떠받치는 네 다리와 가로 살대가 정교하게 조각된 아름다운 가구다. 앨범이나 카뮈 관련 문헌에서 더러 본 적이 있는 그 책상. 그녀는 창문 아래 놓인 집필 탁자 겸용의 문이 달린 장처럼 생긴 작고 아담한 목제 가구를 가리키면서 말했다. "아버지는 서서 글을 쓰는 일이 많았어요." 책상에서 창문으로, 창문에서 책상으로 왔다갔다하면서 생각에 잠기다가 이따금씩 책상으로 돌아와 한 줄 혹은 두 줄을 쓰는 작가 카뮈의 모습이 눈에 보이는 듯했다.

너무 오래 실례하는 것 같아 우리가 자리에서 일어서자 카트린은 위층에 있는 카뮈의 옛 집필실을 보여주겠다며 앞장선다. 계단을 오르면서 나는 몇 년 전 알제에 있는 벨쿠르 동네를 찾아가서 카뮈가 어린 시절을 보낸 작은 아파트며 동네의 오므라 초등학교를 방문한 적이 있다고 말을 붙여본다. 알제리 쪽에서는 프랑스 정부가 그 아파트를 구입해주기를 바란다는 제안이 들어왔는데 아직 결정이 나지 않은 채라고 그녀가 설명한다. 나는 카뮈의 어떤 유고를 정리중이냐고 그녀에게 물었다. 카뮈가 르네 샤르와 주고받은 서간집은 이미 출판했고 지금은 루이 귀유와의 서간집을 정리중이라는 대답의 끝에 내가 말을 이었다. "나는 이제야 카뮈가 장 그르니에와 주고받은 서간집을 번역중이랍니다."

계단을 올라 테라스와 같은 높이의 위층에 이르자 정교하게 조각한 노커가 달린 출입문. 카트린이 문을 열었다. 그 왼쪽, 크고 소박한 침대가 놓인 밝은 방. 아무런 장식도 없다. 지금은 카트린의 침실로 쓰이지만 카뮈의 생전에는 집필실이었다. 아래층에서 본 책상과 필기대를 다시 제자리에 갖다놓으면 다시 옛 모습 그대로 복원될 것이다. 창문 앞에 다가가 서서 루르마랭 성을 내다본다. 젊은 시절 피에졸레의 수도승들이 거처하던 곳, 탁자에 해골이 한 개씩 놓인 그 작은 방의 창문 앞에서 그랬듯이 카뮈는 이 찬란한 풍경을 앞에 놓고 '헐벗음'이 '풍요'와 하나가 되는 행복하고 비극적인 인간의 삶을 생각했을 것이다. "그 찬란한 세계, 그 여인들, 그리고 그 꽃들은 저 수도사들의 헐벗은 삶을 정당화해주고 있는 것만 같았다. 그 정당화는, 어떤 극단적인 헐벗음은 항상 이 세계의 화려함과 풍요와 만난다는 사실을 알고 있는 모든 사람들을 위한 정당화이기도 하다는 것을 나는 부정하기 어려웠다. 헐벗은 상태라는 것은 언제나 어떤 육체적 자유의 의미를, 손과 꽃들 사이의 일치를, 인간성으로부터 해방된 인간과 대지의 저 연인 사이와도 같은 공감을 담고 있다."(『결혼·여름』)

작별 인사를 하기 전에 문간에서 마주친 그녀의 딸, 유명한 작가인 외조부의 얼굴도 보지 못한 채 태어나 변호사가 된, 카트린의 딸을 만나 인사를 나누었다. 매우 다감하고 매력적인 인상의 젊은이였다. 카트린 여사가 문 밖으로 따라 나왔다. 주차장까지 배웅하겠다고 했다. 나는 우리 친구들이 마을 카페에서 기다리니 그만 여기서 작별하는 것이 좋겠다고 사양했다. 대신 집 앞에서 몇 장의 사진을 함께 찍었다. 나는 언젠가 기회가 닿으면 한국에도 한번 오시라고 청했다. 카트린은 "고마운 말씀이지만 나는 아빠처럼 폐소공포증이 있어서 비행기를 못 타요"라고 했다. 카뮈는 미국에 갈 때나 노벨상을 수상하기 위해 스웨덴에 갈 때

루르마랭 마을 공동묘지에 있는
카뮈의 무덤돌.

선박과 기차만을 이용했다.

'카뮈의 길'을 나와서 우리는 마을 건너편 루르마랭 성을 찾아갔다. 성의 지하 공간에는 전에 없던 포도주 저장고가 설치되어 있었다. 동굴 같은 그 지하 공간은 매우 서늘해서 좋았다. 루르마랭 마을을 떠나기 전에 마을 바로 옆에 있는 묘지에 잠시 들렀다. 카뮈의 무덤 뒤에 부인 프랑신 카뮈 여사의 묘석이 하나 더 보태져 있었다. 그분이 돌아가신 지 1년이나 지난 어느 날 엠마뉘엘 로블레스 씨가 내게 그 소식을 알려준 적이 있다. 로즈메리가 무성하게 웃자란 덤불 가운데 놓인 카뮈의 묘석은 옛날과 다름이 없다. 거기에 새겨진 것은 이름과 생몰 연대뿐. 그 헐벗음은 카뮈가 원했던 바 그대로다. "알베르 카뮈 1913~1960". 이 단순하고 위대한 무덤을 파리의 어둠침침한 팡테옹으로 옮겨서 작가를 기리겠다고? 진정한 마음으로 책을 읽을 줄 모르는 정치가들이나 할 만한 생각이다.

지금으로부터 50여 년 저쪽, 1959년 12월 말, 카뮈는 잠시 소설 집필을 중지하고 파리에서 루르마랭 집으로 내려온 부인과 열네 살이 된 쌍둥이 아이들과 함께 '프로방스식' 성탄절과 연말을 보냈다. 28일에는 장 그르니에에게 새해 안부편지를 보내면서 자신은 고독한 가운데 집필중이고, 이제는 파리와 루르마랭 두 곳을 오가며 지낸다고 썼다. 그리고 알제리에 남아 있는 어머니에게도 수표 한 장과 함께 편지를 보냈다. "엄마한테 자주 찾아갈게

요. 이번 여름에는 엄마가 프랑스로 와서 우리와 함께 보내기로 해요. 엄마가 언제나 변함없이 젊고 아름답기를, 언제나 변함없는 엄마의 마음이 한결같기를, 이 세상에서 제일 좋은 마음이기를 바라요." 문맹이라 글을 읽을 줄 모르는 그녀를 위하여 동네의 빵집 주인이 그 편지를 읽어주었을 것이다.

이해 연말, 이상하게도 카뮈의 표정은 음울했다. 그는 아내에게 만약 자기가 죽으면 루르마랭에 묻어달라고 했다. 1960년 1월 1일에는 칸에 있는 별장에 내려와 연말을 보낸 절친한 친구 미셸 갈리마르와 그의 아내 자닌, 그리고 딸 안이 루르마랭으로 찾아왔다. 1월 2일 카뮈는 휴가를 마치고 파리로 돌아가는 아내와 아이들을 미셸과 함께 아비뇽 역으로 바래다주고, 자신은 본래의 계획을 바꾸어 다음날 미셸의 자동차 편으로 올라가자는 제안을 받아들였다. 마을 입구의 주유소에서 연료를 주입하는 동안 주인 앙리 보마가 『이방인』 한 권을 내밀며 서명을 부탁한다. 카뮈는 "공연히 책을 사셨네요. 제가 얼마든지 그냥 드렸을 텐데"라며 책에 서명했다. "내가 아름다운 루르마랭에 자주 돌아오도록 하는데 도움을 주시는 보마 씨에게." 작가는 이것이 세상에 남기는 자신의 마지막 글이 되리라는 것을 알지 못했다.

1960년 1월 3일 아침, 카뮈는 검은색 서류가방에 집필중인 소설 『최초의 인간』의 원고, 여권, 일기장으로 사용하는 공책, 니체의 『즐거운 학문』, 셰익스피어의 『오셀로』, 신문에서 오려둔 자신의 운세("불후의 명작은 1960년과 1965년 사이에 쓰게 된다") 스크랩, 그리고 파리에 올라가려고 구입하였으나 사용을 포기한 기차표를 정리하여 넣었다. 그는 친구 미셸 갈리마르의 자동차에 올랐다. 앞자리에는 미셸과 알베르, 뒷자리에는 자닌과 안과 그들의 개. 이틀간 755킬로미터의 자동차 여행이 시작되었다.

첫날은 마콩 근처의 작은 마을 투와세에서 1박. 그날이 안의 열여덟 살 생일이었으므로 저녁식사는 축제와 같았다. 1월 4일 상스의 한 식당에서 가벼운 점심식사. 13시 55분, 거기서 24킬로미터 떨어진 프티 빌블르뱅 마을 근처의 5번 국도. 끝내 밝혀지지 않은 이유로 자동차는 1월의 안개 때문에 미끄러워진 도로를 벗어나 가로수를 들이받고 나서 또다른 가로수와 충돌한다. 미셸은 중상, 자닌과 안은 무사하고 개는 사라졌다. 뒷문으로 튕겨져나간 작가 카뮈는 즉사했다. 검은색 서류 가방 하나가 근처에서 발견되었다. 그 속에 『최초의 인간』의 원고가 들어 있었다. 다음날 카뮈는 관 속에 누워 루르마랭 집으로 돌아왔다. 그 옆을 지키며 가족과 르네 샤르, 장 그르니에, 엠마뉘엘 로블레스, 쥘 루아, 루이 귀유가 밤을 새웠다. 1월 6일 수요일 11시 30분 투명한 겨울 빛 속에 카뮈는 이 마을 묘지에 묻혔다. 같은 해 9월 알제의 가난한 동네 벨쿠르에서 카뮈가 "이 책을 결코 읽지 못할 당신에게"라는 헌사와 함께 『최초의 인간』을 헌정했던 어머니 카트린이 사망했다.

카뮈와 관련하여 죽음의 이야기를 너무 많이 했다. 그러나 반

어적으로 말하건대 죽음이 없다면 삶은 얼마나 지루할 것인가. "그래도 부조리를 이야기하다보면 우리는 또다시 햇빛으로 돌아오게 될 것이다"라고 카뮈가 말했듯이 죽음을 이야기하다보면 우리는 또다시 삶의 기쁨으로 돌아오게 된다. 과연 그 말을 증명하듯 카뮈의 묘석에 반사된 여름 한낮의 빛이 불꽃처럼 튄다. "하늘 꼭대기에서 쏟아진 햇빛의 물결이 우리들 주위의 들판에서 거세게 튀어오르고 있다. 이런 소란에도 모든 것이 잠잠하기만 하고, 저기 뤼베롱 산맥은 내가 끊임없이 귀를 기울여 듣는 엄청난 침묵의 덩어리일 뿐이다. 귀를 세워 들어보면서 멀리서 사람들이 내게로 달려오고 눈에 보이지 않는 친구들이 나를 불러 옛날과 다름없는 나의 기쁨이 커져간다. 또다시 어떤 다행스러운 수수께끼 덕분에 나는 모든 것을 이해할 수 있게 된다. 세계의 부조리가 어디 있는가? 이 눈부신 햇빛인가 아니면 햇빛이 없던 때의 추억인가? 기억 속에 이렇게도 많은 햇빛을 담고서 내가 어떻게 무의미에다 걸고 내기를 할 수 있었던가? 내 주변에서는 그래서 놀란다. 나도 때로 놀란다. 바로 그 태양이 그렇게 하는 데 도움이 되었다고, 그리고 빛이 너무나 강렬해지다보면 우주와 형상들이 캄캄한 눈부심 속에 응고되어버리는 것이라고 남들에게, 그리고 나 스스로에게 대답할 수도 있을 것이다."(『결혼·여름』)

생 레미의
알리스 모롱 부인

클릭. 요술처럼 해가 바뀌었다. 어젯밤에는 싸늘한 진눈깨비가 도시의 아스팔트를 덮었다. 나는 따뜻한 서재에 앉아서 지나간 여름을 떠올리며 이 글을 쓴다. 프로방스 이야기를 마무리할 때가 왔다. 마치 지금에야 프로방스를 떠나는 것만 같아 새삼 마음이 아프다. 그러나 내 머릿속에는 여전히 남프랑스의 눈부신 햇빛이 가득하다.

우리는 자동차 두 대에 나누어 타고 모롱 부인을 만나기 위하여 생 레미 드 프로방스로 간다. 아름드리 플라타너스 가로수가 서늘한 그늘의 터널을 만드는 이 도시의 입구 풍경이 고향처럼 반갑다. 사실 나는 지난 40년 동안 프랑스에 올 때면 엑스보다는 생 레미를 더 많이 찾았다. 엑스에서 긴 유학 시절과 신혼 시절을 보냈지만 그곳에는 이제 아는 사람이 아무도 없다. 옛 친구들은 모두 다 뿔뿔이 다른 곳으로 떠났다. 그곳에 가면 호텔에 방을 빌려야 머물 수 있다. 고향에 돌아와 이방인처럼 여인숙에 묵는 사람의 심정을 알겠다. 그러나 생 레미에는 언제나 변함없이 모롱 부인이 살고 있다.

론 강과 뒤랑스 강 사이의 광대한 평원에 자리잡은 고도 생 레미. 시내에서 1.5킬로미터 떨어진 곳, 석회석의 암산巖山 알피유가 입을 벌리고 있는 가파른 비탈 아래 장엄한 풍경 속에서 기원전 6세기부터 발달했던 옛 도시 글라눔의 유적이 가장 먼저 방문객을 맞는다. 그 옆에는 1세기 무렵의 로마 유적인 '레장티크'가 2천여 년의 세월을 견디며 고스란히 남아 오늘날 생 레미의 상징이 되었다. 그 유적 중 하나는 도시로 들어가는 대로가 통과하던 아치형 개선문. 다른 하나는 유해가 없는 영묘인 세노타프다. 나는 모롱 부인이나, 나와 함께 이곳을 찾은 친구 오가와라 마사오 혹은 장 사로키 교수 등과 그 아름다운 고적이 남아 있는 고즈넉한 거리를 자주 산책하곤 했다. 그곳을 걷고 있노라면 문득 우리네 산사 경내에 흩어져 있는 아득한 옛날의 이끼 낀 불탑이나 부도 언저리에 와 있는 듯 호젓함이 느껴져서 좋았다.

우선 시내로 들어가 꽃집에서 커다란 화분 하나를 선물로 골랐다. 큰아이 시어머님의 자상한 배려였다. 생전 처음 보는 식물로 놀랍도록 큰 꽃봉오리들이 매달려 있다. 꽃 이름이 '마리넬라'

라고 했다. 우리는 다시 글라눔 쪽으로 나온다. 모롱 부인 댁이 시내 중심에서 약간 벗어난 반 고흐 대로변에 있기 때문이다. 73번지. 오래된 집의 모양도, 녹색 페인트를 칠한 졸대로 엮은 대문이나 좀 허술하게 버려진 안뜰, 해묵은 포도넝쿨 시렁, 접어서 기대어놓은 정원 의자, 수십 년 동안 그 어느 것 하나 변한 것이 없다. 이곳에는 재건축도 리모델링도 없다. 흐르는 세월이 쌓여 머리가 새하얀 모롱 부인이 대문을 열고 씩씩하게 걸어나와 우리 모두를 안아준다. 불과 며칠 전에 만 89세 생일을 맞았다는 분이 자세가 꼿꼿하고 건강미가 넘친다. 여러 세기의 무게가 힘에 겨운 듯 웅크린 집에 비하면 부인은 오히려 젊어 보인다. 마리넬라 꽃 화분을 받아 들고 "마리넬라, 마리넬라……" 하며 옛날에 유행했다는 노래까지 흥얼거린다.

나는 사돈 내외분과 우리 아이들을 차례로 소개한다. 부인은 놀라움을 감추지 못한다. 30여 년 전 엑스에서 우리 큰아이 알린이 태어났을 때, 아기 옷을 선물로 사 오셨던 분이다. 그런데 이제 그때의 아기가 성인이 되어 결혼을 하고, 그 시댁 어른들, 남편, 두 살 난 아이까지 함께 눈앞에 와 있는 것이다. 평소에 늘 지나칠 정도로 이성적이라는 느낌을 주는 이분의 눈가에 놀라움 때문인지 눈물이 도는 것 같다. 어찌 놀랍지 않겠는가!

지금으로부터 40여 년 전인 1969년 12월 중순의 어느 흐리고 써늘하던 날, 엑스 대학교 프랑스 현대문학과 사무실로 찾아온 한 한국 청년. 멀고먼 나라에서 프랑스 정부 장학생 자격을 얻어 엑스에 갓 도착한 그는, 박사과정을 시작하게 되었지만 주눅이 들어 다 기어들어가는 목소리로 서투른 불어를 떠듬거리며 얼굴만 붉혔다. 그게 나였다. 예나 지금이나 늑장 부리기에는 세계에서 둘째가라면 서러워할 프랑스 관료들의 사무 처리 지연으로 나는 개강 후 두 달이나 지난 11월 하순에야 프랑스로 떠나라는 통지를 받았다. 낯선 엑스에 처음 도착하자 급선무는 지도교수를 정하는 일이었다. 모두들 20세기 프랑스 소설 전공이라면 소설가, 평론가로 이름을 날리는 레몽 장 교수가 적임이라고 했다. 그러나 프랑스에서는 우리나라에서처럼 연구실로 찾아가 문을 두드리기만 하면 교수를 만날 수 있는 것이 아니었다. 면담을 신청하는 편지를(초보자에게 외국어로 예의를 갖추어 편지를 쓰는 일처럼 지난한 것도 드물다) 써 보내고 그 허락의 답장을 받아야 한다. 그런데 천신만고 끝에 만난 이 저명한 교수께서는 지도학생이 이미 너무 많아서 나를 받아줄 수 없다고 했다. 삼고초려. 결국, 레몽 장 교수가 제시한 조건은 까다로웠다. 프랑스 현대문학과의 사무실 책임자인 마담 모롱을 찾아가라고 했다. 한 달 동안 정기적으로 면담한 뒤 그분이 보내오는 추천서의 내용에 따라 박사과정 지도 여부를 결정하겠다는 것이었다. 이를테면 지도교수의 예비시험이었던 것이다.

모롱 부인은 당시 『강박적 은유에서 개인적 신화로』라는 저

서로 문명을 떨쳤던 심리비평의 대가인 샤를 모롱 교수의 미망인으로, 2차 대전 후 실명한 남편을 도와 연구와 저술에 적극적으로 참가한 경험을 살려 불문과에서 강의도 하면서 과의 사무를 총괄하고 있었다. 부인은 잔뜩 얼어 있던 내 마음을 부드럽고 자상한 말로 녹여주었다. 만나자마자 학위논문 계획에 대하여 준비해간 심각한 각본의 대사를 우물우물 외워대고 있는 나를 만류하면서, 어려운 얘기는 나중에 하고 우선 기숙사 생활, 친우, 가족 관계 등 개인적인 일상생활의 고충부터 이야기해보자고 했다. 이렇게 격의 없는 정기적 면담을 거쳐 우리는 한 달 뒤 학위논문을 위한 주제로 세 가지 안案을 준비할 수 있게 되었다.

어느 날 부인이 내게 레몽 장 교수에게 보내는 추천서를 내놓으면서 말했다. 추천서는 그 내용에 따라 교수에게 전달하는 방식이 세 가지다. 첫째는 이미 봉해진 추천서 봉투를 교수에게 전달하게 하는 것, 둘째는 추천서를 당사자인 나 스스로 봉투에 넣고 봉하여 교수에서 전달하게 하는 것, 셋째는 추천서 내용을 내가 먼저 읽어보고 봉투에 넣은 다음 스스로 봉하여 전달하게 하는 것. 부인은 세번째 방식을 택했다. 추천서 내용은 매우 짧았다. "교수께서 이 한국 젊은이를 지도하게 된 것은 뜻하지 않은 기회입니다."

이렇게 하여 나는 마침내 레몽 장 교수의 지도학생이 되었고, 그때부터 모롱 부인은 이를테면 나의 영원한 후견인이 되었다.

부인의 세 아들은 나의 친구가 되었다. 지금 이 집의 2층에는 알리스(모롱 부인의 이름)가 말하듯, 당신의 '네번째 아들'인 내가 찾아오면 잘 수 있는 방이 하나 있다. 창문을 열면 포도넝쿨 시렁과 지붕들 너머로 알피유 산 정경이 눈앞으로 확 다가드는 전망 좋은 방이다. 지금 이 글을 쓰는 책상의 유리판 밑에는 10여 년 전 어느 여름날 아침, 그 집 마당 칡넝쿨 시렁 밑에서 알리스와 아침 식사를 하며 함께 찍은 사진이 환하게 놓여 있다. 식탁에 앉은 우리 등뒤의 벽에 찍힌 햇빛의 반점이 눈앞의 정경인 양 아른댄다. 어둑하고 시원한 아래층 거실의 탁자 위에는 알리스가 우리를 위하여 정성스럽게 준비해놓은 막대 빵과 시원한 냉수, 그리고 이 지방 사람들이 즐겨 마시는 칵테일 '페로케(앵무새)'를 만들기 위한 아니스 액과 박하 시럽, 그리고 호두로 만든 술병이 가지런히 놓여 있다. 알리스는 엑스 대학 교수인 맏아들 클로드가 최근에 베네치아에 대하여 쓴 것이라며 책 한 권을 내민다. 그리고 장 안에서 1998년 당신이 한국을 방문했을 때 찍은 사진 앨범, 카마르그산 소금통, 라벤더가 든 향주머니 등 선물보따리를 꺼내놓느라 부산하다. 의자에 앉아 페로케를 만들어 사돈께 권하고 나도 한 잔 마시고 있자니 만감이 교차한다. 지난 수십 년 세월 속에 켜켜이 쌓인 젊은 날의 추억이 저 어둑한 구석구석에서 불쑥불쑥 고개를 들고 일어서는 것만 같다. 니콜라, 이제는 저세상 사람이 된 세바스티앵, 그의 홀로 남은 아내 로베르트, 마사오…… 저 앞에 앉아 밤새 사나운 미스트랄 소리를 들으며 이야기꽃을 피우던 그 친구들은 지금 모두 어디에 있는 것일까. 삶이 우리를 갈라놓고 그 사이로 끝이 보이지 않는 길을 냈다. 그 길 위로 봄, 여름, 가을, 겨울이 지나갔다. 올리브가 익고 무화과가 터졌다. 개양귀비꽃들이 핏빛으로 들판을 물들였다. 그리고 세월은 우리 모두의 얼굴을 할퀴며 주름살을 남겼다.

밖으로 나와서 왼쪽 계단을 밟고 집에 잇닿아 있는 알리스의 넓은 올리브밭을 거닌다. 작은 잎마다 한낮의 빛이 반짝인다. 유서 깊은 고도 생 레미 시내 한복판에 이처럼 넓은 올리브밭을 가꾸고, 해마다 거기서 많은 올리브를 수확하여 기름을 짜며 사는 옛날 생활방식을 고집하는 알리스. 잎새 사이사이에 파랗게 매달린 올리브 알들이 아직은 어리다. 알리스는 올리브나무들 사이에 무성하게 가지를 뻗은 잎 넓은 나무에서 무화과 한 개를 따서 반으로 쪼개보더니 얼추 익었다며 어린 태오에게 건네준다. 그걸 받아 든 태오는 이리저리 뛰어다니면서 신이 났다. 올리브밭 저 뒤 알피유 산의 발치에는 만년의 반 고흐가 갇혀 있던 생폴 드 모졸 병원과 교회와 수도원 건물 지붕이 보인다. 알리스는 지난날 대학에서 은퇴하며 받은 퇴직금으로 본래의 올리브밭에 잇대어 있는 또하나의 올리브밭을 매입했다. 땅이 욕심나서가 아니라 외지 사람들이 그 밭을 사서 그곳에 새 별장을 짓는 것을, 그리하여 반 고흐가 즐겨 그렸던 알피유 산의 등허리가 허옇게 드러난 풍

모롱 부인의 올리브밭에서
모롱 부인과 태오.

경을 가리는 일이 없도록 하기 위해서였다.

시내로 나가 넓은 주차장에 차를 세우고 관광센터 건물 뒤로 돌아가니 알리스가 예약해둔 식당 '레스타뇰'의 훤칠한 정원이 나타났다. 빅토르 위고 대로 16번지, 코린느와 파브리스 부부가 손님을 맞는다. 크고 화려한 건물 앞쪽 정원 한구석에 마련해놓은 널찍한 테이블. 시원한 아페리티프에 이어 나는 칼라마르(오징어의 일종)에 속을 넣은 요리를 시킨다. 전식으로 나온 생굴이나 크림을 넣어 익힌 홍합은 이를 데 없이 신선한 별미다. 옆에 앉은 알리스가 나눠주어 맛본 대구구이는 지금껏 내가 프로방스에서 먹어본 생선 가운데 최상. 프로방스 여행중에 반드시 기억해두었다가 일부러 찾아올 만한 곳이라는 생각이 든다. 이곳의 저명인사인 알리스와 동행이어서일까. 식당 여주인의 서비스가 테이블을 스치는 여름 바람처럼 부드럽고 정답다.

반 고흐의 풍경

식사 뒤 식당 건물의 홀을 통과하여 앞마당 쪽 정문으로 나서니 중세 시대 옛 성곽을 따라 좁고 고풍스러운 골목이 오른쪽으로 휘돈다. 그중 어느 집 돌대문 문설주 위에 팻말이 붙어 있다. '미셸 드 노트르담', 일명 노스트라다무스가 태어난 집이다. 무시무시했던 14세기, 사람들은 이 도시의 높은 성벽 안에 엎드린 채 숨죽인 듯 삶을 영위했다. 그 가운데 유대인들이 모여 살던 동네. 이웃 도시 카르팡트라에서 온 유서 깊은 가문의 공증인 좀Jaume은 가톨릭으로 개종한다. 1503년 12월 14일 정오, 이 오슈 거리에서 그가 아들을 얻으니 노스트라다무스였다. 그 아이는 몽펠리에에 가서 공부하는 동안 라블레를 만났고, 점성술에 열광했다. 살롱 드 프로방스에서 의사로 개업하니 환자가 몰려들었다. 여행을 많이 한 그는 곧 프로방스의 예언자, 샤를 9세의 예언자, 나아가 프랑스 전체의 예언자가 되었다. 그의 예언서는 세인들의 뜨거운 관심을 모았고 지금까지 그 이름이 전해진다. 이 거리를 조금 지나면 독퇴르 파비에 광장이 나온다. 거기에는 노스트라다무스 생존 시절부터 있었던 아름다운 분수대가 있다. 그 분수대의 이름도 노스트라다무스다.

시내 거리를 산책하며 예쁜 상점들을 이곳저곳 기웃거리다보니 벌써 한 시간이 훌쩍 지나갔다. 길가에 서서 참을성 있게 우리를 기다리는 알리스에게 피곤하지 않으냐고 물으니 무슨 엉뚱한 소리냐는 듯 "아아니!" 하며 웃는다.

우리는 알리스의 집 뒤쪽, 생 레미의 명물인 생폴 드 모졸 수도원과 병원을 한 바퀴 돌아보기로 한다. 예전과 달리 이제는 입구에서 생 레미 전체를 관광하는 표를 사야 들어갈 수 있다. 주민에게는 할인을 해준다면서 알리스가 표를 샀다. 우거진 수목들 사이로 긴 담장을 끼고 뻗은 소로를 따라간다. 왼쪽 담장 앞에 예전에는 자킨Ossip Zadkin의 작품인 고흐의 반신상 조각이 놓여 있었는데, 지금은 좌대만 남고 휑하니 비어 있다. 그 뒤에 복제한 고흐의 자화상 한 폭이 빈자리를 메우려는 듯 걸려 있다. 그림이 너무 크고 조잡하여 없느니만 못해 보인다. 한쪽 귀가 아예 잘려나가고 없는 과장된 모습으로 조각된 자킨의 반신상은 여러 해 전에 도난당했다가 최근 어디선가 발견되어 건물 안에 보관되어 있다고 알리스가 알려준다. 수도원 가까운 쪽에 누구의 작품인지는 알 수 없지만 전에는 보지 못했던 고흐의 전신상이 해바라기 꽃을 차고 서 있다.

길의 끝, 성당 안으로 들어가 어둑한 홀을 한 바퀴 돌고 그 안쪽으로 들어가면 아를에서 실려 온 반 고흐가 1년 동안이나 갇혀 지내던 방이 있었던 것으로 기억된다. 고갱과 다툼 끝에 귓불의 일부를 자른 사건 이후, 1889년 2월 7일 고흐는 아를의 자선병원에 입원한다. 이웃 사람들이 경찰에 탄원서를 냈기 때문이다. 공공생활에 위협이 되므로 정신병원에 가둘 필요가 있다는 내용이었다. 그가 살던 '노란 방'은 폐쇄되었다. 그때 그가 잠시 갇혔던 아를의 자선병원은 오늘날 '반 고흐의 공간'이라는 고상한 이름이 붙은 문화센터로 변했다. 하기야 반 고흐는 오베르로 떠난 뒤 스스로 목숨을 끊었으니, 아를 사람들이 그리도 걱정하던 '위험'은 사라진 지 오래다. 이제 그들은 '문화센터'를 차리고 반 고흐가 없는 부르주아적 '문화' 생활을 마음껏 즐길 수 있다. 그리고 그들이 배척했던 고흐 덕에 관광수입도 올리고…… 환한 대낮의 삶이 가끔 악몽 같아 보일 때가 있다.

결국 반 고흐는 목사가 권하는 이웃 도시 생 레미의 생폴 드 모졸 병원으로 옮기기로 한다. 5월 2일, 아를을 떠나기 전에 그는 동생 테오에게 두 상자의 그림을 우송했다. "이 속에 한 무더기 엉터리 그림들을 넣었다. (……) 그런데 난 화가로서 무엇 하나 제대로 된 걸 그리지 못할 것 같다. 분명히 느낄 수 있어." 당시 반 고흐가 동생 테오에게 보낸 편지는 지금 읽어도 그 절망감 때문에 가슴이 쓰리다. 테오의 요청에 따라, 생 레미의 병원은 두 개의 잇닿은 방을 준비해놓았다. 반 고흐는 동생에게 보내는 편지에서 이 거처의 모습을 생생하게 그려 보인다. 아틀리에로 쓸 작은 방에 대해 그는 이렇게 말했다. "녹색이 도는 회색 벽지를 바른 곳으로, 아주 흐릿한 핑크색 무늬가 찍힌 물빛 바탕에 새빨간 가는 줄들이 선명하게 드러나는 두 개의 커튼이 달려 있다. 몰락하여 죽은 부잣집에서 나온 찌꺼기일 게 분명한 그 커튼은 무늬가 대단히 예쁘다. 낡은 안락의자도 같은 곳에서 나온 것 같은데."

빈센트는 생 레미에 도착한 즉시 그림을 그리기 시작한다. 그 이튿날에는 이미 두 점의 그림이 윤곽을 드러낸다. 그의 편지에서 말하고 있는 "보라색 아이리스와 라일락나무 들. 정원에서 본 두 가지 모티프"다. 마음은 오로지 그림 그리는 데만 쏠린다. "아직 밖에 나가보지는 않았지만 생 레미의 풍경은 매우 아름다워서 아마도 나는 조금씩 적응이 될 것 같다." 그는 쓸쓸한 병실 안에서, 혹은 감시원을 동반하고 이 마을의 들판을 헤매고 다니면서 150여 점의 그림을 그렸다. 환각에 사로잡힌 듯한 자화상도 그렸고, 그 자신 편지에서 말하고 있는 "길고 검은 불꽃과도 같은 시프레나무들과 개양귀비꽃이 핏빛으로 점점이 찍힌" 작열하는 태양 속의 들판 풍경도 그렸다.

우리는 성당 저 안쪽, 반 고흐와 관련된 그림엽서나 기념품들을 판매하는 홀로 들어간다. 홀 안쪽에 보이는 고흐의 반신상이 아마도 도난당했던 자킨의 작품, 바로 그것인 것 같다. 계단을 따라 2층으로 올라간다.

'반 고흐의 방'에 가까이 가자 돌연 관광객들이 여럿 눈에 띄기 시작한다. 옛날에 알리스와 같이 찾아가곤 했을 때는 출입문이 잠겨 있어서 여간 을씨년스러운 게 아니었다. 문틈으로 들여다보면 먼지만 자욱하게 쌓인 채 버려진 우중충한 방 한구석에 조그만 철제 침대 하나만 덩그렇게 놓여 있었다. 그런데 지금은 '옛날 모습 그대로'(과연 그럴까?) 그러나 실제로는 연극무대처럼 꾸며놓은 산뜻한 '반 고흐의 방'이 관광객을 맞는다. 철책이 쳐진 창문 저 너머로 울타리에 에워싸인 밭이 보이고, 그 너머는 녹음이 우거진 숲이다. 반 고흐는 동생에게 보낸 5월 25일자 편지에 이렇게 썼다. "철책 달린 창문 저 너머로 울타리가 쳐진 네모난 밀밭과 반 고옌풍의 경치가 내다보인다. 아침이면 그 너머로 해가 찬란하게 떠오르는 것이 보인다." 그는 울타리에 갇힌 채 창밖 풍경을 자신의 그림 속에 담았다. 달리 할 일도 없었다. 끔찍한 삶에서 오는 환각들을 물리쳐줄 수 있는 것은 오직 그림뿐이었던 것이다.

그는 테오에게 보내는 편지에서 말한다. "이곳의 풍경은 많은 것들이 라위스달을 생각나게 한다. 그런데 밭 가는 사람 모습이

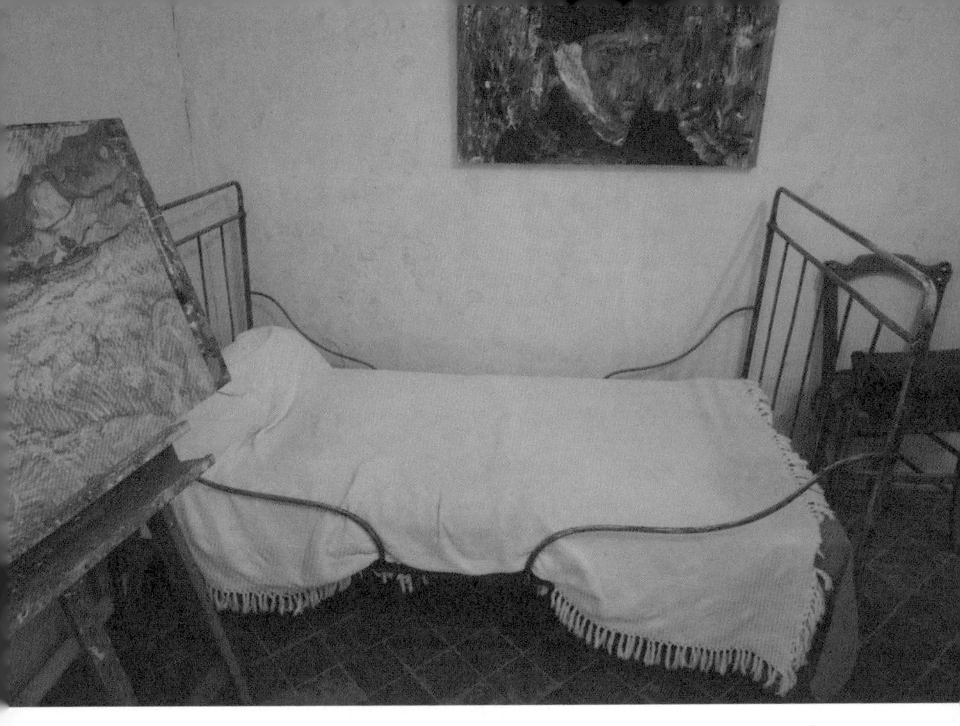

^ 생폴 드 모졸 수도원 안에 있는 반 고흐의 방.

보이지 않는다." 과연 그가 그린 생 레미의 풍경화에는 인물이 보이지 않는다. 인물이 있다 해도 밀레, 들라크루아, 렘브란트, 도레 등 다른 화가들의 그림 속에 등장하는 인물들을 다시 그린 것이다. 그렇지 않으면 자신이 그린 그림, 아를 여인 복장의 지누 부인이나 자기 방을 다시 복제해 그릴 뿐이다. 그는 오직 그림하고만 대화를 나눈다. 그의 창문은 오직 반 고엔이나 라위스달 쪽으로만 열려 있다. 생 레미에서 고독과 싸우며 1년을 보낸 후 반 고흐는 결국 오베르 쉬르 우아즈로 떠난다. 광기와 환각과 죽음이 까마귀가 되어 휘도는 밀밭을 향하여.

성당과 그 옆에 잇닿아 있는 12세기적의 고요하고 아름다운 수도원 뜰을 한 바퀴 돌고 나오자니 어떤 젊은 사람이 알리스에게 다가와 다정하게 인사를 한다. 생폴 병원의 의사다. 이 병원은 15세기부터 이곳의 프란체스코 수도회 수도사들이 환자들을 받아 치료해온 이래 지금도 100여 년 전 반 고흐가 와 있던 때와 다름없이 정신병원으로 사용되고 있다. 어쩌면 지금도 반 고흐의 그것과 다름없는 마음의 광란을 가두고 있을 저 건물들이 그 앞의 잘 가꾼 정원과 함께 하오의 볕을 받으며 한가하고 평화롭기만 하다.

마침내 알리스와 작별해야 할 시간이다. 우리는 언제 또다시 만날까. 올리브가 익으면…… 그러나 90세를 향하여 등을 보이며 돌아서는 알리스는 아직도 정정해 보여 마음이 놓인다.

우리는 이웃의 레 보 드 프로방스의 아름다운 채석장 동굴 안에 있다는 초현대식 미술관을 구경하고 싶어 발걸음을 재촉했지만 문이 닫혀 있었다. 몇 달 뒤에나 다시 문을 열 모양이다. 대신 그곳에서 그리 멀지 않은 사드 백작의 라코스트 성을 찾아가보기로 한다. 80년대 어느 날 방문했을 때는 허물어진 성 앞에 돌무더기만 어지럽게 쌓여 있어서 괴기스럽기만 했었는데, 지금은 성의 주변이 말끔하게 정돈되어 있다. 성으로 이어지는 아랫마을은 수년에 걸친 노력으로 복원되어 마치 새로 건설한 중세 도시처럼 정갈하면서도 신비스럽다. 반듯하게 돌을 쌓은 벽과 계단과 대문들이 이어지는 좁은 미로를 한참 따라가다가 계단을 밟고 오르니 문득 잡초와 엉겅퀴가 드문드문 돋아나 있는 광장이 눈앞에 훤히 트인다. 지대가 높은 벌판이라 청동으로 조각한 거대한 긴 팔의 실루엣과 허물어진 성벽 저 뒤로 저녁 빛 속에 가로누운 보클뤼즈 골짜기 저쪽 보니외 마을이 꿈처럼 멀리 바라보인다. 광장에서 성으로 들어가는 가교가 절벽을 건너지르고 있지만 성의 출입문이 굳게 닫혀 있다. 그런데 뜻밖에도 성안의 사람들이 발코니에 나와서 우리를 물끄러미 건너다본다. 혹자는 이 야릇한 정경 앞에서 카프카의 『성』을, 또 혹자는 『소돔 120일』의 잔혹하고 에로틱한 장면들을 상상할지도 모른다. 그러나 이 성은 몇 년 전에 디자이너 피에르 카르댕이 매입, 수리하여 자신의 개인 별장 및 전시회와 연극 페스티벌의 공간으로 사용하고 있다고 한다. 바로

몇 주일 전에 끝난 '제11회 라코스트 페스티벌' 프로그램 간판이 광장가에서 알록달록한 색깔로 저녁 빛을 반사하는데, 벌써 해가 많이 기울었는지 그 그림자가 길다. 떠날 시간이다.

프로방스에서 파리로,
그리고 갈리마르 출판사 100주년

프로방스를 떠날 때가 되었다. 떠들썩했던 공동생활과 축제의 끝은 항상 쓸쓸하고 아쉬운 것. 그동안 사용한 시트와 수건을 걷어 한구석에 정리하고 쓰레기를 버리고 집 안 청소를 한다. 코케 부인에게 집 열쇠를 돌려주고 돌아서자 비로소 그곳이 남의 집이었음을 깨닫는다. 웃음소리로 가득했던 등뒤의 집과 정원이 텅 비었다. 몇 개의 큰 가방들을 차에 싣는다. 우리는 다시 떠돌이가 되어 길 위에 섰다. 수영장 물 위에 반사되는 프로방스의 빛이여, 생트빅투아르여, 세잔의 투박하고 긴 그림자여, 안녕. 인근인 라팔레트의 포도밭과 저장 창고를 방문하며 프로방스와 마지막 인사를 나눈다. 차게 식힌 로제 포도주 한 상자를 구입해 안고 나왔다. 식구들이 톨로네 성 옆의 넓은 잔디밭에 수건을 깔고 둘러앉는다. 철없는 태오는 신이 나서 풀밭을 뛰어다닌다. 작별파티를 겸한 풀밭 위의 점심. 자리를 걷고 곧 마르세유로 출발. 사돈 내외분과 아이들이 드디어 길고 복잡한 수속을 마쳤다. 작별 인사. 저만큼 가는 뒷모습과 그 언저리에 맴도는 여름의 추억이 적적하다. 모두들 떠나고 나니, 달랑 우리 부부만 공항 주차장의 뙤약볕 속에 남았다.

우리는 보클뤼즈의 라 바스티드 데 주르당에 있는 크리스틴의 집을 향해 차를 달린다. 한가한 시골 마을. 집 옆의 넓은 밭에 멜론이 달게 익었다. 훤하게 트인 들판에는 건초 깎는 수레가 한가하게 멈춰서 있다. 벌써 햇빛의 느낌이 다르다. 어디쯤에선가 계절의 축이 기운다. 우리는 이 서늘한 지역에 머물면서 언덕 위의 아름다운 옛 마을 바셰르, 바농과 이 세상 어디에도 다시없는 '르 블뤼에' 서점, 타이포그래피의 마을 뤼르스, 가나고비 수도원, 장 지오노의 고향 마노스크 등 여러 곳을 홀린 듯이 돌아다녔다. 그러나 그 이야기는 다음 기회로 미루어야겠다. 금년 아니면 내년쯤 라 바스티드 데 주르당으로 다시 돌아가서 좀더 오래 머물기로 했다. 내가 번역했던 『나무를 심은 남자』의 고장에 여름 빛이 따갑다. 우선 맛보기로 이 지역 마을의 정다운 돌담길 사진 몇 장을 남기고 우리는 파리행 TGV에 오르기로 한다.

파리 리옹 역 플랫폼에 소설가 로제 그르니에 씨의 부인 니콜이 마중나와 있다. 4년 만이다. 플랫폼에서의 만남과 포옹, 어디서 많이 본 것 같은 이 재회는 구식이어서 더 정답다. 마침 늦은 점심시간이라, 니콜은 격식을 갖추어 리옹 역의 화려한 식당으로 우리를 안내한다. 리옹 역의 궁전 같은 식당에서 식사를 하는 것은, 1984년 고려대학교의 김상협 총장께서 총리직을 내려놓고 파리에 오셔서 새로 생긴 TGV를 시승할 때 함께한 이후 처음이다. 이 식당의 궁륭 아래 자리를 잡고 앉으면 마치 제국 시대 오리엔트 익스프레스의 호사스러운 객차에서 막 내려선 것만 같은 환상에 잠긴다.

다음날 오후 우리는 갈리마르 출판사에 있는 로제의 집무실에서 만나기로 했다. 바크 가를 따라 내려가서 생제르맹 대로 건너편 세바스티앵 보탱 거리로 접어들자 로제가 벌써 갈리마르 사정문 앞에 나와서 우리를 기다리고 있다. 그가 손가락으로 건물 벽에 붙은 거리 이름 표지판을 가리켰다. 갈리마르 출판사 개업 100주년을 기념하여 2011년 6월 15일부터 회사가 위치한 거리 명칭이 '세바스티앵 보탱 가'에서 창업자 이름을 따서 '가스통 갈리마르 가'로 바뀐 것이다.

갈리마르 출판사의 역사는 20세기 프랑스 현대문학사와 지성사 그 자체다. 전 세계를 통틀어 갈리마르의 명성에 비견할 만한 출판사는 어디에도 없다. 1909년 2월 장 슐룅베르제, 자크 코포, 앙드레 지드 등 여섯 사람이 새로운 잡지 『라 누벨 르뷔 프랑세즈』, 세칭 『엔에르에프nrf』를 창간했다. 지드의 소설 『좁은 문』의

제1부가 이 잡지에 처음 실렸다.

1911년 이들은 본격적으로 잡지와 아울러 도서출판을 겸하기 위하여 전문적인 출판사 경영자를 물색하기 시작했다. 경영자의 조건은 까다로웠다. 출자가 가능할 만큼 재정적으로 충분한 여유가 있을 것, 단기적 이윤보다 장기적인 전망을 기대하며 인내할 것, 경영 수완과 문학적 안목을 동시에 갖추어 수지타산보다 미적인 가치를 우선시할 것, 이상의 충분한 자질과 역량을 갖추되 그룹의 지도 노선을 실천에 옮길 것 등이었다. 자크 코포가 즉시 가스통 갈리마르를 추천했다. 르누아르, 모네, 로댕의 절친한 친구이며 저명한 미술품 수집가 폴 갈리마르의 아들인 그는 당시 인기 극작가 로베르 드 플레르의 개인 비서로 소일하며 이따금씩 연극평을 쓰고 있었다.

가스통은 파리 6구의 생브누아 가 1번지에 사무실과 창고를 마련하고 클로델의 극시 『볼모』와 지드의 소설 『이자벨』을 첫 작품으로 내놓았다. 1차 대전이 끝난 1919년 '갈리마르 서점'이라는 이름으로 새로운 출판사가 탄생했다. 그리고 지드 등 편집위원들이 실수로 출판을 거절하여 경쟁사인 그라세 출판사에서 자비출판으로 첫 권이 나온 마르셀 프루스트의 『잃어버린 시간을 찾아서』의 판권을 사들여 출판 개시. 그 두번째 권 『꽃피는 처녀들의 그늘에서』가 그해 공쿠르상을 수상했다. 1925년 자크 리비에르에 이어 장 폴랑이 편집 책임을 맡았다. 갈리마르 출판사가 파리 7구에 위치한 현재의 장소로 옮겨온 것은 1929년이었다. 1975년에 가스통 갈리마르 사망 후 아들 클로드가, 그리고 지금은 손자 앙투안 갈리마르가 경영을 맡고 있다.

거리 이름을 바꾸는 것은 시청의 소관이지만 쉬운 일이 아니다. 세바스티앵 보탱 가는 매우 짧은 길이다. 길의 3분의 2를 차지한 갈리마르 출판사 건물이 5번지, 나머지 3분의 1은 영국 록그룹 롤링스톤스의 믹 재거의 임시 거처가 있는 건물로, 9번지. 이것이 전부다. 이번 명칭 변경으로 인하여 갈리마르 출판사의 주소는 '가스통 갈리마르 가 5번지'로, 본래의 9번지는 '세바스티앵 보탱 가 1번지'로 바뀌었다. 이 짧은 거리의 양분화는 신구 미디어의 균형 혹은 교체 과정의 갈등, 논란과 밀접한 관련이 있다. 즉 이 거리 전체의 명칭 변화에 대하여 일부 디지털 미디어 운동가들은 아날로그식 종이책의 대명사라고 할 수 있는 '갈리마르 제국'에 맞서서 격렬하게 항의하고 나섰다. 인터넷 출판운동가들이 '악튀알리테ActuaLitté' 사이트를 중심으로 반대운동을 전개한 것이다. 그들의 눈에 갈리마르 출판사는 디지털 시스템으로의 변화와 발전을 가로막는 '낡은' 출판문화의 정치적 사회적 장애물이다. 언젠가 미래의 세대들은 증언하게 될 것이다. 지금의 시점이 이 두 가지 매체의 분기점이 될 것인지, 아니면 움베르토 에코의 예언처럼 '영원한 완성품'인 종이책은 종이책대로 끈질긴 생명을 이어갈 것인지를 말이다.

사실 갈리마르는 그냥 '장애물' 정도가 아니라 거대한 산맥이다. 2차 대전 중 프랑스를 점령한 독일은 갈리마르 출판사를 가리켜 프랑스 중앙은행과 더불어 이 나라를 지배하는 '두 개의 정부'라고 했다. 현재 갈리마르 출판사는 1911년 창설과 더불어 시작한 저 유명한 '백색 총서', 1931년에 시작한 '플레이아드 전집', 1972년에 개시한 문고판 '폴리오', 현대 지성의 보고인 1927년의 '이데', 1966년의 '인문학', 1945년의 '세리 누아르' '데쿠베르트' '르몽드 앙티에' '콰트로' '텔' 등 80여 종에 이르는 다양한 총서들, 『라누벨 르뷔 프랑세즈』『레탕 모데른』 등 네 개의 잡지, 드노엘, 메르퀴르 드 프랑스 등 열다섯 개의 자회사, 르디방, 갈리마르 등 전 세계에 포진한 일곱 개의 직영 서점, 소디스 등 세 개의 배급망을 갖추고 1천여 명의 직원을 거느린 프랑스 3위의 출판그룹이다. 몇 가지 통계를 보자. 현재까지 갈리마르가 발행한 책의 종수는 2만 4천 종, 폴리오 문고 5340종, 세계적 권위를 자랑하는 플레이아드 전집이 총 235종 574권, 소속 작가로 노벨문학상 수상자는 최근의 르 클레지오를 포함하여 전 세계 서른 명, 프랑스 일곱 명(전체 열네 명 중), 공쿠르상 수상작가 서른여섯 명(그라세 출판사 열일곱 명, 알뱅 미셸 열 명) 등이다.

출판사 창립 이래 최대의 베스트셀러 겸 스테디셀러 작가로는, 프랑스 국내에서 출판한 불어판만 집계하여 1위는 알베르 카뮈로 총 2900만 부(『이방인』 1100만 부 포함), 2위 생텍쥐페리 2600만

부(『어린 왕자』 1300만 부 포함), 사르트르(2100만 부)다. 특기할 만한 사실은 1997년 청소년부의 한 여성 부장 덕분에 J. 롤링의 『해리 포터』 판권을 매입한 갈리마르가 불과 14년 만에 프랑스 국내에서 무려 3000만 부 판매를 기록했다는 것이다.

'nrf' 세 글자가 우아하게 찍힌 갈리마르 거리 5번지의 하얀 벽 사이의 육중한 문을 열고 들어가면 검은색 타일이 깔린 약간 어둑한 홀의 카운터에서 두 여직원의 미소가 손님을 맞는다. 그리고 기이한 박명과 침묵에 잠긴 계단과 미로. 이곳을 드나든 지 10년이 다 되었지만 나는 아직도 길을 잃을까봐 두렵다. 37년간 갈리마르에서 수다한 책을 낸 아니 에르노 같은 작가들도 매번 길을 잃는다고 한다. 옹색한 엘리베이터를 타고 3층으로 올라간 다음 어둑한 복도와 계단의 미로 끝 어딘가에 로제의 집무실. 창밖의 무성한 나뭇잎이 창문을 쓸듯이 흔들리는 고요한 방. 책상, 작은 책장, 서류함, 의자 두 개, 그게 전부다. 1964년 이래 50년 넘어 편집위원으로 일해온 로제는 현재 갈리마르, 나아가 프랑스 문단의 산증인이다. 이 건물 안에서 쌓아온 갈리마르 역사의 70여 년 중 반세기를 함께해온 소설가 로제 그르니에는 올해 만 90세지만 여전히 왕성한 집필과 업무 조정으로 바쁜 현역이다. 그가 갈리마르 출판사 100주년을 기념하여 새로 펴냈다며 『세바스티앵 보탱 가 5번지5, rue Sébastien-Bottin』란 제목의 책을 서명하여 건네준다.

우리는 로제를 따라 아래층으로 내려간다. 잘 가꾼 프랑스식 정원이 내다보이는 연회장. 이 출판사의 작가들 중 누군가 노벨 문학상을 받을 때면 성대한 파티를 열곤 한다는 이 넓은 홀, 한구석에 놓인 두 개의 안락의자엔 여름 볕만 가득하다. 카뮈와 함께 콩바에서, 그리고 바로 이 갈리마르에서 일했던 로제는 말한다. "20세기의 이름난 작가치고 한번쯤 이곳의 사무실이나 복도를 거쳐가지 않은 이는 거의 없다. 나는 문학계의 거의 모든 사람들을 여기서 만났다. 엘리아스 카네티, 카르팡티에, 잭 케루악, 옥타비오 파스, 필립 로스, 존 업다이크, 마리오 바르가스 요사를 만났고, 정원에서 네루다, 포크너와 차를 마셨고, 미시마 유키오, 오에 겐자부로와 이야기를 나누었고, 코르타자르, 쿤데라와 친구가 되었다." 파트릭 모디아노는 이렇게 술회한다. "스물두 살 때인 6월 어느 날 처음으로 출판사에서 가스통 갈리마르를 만나 계약서에 서명했다. 출판사 문을 열고 거리로 나서자 나는 마음을 짓누르던 위협과 불안이 가시는 느낌이었다. 이제부터는 겁날 게 없었다. 누가 내게 신분증을 보자고 하면 나는 갈리마르의 계약서를 내보일 생각이었다. 가스통 갈리마르의 서명은 호적부보다도, 군대의 통행증이나 휴가증보다도 더 확실한 효력을 가진 것이니까."

파리에 갈 때마다 늘 그르니에 씨 댁에 초대만 받았기에, 그날 저녁에는 우리 부부가 그르니에 씨 부부를 식당으로 초대하기로 했다. 니콜이 집에서 가까운 '레카미에'에 예약을 했다. 바

갈리마르 출판사 정원에서
로제 그르니에 부부와 함께.

크 가를 거슬러올라 유명한 봉 마르셰 백화점 옆 골목 안에는 샤토브리앙의 친구인 레카미에 부인의 라베이 오부아 저택의 일부가 남아 있다. 아주 오래전 일이지만 로제와 니콜은 그 집 정원에 딸린 식당 '레카미에'에서 결혼 피로연을 가진 바 있다. '개와 늑대의 시간'. 우리는 바크 가를 천천히 걸어올라가서 식당의 안쪽 홀로 들어간다. 그 집의 명물이라는 해산물 수플레를 주문하고 나자 니콜이 이 식당은 파리에서 한다 하는 명사들이 드나드는 곳이라고 귀띔하며 슬며시 시선을 창문 저 너머 테이블로 던진다. 그의 시선을 따라 고개를 돌리니 미소 가득한 한 미녀의 얼굴이 낯익다. 피가로가 언젠가 '이 세상에서 가장 아름다운 여자'라고 썼던 카트린 드뇌브. 내겐 좀 과분하게 호사스러운 파리의 여름 저녁이다.

베네치아에서 바라보는 여름의 뒷모습

프로방스에서 시작한 바캉스는 파리를 거쳐 베네치아에서 막을 내리게 되었다. 70년대 초 프랑스 유학 시절 무전여행중 체코 친구와 함께 역 대합실 바닥에 누워 얼굴 없는 미래를 생각하며 뿌연 부활절 새벽을 맞았던 곳. 90년대 중반 독일 에슬링겐에 머물 무렵 잠시 들렀을 때는 기우는 석양빛 속에서 주름진 얼굴에 립스틱 짙게 바르고 퇴기退妓처럼 무너지고 있던 베네치아. 그 베네치아를 다시 찾은 것은 2006년 가을이었다. 대학에서 정년퇴직하여 처음으로 여유를 가지고 아내와 함께 그리스, 터키를 거쳐 크로아티아의 두브로브니크를 돌아 오는 크루즈 여행길이었다. 그때 로제 그르니에 씨가 친절하게도 베네치아 시내 한복판에 있는 그의 아파트 열쇠를 빌려주었다. 아득한 옛날 마르코 폴로가 살았다는 카스텔로 구역의 산리오 거리. 그르니에 씨의 부인 니콜이 부두까지 나와 유람선에서 내린 우리를 맞아주었다. 그녀를 따라 겨우겨우 집을 찾아오긴 했지만 어디가 어딘지 분간이 되지 않았다. 니콜은 우리에게 지도를 주었고 대중교통인 바포레토(이탈리아 베네치아의 교통수단으로, 수상버스의 일종이다) 표를 사주었다. 동네의 맛있는 피자집과 슈퍼마켓과 선술집을 겸한 식당 오스테리아 '알 포르테고'도 알려주었다. 한때 베네치아 시장이었던 아버지를 둔, 프랑스어 교사 출신 친구 파올라와 이웃에 사는 번역 작가 조바타도 소개해주었다. 그래도 여전히 안심이 되지 않는지 니콜은 자꾸 뒤를 돌아보며 파리로 돌아갔다. 그해, 즉 2006년 10월 하순, 가을비가 내리는 자르디니와 아르세날레에서는 건축 비엔날레가 열리고 있었다.

어느새 파리로 돌아간 니콜이 전화를 했다. 흔히 볼 수 없는 '아쿠아 알타'의 예보가 있으니 어서 집 벽장에 있는 긴 장화를 꺼내 신고 시내로 나가보라고 일렀다. 과연 집 앞 골목까지 바닷물이 들어와 있었다. 달의 인력에 끌린 물결과 아프리카 쪽에서 불어오는 무더운 시로코 바람의 영향을 받아 석호의 물이 넘쳐드는 현상을 '아쿠아 알타(높은 물결)'라고 한다. 산마르코 광장이 물바다였다. 카페들과 상점들에 물이 가득 들어찼고(사람들은 이 되풀이되는 현상에 길이 들었는지, 이미 의자들이 탁자 위에 가지런히 얹어져 있었다) 수많은 관광객들이 임시로 가설한 널빤지 가교를 따라 피난민처럼 끝없이 줄을 서 가고 있었다. 그 가운데 허벅지까지 오는 긴 장화를 신고 광장의 물바다 속을 여유롭게 걸어다니는 얼마 안 되는 사람들은 베네치아의 원주민들이다. 아내와 나도 니콜의 아파트에서 꺼내 신은 장화 덕분에 그 예외적인 자유를 즐기고 이곳저곳을 기웃거리며 기이한 풍경을 눈에 담았다.

배와 곤돌라가 지하철이고 버스이고 택시인 이 기이한 도시에서는 지도만 가지고 길을 찾는 것은 쉬운 일이 아니다. 니콜이 그랬다. 베네치아에서 거리를 돌아다니다보면 하루에도 몇 번씩 이웃집 사람과 마주친다고. 왜냐하면 베네치아 토박이들은 관광객들이 잘 다니지 않는 한산한 길, 늘 같은 길을 왕복하고 같은 다리를 건너기 때문이다. 그러지 않으면 이곳 토박이도 길을 잃기 쉽다. 어디를 가나 똑바로 뻗은 길 하나 없고 굽이도는 길을 따라가면 문득 물이 출렁이는 운하가 가로막는다. 다리를 건너면 오른쪽으로 가야 하는지 왼쪽으로 돌아야 하는지 방향을 가늠하기 어려워진다. 좌우의 선택이 어긋나면 여지없이 길을 잃는다. 어느 쪽이 북쪽이고 어느 쪽이 남쪽인지 분간이 가지 않는다. 베네치아는 거대한 미노타우로스의 뱃속이다. 아리아드네의 실이 없으면 이 운하와 궁전과 대저택의 미로에서 빠져나오지 못한다. 자동차가 다니지 않으니 사람의 말소리 이외에는 소음이 들리지 않는 침묵의 미로. 그 대신 좁은 골목골목의 좌우에 빼곡히 문을 열고 있는 식당과 상점과 박물관과 교회와 저택의 불빛이 찬란하고 신비롭다. 이런 도시에 안개까지 자욱하게 끼었다고 상상해보라. 이것이 현실일까 꿈일까? 사람과 사물의 실루엣이 이루는 일상의 환幻, 이것이 베네치아다.

그래도 그르니에 씨의 아파트를 빌리는 것이 벌써 세번째이다보니 이제 이 기이한 도시의 기본적인 길 찾기에는 어느 정도 익숙해졌다. 서울에서도 파리-베네치아 저가항공 예약을 쉽게 한다. 파리 시내에서 멀고먼 샤를 드골 공항까지 나가지 않고 가까운 오를리 공항을 이용하니 그 또한 편리하다. 마르코 폴로 공항에 도착하면 망설임 없이 베네치아의 로마 광장까지 가는 푸른색 버스에 오를 줄도 안다. 베네치아 시내로 진입할 때면 직선의 긴 다리 폰타 델라 리베르타를 내다보며 시골집에 갈 때 건너는 양평대교를 연상할 만큼 이곳 풍경도 눈에 익었다. 지난 4~5년 사이에 베네치아는 매우 산뜻해졌다. 이제 더이상 늙은 퇴기 같은 인상이 아니다. 버스 터미널인 로마 광장가의 매표소에서 지도 한 장과 일주일간 유효한 승선권 바포레토 카드를 산다. 돌아갈 때 마르코 폴로 공항까지 가는 편도 버스 요금을 포함하여 53유로. 거기서 대운하를 따라 세번째로 배가 서는 곳이 리알토. 청동 동상이 서 있는 산 바르톨로메오 광장. 인구 27만 명이 고작인 운하의 도시에 쏟아져 들어온다는 연 2천만 관광객의 인파는 이 광장에도 예외 없이 밀려와 출렁인다. 샌드위치와 청량음료가 늘어놓인 식당가의 어두운 회랑을 지나면 이내 좁은 운하 위로 작은 다리가 나타난다.

베네치아에는 무려 177개나 되는 운하가 실핏줄처럼 누비고 흐르는데 그 위로 455개나 되는 크고 작은 다리들이 걸쳐 있다. 리알토나 산마르코 광장 근처의 '탄식의 다리'는 그중 널리 알려진 명물이다. 크든 작든 모든 다리는 배가 지나다닐 수 있도록 가운데가 더 높은 궁륭을 이루고 있어서 보행자는 여러 개의 계단을 올라갔다가 다시 내려가는 수순을 밟아야 한다. 바퀴 달린 여행가방이나 수레를 끌고 다리를 통과하자면 요령이 필요하다. 유모차를 끌고 산책하다가 다리를 만나면 아주 자연스레 돌아서서 바퀴를 끌어올리고 내려갈 때는 돌아서서 앞으로 미는 토박이 여인네의 고즈넉한 실루엣을 붉게 물든 노을의 배경 속에 놓고 바라볼 때면 호흡하듯 익숙한 그 일상적 춤의 아라베스크가 문득 가슴에 미묘한 파문을 일으킨다.

다리를 건너면 낯익은 산리오 광장과 조그만 교회. 수레 위에 싸구려 장신구들과 가면들, 청량음료를 늘어놓고 파는 흑인 상인에게 손인사를 건네며 산리오 골목으로 들어서면 꽃이 만발한 발코니에 도리아식 돌기둥과 홍예문이 시선을 끄는 그르니에 씨네 아파트가 나타난다. 수많은 열쇠를 구멍에 넣고 여러 번 돌리고 또 돌리는 복잡한 절차를 거치고 집 안으로 들어서 계단을 오르면 서늘한 거실. 마침내 가방을 내려놓고 소파에 몸을 던진다. 탁자 위에는 목에 우아한 리본을 맨 포도주 병 하나, 그 앞에 놓인 니콜의 메모. "환영합니다. 냉장고를 열면 시원한 물과 차게 식힌 백포도주가 있음."

잠시 휴식한 다음 산리오 거리에 있는 슈퍼에 나가 장을 본다. 토마토와 양상추, 당근, 프로방스의 것에 비길 것이 못 되지만 멜론 한 개, 복숭아, 장봉, 올리브에 절인 칼라마르, 치즈, 포도주, 빵. 계산대의 청년이 어느 나라에서 왔느냐고 수작을 붙이기에 한국 사람이라고 대답한다. 돌연 거스름돈과 함께 파안대소에 싸여 튀어나오는 뜻밖의 환영사. "안하쎄오?" 예상치 못한 장소에서 귀를 적시는 그 덜 익은 한국어 덕분에 비닐봉지에 담긴 식료품을 들고 나오는 발걸음이 가벼워진다. 문득 베네치아가 낯선 미노타우로스의 뱃속으로 뚫린 미로가 아니라 정다운 일상의 골목인 것만 같아 마음이 훈훈해진다. 아니 훈훈한 정도가 아니라 무덥다. 베네치아 여름 저녁나절의 기온은 무려 32도. 유례없이 비싼 전기료라지만 새로 가설했다는 에어컨을 작동시킬 수밖에 없다.

간단한 저녁식사 후에 우리는 산마르코 광장으로 걸어나간다. 여행지에 도착하여 무거운 여행가방을 부려놓고 가벼운 옷차림으로 나서는 저녁 거리의 첫 외출. 이보다 더 가슴 설레는 순간은 없다. 더군다나 그곳이 베네치아임에랴! 우리는 불빛이 환한 광장가, 작은 단상에서 악단의 연주가 한창인 한 카페 테라스의 탁자를 골라 앉는다. 내가 아직 푸르른 이십대였던 70년대 초의 어느 부활절 아침, 처음 도착했을 때 악단이 〈카발레리아 루스티카나〉의 간주곡을 연주하던 바로 그 자리다. "오렌지 향기는 사방에 날리고 새들은 즐겁게 노래하네." 이탈리아인 특유의 정다운 미소로 다가오는 베이지색 정장 차림의 미남 웨이터에게 나는 비노 블랑코(백포도주), 아내는 하이네켄 생맥주를 주문한다. 몇몇 남녀가 블루스 곡에 맞추어 춤을 추곤 했다. 나도 일어서서 아내에게 한 곡 추자고 청하고 싶지만 주책없다는 핀잔을 들을까봐 이내 단념하고 포도주 잔을 집어든다. 광장 이곳저곳에서는 떠돌이 장사꾼들이 파란 야광불빛이 깜빡이는 장난감 새를 하늘 높이 던져올렸다가 다시 받기를 반복하고 있었다. 아랍계로 보이는 한 가족이 분위기에 취한 듯 이리저리 떼 지어 맴돈다. 그중 핫팬츠 차림으로 사진을 찍기 위하여 야릇한 포즈를 취하는, 눈이 큰 여자의 젊음이 아름답다. 맞은편에 길고 거대한 박물관 건물이 건너다보이고 왼쪽으로는 '캄파닐레'의 첨탑 꼭대기에 불빛이 반짝인다.

나는 프루스트가 바라보았던 종탑 꼭대기의 황금빛 천사를 바라본다. "몇 주일을 보내기 위하여 어머니가 나를 베네치아로 데리고 갔다. 그곳에서 나는 지난날 콩브레에서 그토록 자주 느꼈던 것과 비슷한 인상을 음미하곤 했다. 아침 10시, 메이드가 들어와 내 호텔방의 덧문을 열어줄 때면 나는 산마르코 캄파닐레의 황금빛 천사가 불타오르듯 반짝이는 것을 볼 수 있었다."(『사라진 알베르틴』, 제3장) 사실 『잃어버린 시간을 찾아서』는 베네치아를 찾아가는 도정이라 해도 과언이 아닐 만큼 이 소설에서 베네치아의 상징성은 울림이 깊다. "프루스트의 삶과 『잃어버린 시간을 찾아서』의 모든 길들은 베네치아로 인도된다. 이리하여 '세레니심(베네치아의 다른 별명)'은 이 언어로 만든 모뉴먼트의 주인공이다. 어린 시절은 진정한 시간이고 열정은 잃어버린 시간의 필연적 경험이다. 베네치아는 되찾은 시간이다. 이 소설의 전체 제목은 『진정한 베네치아를 찾아서』일 수도 있다"고 필리프 솔레르스는 말한다. 셰익스피어의 작품에는 베네치아를 언급한 대목이 쉰한 번 나오고 프루스트의 『잃어버린 시간을 찾아서』는 백 번이나 베네치아를 언급하고 있다고 폴 모랑은 지적했다. 셰익스피어는 베네치아에 한 번도 온 적이 없다. 프루스트는 1899년에 그의 어머니와 함께, 이듬해엔 혼자서 베네치아에 왔었다. 리도로 가는 길에 만나는 작은 섬 산라자로의 아르메니아 수도원 방명록에는 바이런 경의 서명뿐만 아니라 프루스트의 서명도 있다고 한다. 베네치아에 대한 그의 집착은 조지프 콘래드의 영향이 크다.

산마르코 광장의 이 인상적인 종탑 캄파닐레는 높이가 100미터에 가깝다. 붉은 벽돌을 높이 쌓아올린 단순한 탑 위에 종 다섯 개가 달린 열린 탑실이 있고, 그 위로 육면체 구조의 사면 벽에는 각기 베네치아의 여성적 알레고리인 사자상이 새겨져 있다. 다시 그 위에 씌운 피라미드 모양의 첨탑 꼭대기에는 프루스트가 말하는 '가브리엘 천사' 형상의 금빛 바람개비가 "불타오르듯 반짝인다."

상쾌한 저녁시간을 보내고 집으로 돌아와 자리에 누워도 흥분한 탓인지 잠이 잘 오지 않는다. 알려진 베네치아 애호가 필리프 솔레르스의 『베네치아를 사랑하는 사전』을 그르니에 씨의 서가에서 꺼내서 '캄파닐레' 항목을 읽어본다. 서기 912년에 건설된 산마르코 캄파닐레 종탑은 그사이 여러 번의 화재와 지진으로 손상되어 보수공사가 잦았다고 한다. 그러던 중 1902년 7월 14일 아침 10시에 늙은 몸을 지탱하지 못하고 저절로 무너졌다. 그러나 기적적으로 주위의 건물은 조금도 손상되지 않았고 인명 피해도 없었다. 오직 고양이 한 마리만 깔려 죽었다. 베네치아 시 당국은 즉시 50만 리라가 넘는 예산을 편성하여 옛 모습 그대로 종탑을 재건하기로 결정했다. '옛날 자리에 옛 모습 그대로'라는 별명이 붙은 이 종탑은 10년 뒤 1912년 마르코 성인 축일인 4월 25일 새로이 준공되었다. 옛 종탑이 세워진 때로부터 정확하게 1천 년 뒤였다. 프루스트의 소설 주인공이 창밖으로 내다보았던 종탑은 그러니까 붕괴된 뒤에 재건한 오늘의 '캄파닐레'였다. 필리프 솔레르스는 종탑을 붕괴 즉시 새로 재건한 베네치아 사람들을 찬양하면서 이렇게 토를 달고 있다. "미국인들은 뉴욕의 쌍둥이 빌딩을 재건하지 못했다. 그건 잘못이다. 문명에 대한 굳은 신념이 있다면 야만인들을 향하여 그 신념을 분명히 나타내야 옳다. 미국인들이 믿는 신은 과연 진정한 것일까? 의심스러운 바 없지 않다.

도르사두로 구역에서 건너다본 산마르코의 앞모습. ≫

^^ 베네치아의 산마르코 광장을 여름의 등뒤에서 바라보다.

우리는 미국 달러를 믿는다. 그 정도로는 충분하지 않다. 1912년 산마르코의 캄파닐레는 다시 그 자리에 재건되었다." 필리프 솔레르스는 이 글을 쓸 때 장차 자신이 찬양해 마지않는 이탈리아가 국가 파산 직전에 이르러 세계경제의 기초를 위협하게 되리라고는 예상하지 못했을 것이다. 인간의 삶은 돌고 도는 모순 덩어리다. 우리는 모순을 극복하지는 못해도 그 모순과 함께 살아야 한다.

솔레르스의 그 흥미진진한 『베네치아를 사랑하는 사전』을 뒤적거리고 있는데 옆에 놓인 스마트폰이 드르륵 하고 신호를 보낸다. 문자 도착. 베네치아는 새벽 4시다. "BYC 신설점. 회원 대상 10% DC. 행사기간 9월 1일부터 11일까지 11일간." 서울의 속옷 상점이 보내는 광고가 신새벽 머나먼 베네치아의 여행지까지 찾아온 것이다. 월드 와이드 웹의 세계화가 주는 벌이다. 저 먼 곳에서 지칠 줄 모르고 기다리는 비루한 일상이 꿈같은 바캉스의 시가 끝나간다는 것을 알려주려고 보내는, 산문적인 너무나도 산문적인 신호다.

짧았기에
더 잊을 수 없는 그 빛

파리에서 베네치아로 떠날 때 우리 부부는 르몽드에서 미술담당 기자로 오래 일하다가 은퇴한 오랜 친구 주느비에브의 집에서 이틀을 묵었다. 점심 식탁에서 베네치아 비엔날레 이야기가 나오자 그녀는 너무나 우울한 일이 있었다면서 그의 친구 아티스트 로만 오팔카Roman Opalka의 죽음에 대해서 말했다. 폴란드와 프랑스 이중국적자인 오팔카는 1931년 8월 27일생이다. 2011년 8월 27일이면 그의 나이가 여든이 된다. 그 생일을 축하하기 위하여 베네치아의 구겐하임 미술관은 80명의 전 세계 미술 관련 친구들을 미술관 옥상으로 초대했다. 주느비에브도 그 파티에 갔었다. 그러나 그 파티에 주인공인 오팔카는 없었다. 그는 여든을 불과 며칠 남겨놓은 8월 6일 이탈리아에서 바캉스를 보내는 도중 돌연 사망했다. 그래도 오팔카의 아름다운 아내는 사람들에게 전화를 걸어 꼭 파티에 참석해달라고 청했다. 그리고 그녀 자신도 오지 않았다. 초대되어 모인 사람들은 술잔을 들고 미술관 앞 운하를 우울하게 바라보며 독특하고도 예언적인 오팔카의 작품을 생각했다.

널리 알려진 그의 작품 자체가 시간과의 단순하고 끈질긴 싸움이었다. 1965년 폴란드 바르샤바 시내의 어느 카페에서 그는 아내를 기다리고 있었다. 아내는 무슨 일인지 좀체 오지 않았다. 무료한 시간을 메울 생각을 하다가 그는 일생일대의 작업 방식을 착상하게 되었다. 흘러가는 시간을 물질화하는 그림을 창조하기로 한 것이다. 그때부터 로만 오팔카 작품의 제작 방식은 일관된 흑과 백이 되었다. 언제나 똑같은 1960×1350밀리 사이즈 캔버스의 검은색 배경 위에다가 왼쪽 상단에서부터 오른쪽 상단을 향하여 붓으로 숫자 1, 그리고 2, 그리고 3…… 이렇게 차례로, 끝없이 써나간다. 검은색 캔버스에 흰색 숫자. 이 단순하고 느리게, 그러나 집요하게 변화하는 연작 그림에 그는 '삶의 계획'이라는 제목을 붙였다. 1965년부터 이 숫자는 그의 삶을 따라 쉬지 않고, 끝없이 불어났다.

이 숫자가 1,000,000에 이르렀을 때 그는 작업을 진화시키기로 했다. 이때부터 새로운 캔버스를 시작할 때마다, 원래 100퍼센트 검은색 바탕을 만들기 위하여 캔버스에 칠하는 블랙에 1퍼센트씩 화이트를 첨가하는 방식이었다. 시간이 흐르고 날과 달과 해가 거듭할수록 캔버스의 배경색은 조금씩 조금씩 흰색 쪽으로 밝아지면서 흐르는 시간을 그 위에 비추었다. 그는 또한 시간의 흐름을 '조작하는' 일이 없도록, 또 그것을 증명하기 위하여, 검은색 배경에 첨가하는 백색과 숫자로 사용하는 백색의 감을 달리하기로 했다. 숫자의 백색은 티타늄 화이트로, 배경색에 첨가하는 백색은 징크 화이트로. 이리하여 가장 최근의 그림에서(그러니까 거의 백색에 가까워진 배경 위에 쓴 백색의 숫자들)도 방향을 바꾸어 화폭을 바라보면 숫자의 흔적을 어렴풋하게 분간할 수가 있다.

여기서 한 걸음 더 나아가 로만 오팔카는 한 가지 방식을 더 추가했다. 즉 하나의 화폭을 숫자로 가득 채워 완성하고 나면 그때마다 그 화폭을 등진 자신의 정면 상반신 사진을 찍었다. 날이 갈수록 더 밝은 흰색으로 변해가는 화폭 앞에서, 마찬가지로 시간의 흐름을 따라 하얗게 세어가는 자신의 머리털이 화폭의 흰색 속으로 조금씩 더 깊숙이 녹아들어 지워지는 것이었다. 이 또한 흘러가는 시간을 기록하는 한 방식, 죽음을 향하여 흘러가는 시간과 싸우는 그 자신만의 방식이었다. 그리고 어느 날 돌연 자신의 생일파티에 결석했다.

베네치아를 생각하면 무슨 까닭인지 항상 죽음이 연상된다. 토마스 만의 『베네치아에서의 죽음』 때문일까? 작가인 주인공 구스타프 아셴바흐는 여행지 베네치아 리도의 바닷가에서 완전한 아름다움의 상징인 미소년 타지오를 바라보며 죽는다. "완전한 것에 의지하여 휴식한다는 것은 우수한 것을 만들려고 노력하는 자의 갈망이다. 그런데 '허무'는 완전의 한 형태가 아닐까? 아셴바흐가 그처럼 허공을 바라보며 꿈꾸고 있을 때 갑자기 바닷가 지평선상에 한 인간의 모습이 가로놓였다. 그가 그 무제한 속의 시선을 다시 거두어 거기에 집중해보니 그것은 왼쪽에서부터 나타나서 바로 자기 앞의 가는 모래 위를 걸어가는 그 아름다운 소년이었다." 『베네치아에서의 죽음』에 등장하는 이 '소년'은 어쩌면 오팔카의 화폭 속에 점점 하얗게 바래어가는 시간의 흔적, 불어나는 숫자의 흔적이 아닐까? 흐르는 시간을 거슬러가는 타지오, 혹은 예술, 혹은 『잃어버린 시간을 찾아서』. 예술은 때로 과거의 순간과 현재의 순간을 포개어 흐르지 않는 현재를 창조하고 그 현재를 영원한 것으로 새겨놓고자 한다. 내 눈에 베네치아는 흘러가는 시간과 그 흐름을 막아서려는 예술의 위대한 실패를 상징하는 것만 같아 보인다.

이것은 허무에 관한 이야기가 아니라 바스러져버리는 삶, 심연 속으로 가라앉는 삶과 맞선 예술의 피나는 싸움 이야기다. 베네치아의 자르디니와 아르세날레에서 열린 비엔날레에서 가장 기억에 남는 작품은 뭐니뭐니해도 미국작가 크리스천 마클레이의 〈시계The Clock〉였다. 비엔날레 관람은 엄청나게 넓은 공간에 펼쳐놓은 엄청나게 많은 유명 작가의 기이한 작품들을 일일이 걸어

다니면서 장시간 음미해야 하는 중노동이다. 그래서 나는 늘 컴컴한 방안에 들어가 퍼질러 앉아서 감상하며, 아니 졸며, 쉴 수 있도록 해주는 비디오 작품의 고마운 '휴식'을 즐긴다. 4년 전 비엔날레에서 중국작가 양푸동은 무려 여섯 개나 되는 비디오 방을 곳곳에 배치하여 내게 휴식할 수 있게 짬을 주는, 〈죽림칠현Seven intellectuals in bamboo forest〉을 출품하여 깊은 인상을 주었다. 혹시 죽림에 들어간 칠현이 애타게 찾은 것은 바로 그런 그의 치열한 이미지들이 베푸는 '휴식'이 아니었을까?

마클레이의 작품 〈시계〉는 세계 영화사의 시간적 모자이크 편집이라고 할 수 있다. 전시 홀의 널찍한 한구석에 여러 개의 안락한 소파들을 반원형으로 배치하고 정면에 대형 스크린을 걸어 24시간 실시간으로 영화를 상영한다. 그동안 상업 영화관에서 관객들의 사랑을 받은 수많은 영화들 중에 '시계'가 등장하는 모든 장면을 골라 편집하여 자신의 작품 〈시계〉를 감상하는 관객들의 현재 실시간과 일치하는 영화 장면 속 시계의 시간을 연속적으로 보여준다. 지금 내 눈앞에 비치는 스크린에 영화 속 벽시계가 11시 40분을 가리키고 있으면, 지금 베네치아의 시간도 오전 11시 40분이다. 젊은 시절에 감상한 영화 〈나는 살고 싶다〉에서 주인공으로 분장한 수잔 헤이워드가 검은 안대로 눈을 가린 채 가스실에서 몸부림치며 죽어갈 때 시간이 11시 20분이면, 베네치아 아르세날레의 시간도 11시 20분이다. 이리하여 나는 내 일생 동안 관람했던 수많은 영화들과 그 시절의 빛나는 기억들을 되살리며 스크린 위의 다양한 시계를 통하여 흘러간 시간이 현재의 시간과 겹쳐지며 만들어내는 '영원한 현재'를 매 순간 체험할 수가 있는 것이다.

베네치아는 지난 2천여 년 동안 조금씩 물속으로 가라앉으면서 예술가 아셴바흐의 죽음, 소피 칼의 어머니의 죽음(2007년 비엔날레 프랑스 대표 아티스트인 그녀는 실제로 자신의 작품 〈근심Souci〉에서 자신의 어머니가 운명하고 있는 장면을 비디오로 찍어 출품했다), 불과 얼마 전에 사라진 시간의 예술가 오팔카의 죽음, 그리고 그 죽음의 운명을 타고난 인간들의 예술적 반항을 되새기게 만든다. 예외적인 예술의 도시 베네치아는 우리의 삶을 싣고 흘러가는 시간의 파괴력에 맞서는 예술의 피나는 투쟁 바로 그것을 증언한다. 그래서 바이런, 조르주 상드, 프루스트, 토마스 만, 폴 모랑, 헤밍웨이를 비롯한 수많은 예술가들은 '잃어버린 시간을 찾아' 베네치아의 미로와 같은 골목길을 헤매고 안개 속의 수많은 다리를 건너는 것인지도 모른다.

우리의 빛나는 여름, 너무나 짧았던 여름은 끝났다. 그러나 그 빛의 기억이 우리의 마음속에, 피가 순환하는 살 속에 오래오래 각인되어 있기를 바라는 마음으로 나는 긴 가을과 겨울을 견디며 이 글을 썼다. 보들레르는 노래했다. "너무 짧았던 우리 여름의 싱싱한 빛이여!" 짧았기에 더 잊을 수 없는 그 빛을 나는 오래도록 기억하리라. 그리하여 모순으로 가득한 이 '무용한 정열'을, 시간의 파도에 흔들리는 우리의 삶을 뜨겁게 사랑하리라.

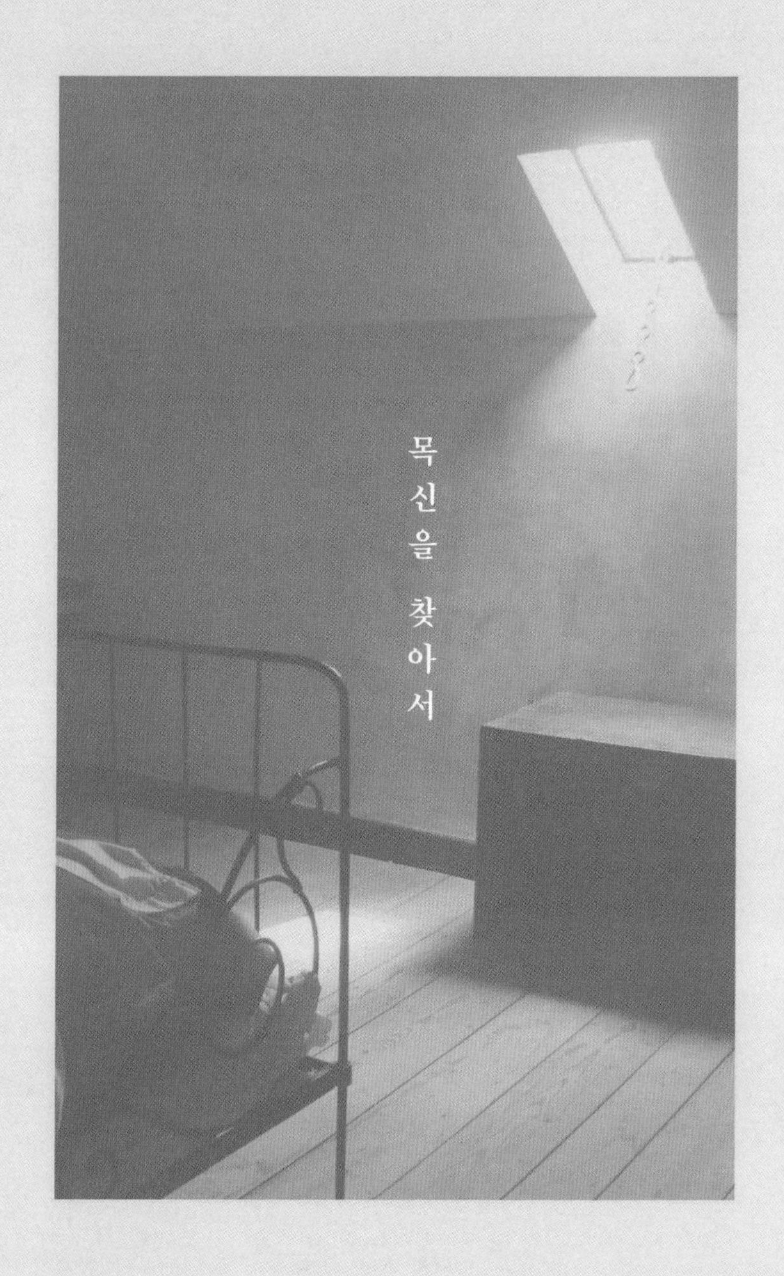
목신을 찾아서

2012년 여름,
오트프로방스

"바농으로 가는 승합마차가 바셰르를 지날 때면 언제나 정오다. 단골손님들이 늦게 나와서 마노스크 출발이 지체되는 날에도 달라지는 것은 없다. 바셰르에 도착할 때면 시간은 언제나 정오다. 꼭 시계를 일부러 맞추어놓은 것만 같다."

장 지오노의 출세작 '목신牧神 시리즈' 소설 중의 하나인 『소생』을 펼치면 첫머리에서 이런 문장들을 만나게 된다. "시계를 일부러 맞추어놓은 것" 같은 정오의 시각은 고대 그리스 비극을 연상시킨다. 운명과의 필연적 대면을 암시하는 듯한 이 인상적인 문장은 내가 작년에 이어 두번째로 프로방스의 보클뤼즈 동부지방을 찾게 된 것과 무관하지 않다. 작년 여름, 엑상프로방스의 톨로네에서 일주일을 보낸 다음 보클뤼즈의 라 바스티드 데 주르당에 살고 있는 친구 장폴과 크리스틴 부부의 집에서 짧게나마 이틀간 머문 적이 있다. 오랜만에 옛 친구들을 만나 인근에 있는 그랑부아, 바셰르, 바농, 가나고비, 뤼르스 같은 오트프로방스의 작은 마을들을 찾아가 골목길을 느긋하게 산책했다. 그때 찾아간 뤼베롱 자연공원 지역의 정겨운 마을들과 산간 풍경에서 느낀 호젓한 감동의 여운은 지오노의 소설과 겹쳐지며 오랫동안 내 마음을 흔들었다. 그때의 방문이 아니었다면 지오노의 소설에 등장하는 그런 마을들의 이름은 그저 한낱 허구의 고유명사에 지나지 않았을 것이다. 허구와 현실을 혼동하는 것은 아니지만 소설의 전체적 분위기에 대한 인상은 그 경험으로 한결 구체화되어 실감으로 다가왔다.

나는 서울에 돌아와 지오노의 소설들을 다시 읽었다. 겨우 이틀간의 체류는 아무래도 미진한 느낌이었다. 그래서 친구들에게 다시 찾아가보고 싶다고 말했다. 이번 여름 문학기행은 이리하여 높은 그랑 뤼베롱 산맥과 뤼르 산 발치의 뒤랑스 강이 가로지르는 보클뤼즈 동부지방과 오트프로방스에 일주일 동안 체류하면서 시작되었다.

그리고 거기서부터 여행은 북쪽으로 파리까지 다시 열흘간 이어진다. 먼길을 돌고 돌아 여러 유서 깊은 마을들을 찾아들었다. 하루 혹은 여러 날을 묵었다. 님, 퐁뒤가르를 지나 북상하여 몽테리마르를 지나면 17세기 서간 문학으로 유명한 세비녜 부인의 그리냥 성에 이른다. 다시 북동쪽으로 방향을 틀어 마시프 상트랄 고원지대를 통과하면서 2차 대전 중 알베르 카뮈가 폐결핵으로 고통받으며 가족과 멀리 떨어진 곳에서 외롭게 요양하는 가운데 소설 『페스트』를 구상하고 지냈던 샹봉 쉬르 리뇽과 그가 거처했던 숲속의 농가 '르 파늘리에'를 어렵사리 찾아간다. 생테티엔, 몽브리종을 지나 북상하면 루아르 지방의 포레즈 평원 한가운데 자리잡은 레뇌. 그곳은 우리 부부의 오랜 친구 클로드 알르망 부인이 우리를 기다리는 기이한 옛 세속 수도원 마을이다. 그 인근의 르네상스 고성 라 바티 뒤르페는 목가적 연애소설의 원조라고 할 수 있는 『라스트레』의 무대다. 그리고 거기서 북쪽으로 200여 킬로미터, 신비스러운 청춘의 사랑 이야기인 『대장 몬느』(알랭 푸르니에)의 배경을 그대로 간직한 마을 에피뇌유 르 플뢰리엘에는 그 옛날 학교가 박물관이 되어 방문객을 맞는다. 그곳에서 그리 멀지 않은 베리 지방의 넓은 들 한가운데는 19세기 전원소설로 널리 알려진 조르주 상드의 고향 노앙 성과 『마의 늪』의 무대가 된 숲. 그리고 앙지보 마을에는 아름다운 물방아가 아직도 돌고 있다. 다음은 루아르 강안에 즐비한 수많은 옛 왕성들 가운데서도 보석이라고 일컬어지는 아제 르 리도 성, 그 옆에는 현대소설의 아버지 발자크의 사셰 성이 호젓하게 투렌 벌판의 부드러운 바람을 맞고 있다. 나는 성안에서 발자크가 글을 쓰던 책상 앞에 잠시 앉아 '골짜기의 백합' 같은 창밖 풍경을 내다보았다.

넓은 잔디밭에는 거대한 태산목 잎사귀들 속에 커다란 흰 꽃이 피어 있었다.

이제 파리가 멀지 않았다. 대성당으로 유명한 샤르트르 조금 못미처 프랑스의 곡창 보스 지방의 밀밭 한가운데는 오래 묵은 성당과 종루를 갖춘 작은 마을 일리에 콩브레가 있다. 마르셀 프루스트의 소설 『잃어버린 시간을 찾아서』 가운데서도 잊을 수 없는 '마들렌 에피소드'와 함께 우리의 기억 속에 각인된 '콩브레'가 바로 거기다. 그리고 다시 북으로 달려 디안 드 푸아티에와 앙리 2세의 사랑이 깃든 아네 성을 들러 파리 남쪽의 거대한 퐁텐블로 숲을 통과하면 화가 밀레와 그 친구들의 바르비종 마을이 멀지 않은 세느 강가 빌렌 쉬르 센 마을. 그 강가에 「목신의 오후」를 노래한 시인 말라르메의 집이 숨어 있다. 마침내 전원 풍경들을 뒤로하고 파리에 입성하여 『고리오 영감』의 보케르 하숙집이 위치한 팡테옹 신전 뒤쪽 도방통 거리에 예약해둔 아파트에 도착하면 우리의 긴 여행도 끝이 보인다. 독서의 추체험처럼, 바람구두를 신은 목신처럼 이제 우리는 떠난다. 책의 페이지들이 설레며 바람에 날리려고 한다.

금작화 만발한 마을

6월 20일 수요일, 인천에서 파리를 거쳐 마르세유 마리냔 공항에 도착하는 즉시 나는 예약해두었던 차를 받아 보클뤼즈로 향했다. 작년에 가본 곳이지만 작은 마을 라 바스티드의 분수 앞에 이르니 중심에서 비켜나 벌판에 위치한 친구의 외딴집 방향이 헷갈렸다. 마중나온 장폴의 차를 따라 마을 밖 길모퉁이의 '피조니에(비둘기집)'에 이르러서야 비로소 풍경이 낯익다. 작년에는 집으로 들어가는 오솔길 옆 밭에 굵은 멜론이 익고 있었는데 금년에는 작물이 바뀌어 이름 모를 푸성귀가 푸르다.

길고 긴 여로의 끝. 마침내 도착한 집. 무거운 짐을 부려놓고 서늘한 물로 손과 얼굴을 식힌다. 얇은 옷으로 갈아입고 덧문을 활짝 열어젖힌다. 오! 목을 쓰다듬는 바람의 가벼움이여, 날아갈 것 같은 홀가분함이여! 나는 여행에서 이 시간을 가장 좋아한다. 수단으로서의 긴 여행은 끝났다. 이제 설레는 기대와 즐거움의 시간만이 망망대해처럼 앞에 펼쳐진다. 움직임은 수단이고 머무름이 비로소 삶인 것인가? 아니, 움직임 속의 짧은 머무름, 그것이 삶의 기쁨인지도 모른다. 왼발이 앞으로 나가고 오른발이 아직 뒤에 있을 때 그 중심에 머무는 몸의 짧은 순간, 전신의 모공을 열어 빨아들이는 세상의 빛과 냄새와 소리와 촉감, 그것이 여행이다.

우리는 거실 앞 테라스에 놓인 널찍한 테이블가에 둘러앉는다. 눈앞에는 잔디밭에 이어서 펼쳐진 광대한 평원으로 목초지, 포도밭, 그 아래로는 포도넝쿨의 푸르름에 가려진 도로 위로 간간이 지나가는 자동차들의 지붕이 보일락 말락. 왼쪽엔 큰 벚나무 뒤로 녹음 속에 묻힌 라 바스티드 마을의 집들과 지붕들, 거기서 오른쪽으로 뻗어나온 야산 줄기가 끝나면 그 너머로는 멀리 언덕 위에 올라앉은 그랑부아 마을, 그 뒤로 푸른 병풍처럼 둘러선 뤼베롱 산맥을 내다보는 이 집 테라스의 탁 트인 전망은 언제나 고즈넉한 휴식의 묘약이 되어 여행에 지친 내 심신을 어루만져준다. 풍경 가운데로 하얀 해오라기 한 마리, 포물선을 그리며 느리게 지나간다. 삶의 옆모습이 보이는 시간이다. 머지않아 해가 기울면 하늘이 보랏빛으로 물들 것이다.

직사각형의 반듯한 테라스가 끝나고 잔디밭이 시작되는 가장

자리에 심어놓은 라벤더는 아직 일러 보라색이 흐리다. 이제부터 연보라색은 여름 햇빛에 하루하루 짙어질 것이다.

크리스틴과 장폴이 프로방스의 첫인사로 아페리티프를 쟁반에 받쳐 내온다. '코드 드 뤼베롱', 발그레한 로제 포도주 병 표면에 서린 이슬이 싱그럽다. 올리브 절임과 비스킷, 작은 빵 조각 위에 검은 올리브, 안초비 등을 갈아 만든 타프나드를 올려 '프티 푸르'를 곁들였다. 지난겨울은 너무 혹독하게 추워서 올리브와 체리가 그리 풍성하지 못하다고 한다. 어쨌든 나는 프로방스의 초여름 속으로 다시 돌아왔다.

이튿날 아침. 따가운 여름 해를 피해 비교적 서늘한 이른 시간에 움직이기로 한다. 서울을 떠날 때, 건축 전공에 미술 애호가로 포도주 수입을 겸하고 있는 사업가 K회장이 애써 전화로, 프로방스에 가면 꼭 '샤토 라 코스트'의 포도밭을 찾아가서 그곳의 유명한 현대건축과 미술품을 감상하는 것을 잊지 말라고 권한 바 있다. 사실 사드 백작의 혼이 서린 유서 깊은 고성의 잔해를 피에르 카르댕이 복원하여 매년 여름 예술 축제를 기획하고 있다는 그곳을 작년에는 해 질 무렵에야 들러 겉만 보고 와서 아쉬웠었다. 그런데 바로 그곳에 이름난 건축가들, 예술가들이 광대한 포도밭에 개성적인 예술작품들을 남겼다는 말에 귀가 솔깃하지 않을 수 없었다. 그러나 막상 찾아가보니 그곳은 엑상프로방스에서 북쪽으로 10여 킬로미터 되는, 그러니까 사드 백작의 고성에서 남쪽으로 수십 킬로미터 떨어진, 전혀 별개의 포도밭이었다. '샤토 라 코스트'는 사디즘의 고성이 아니라 포도주 상표였다. 하지만 '샤토' 입구의 포도밭 가운데 장 누벨이 설계했다는 비닐하우스 형상의 최첨단 포도주 발효 창고가 하얀 알루미늄 표면에 날카로운 햇빛을 반사하는 광경이 예사롭지 않다. 일본 건축가 안도 다다오가 디자인한 아트센터의 거대 주차장에 차를 세우고 올라서니 기하학적 인공연못의 투명한 물 위에 루이즈 부르주아의 청동거미가 긴 다리를 짚고 엎드려 있고 히로시 스기모토의 예리한 원뿔 첨탑이 푸른 물과 푸른 하늘을 잇는다. 나오시마나 제주도 섭지코지의 프로방스 에디션이 아닌가 한다.

연못 옆으로 난 좁은 통로를 지나 냉방장치의 청량감이 가득한 실내로 들어서자 저 안쪽 카운터에서 팔등신 미녀들이 매혹적인 미소로 맞는다. 입장료가 성인 1인당 무려 12유로. 망설인 끝에 표를 구입하고 나니 영지 안의 설치미술 전체를 다 관람하는데 무려 두 시간 이상이 걸린다는 설명이다. 우리는 그만 전의를 상실하고 말았다. 이 뙤약볕 아래 장시간 동안 여기저기 흩어진 예술의 보물찾기에 몰두하는 것은 아무래도 무리다. 나중에 좀 서늘한 시간에 다시 오마고 표를 물리고 나왔다. 대신 샤토의 입구에 있는 포도주 저장고에 들렀다. 포르투갈 출신이라는 눈빛이 아름다운 여성 판매원의 진한 사투리 악센트가 정다워 여러 가지 술을 시음하며 이것저것 말을 시키다가 서늘한 로제 한 병을 구입했다. 아무래도 나는 우리 시대의 첨단 예술보다는 어두운 지하실에서 오래 묵은 포도주에 더 마음이 쏠리는 것 같다. 어디 술뿐이랴, 인구 1천만이 넘는 현대 도시 서울에서 이곳 산간의 중세 마을들을 찾아오지 않았던가!

벌써 많이 시장했다. 손에 들린 포도주 병의 찬 기운이 식욕을 자극하기 때문인지도 모른다. 크리스틴이 집 가까운 작은 마을의 식당으로 안내하겠다고 한다. 인적이 드문 길가에는 금작화가 눈이 부시도록 만발했다. 잠시 풀밭에 차를 세우고 서늘한 오솔길을 산책한다. 우거진 나무들의 서늘한 그늘 궁륭 아래로 언덕을 넘어가는 오솔길 저 끝은 금작화의 황금빛 천지다.

그 너머 언덕에 올라앉은 작은 마을이 여름빛 속에 흐리게 아른거린다. 작년에 가보았던 그랑부아 마을이다. 이제부터 우리가 누비고 다닐 프로방스의 화폭은 보클뤼즈의 흐드러진 녹음과 구름 한 점 없이 파란 하늘을 배경으로 라벤더의 보라색과 금작화의 노란색으로 단순화될 모양이다.

우리는 바스티드에서 그리 멀지 않은 또다른 이웃인 '페팽데그' 마을에서 점심식사를 하기로 한다. 마을이래야 그저 길가의 작은 광장가에 둘러선 2층 높이의 오래된 집들 몇 채가 전부인 것 같다. 우뚝 선 거대한 플라타너스의 싱그러운 그늘 아래 테이블 대여섯. 그 옆의 분수에서 물이 끊임없이 시원스레 쏟아진다. 길 건너편에는 아무도 없는 빨래터의 그늘에 물이 가득 고여 찰랑대

^ 금작화 만발한 오트프로방스.

다가 게으르게 넘친다. 빈 테이블을 차지하고 앉으니 선글라스를 머리 위에 얹어 고정한 미인형의 사십대 부인이 다가와 멋진 디자인의 종이 냅킨을 우리들 앞에 하나씩 깔아준다. 디자인이 낯익다 싶어 자세히 들여다보고 있는데 벌써 여주인과 크리스틴 사이에는 긴 인사가 오간다. 먼 한국에서 찾아온 우리 부부에 대한 소개. 알고 보니 굵은 포도송이가 가득히 찍힌 냅킨은 광고 홍보가 직업인 장폴과 크리스틴의 작품이다. 테라스 오른쪽 건물의 문설주 위에 진한 붉은 바탕에 '카페 뒤 뤼베롱'이라고 찍힌 선명한 옥호가 정답다. 프로방스 여름의 진정한 맛은 이런 작은 마을 광장 테라스의 그늘 밑에 나앉아 수다를 떠는 것이다. 간혹 대화를 멈추고 발밑에 아른거리는 그늘과 햇빛의 반점이나 눈이 시리도록 푸른 하늘에 시선을 맡기고 있노라면 포도주를 재워둔 양철그릇 속의 얼음덩어리가 녹아서 툭 하고 주저앉는 소리가 들린다. 이 한가함. 마치 나는 이 마을에 오래전부터 살고 있었던 것만 같다.

옛 친구가 어슬렁어슬렁 등뒤로 다가와 투명한 백포도주 잔을 내밀며 "상테!" 하고 잔을 치켜들 것만 같다. 얼굴에 사람 좋은 웃음 가득한 그의 오른손에는 묵직한 쇠공이 들려 있을지도 모른다. "페탕크 한판?" 영화 〈마농의 샘〉의 어느 한 장면 같은 이런 몽상은 분숫가에서, 식후의 졸음 속에서 만난 한 자락 낮 꿈일 뿐이다. 그러나 구태여 걸어다니며 기웃거리지 않아도 알 수 있다.

식탁에서 몇 발자국 떨어진 언덕엔 검푸른 시프레나무가 푸른 하늘을 찌르고 그 뒤로 해묵은 마을 교회. 옆에는 공동묘지. 그 앞쪽으로는 시청과 학교. 그리고 그 속에 가득한 햇빛. 아무래도 나는 이 마을에서 오래전부터 살고 있었던 것만 같다.

지오노와 마노스크

프랑스 남동부의 행복한 요람 프로방스는 서쪽으로 오랑주, 아비뇽, 아를을 거쳐 지중해로 흘러드는 론 강이 경계요, 북쪽으로는 방투 산, 뤼르 산, 그리고 시스트롱, 바르슬로네트를 사이에 두고 오트잘프 지역과 맞닿아 있다. 동쪽으로는 이탈리아의 피에몬테 지방, 니스를 중심으로 하는 알프 마리팀 지역에 등을 대고 있으며 남쪽으로는 지중해의 코트다쥐르로 활짝 열려 있다. 한여름의 건조하고 부드러운 공기, 구름 한 점 없는 푸른 하늘, 온 천지에 가득한 라벤더, 타임, 로즈메리 향기, 요란한 매미 울음소리, 창공을 향해 화살표처럼 솟아오르는 시프레나무의 고장 프로방스. 높은 산, 긴 강, 광대한 평야, 물결 잔잔한 지중해, 그리고 뜨거운 태양, 어느 것 하나 빠진 것 없이 신의 축복을 받은 땅 프로방스는 행정구역상 우리나라의 도道에 해당하는 네 개의 '데파르트망'으로 구성되어 있다. 북쪽의 보클뤼즈, 알프 드 오트프로방스, 남쪽의 부슈 뒤 론, 그리고 바르가 그것이다.

뒤랑스 강이 끼고 도는 마노스크는 알프 드 오트프로방스의 가장 큰 도시 중의 하나이지만 프로방스의 네 데파르트망이 분기하는 꼭짓점에 위치하고 있다. 나는 70년대 초 엑상프로방스에서 대학에 다니고 있을 때 버스를 타고 그르노블로 가다가 처음으로 그 길목인 마노스크에서 잠시 쉬어 간 기억이 있다. 그후 70년대 말, 두번째로 엑스에 체류하는 동안 소설가 지오노의 작품 세계를 연구하는 친구를 따라 일부러 마노스크에 있는 작가의 집을 방문한 적이 있다. 그런데 작년에 라 바스티드에 이틀간 머무는 동안 장폴과 크리스틴은 뤼르스, 가나고비 수도원을 들렀다가 돌아오는 길에 문득 마노스크의 주차장에 차를 세웠다. 사실 마노스크는 라 바스티드에서 겨우 17킬로미터 상거한 곳이라 우리 친구들은 토요일이면 그곳에 서는 장에서 식료품을 산다고 하니 행정구역상 도는 다르다 해도 사실은 가까운 이웃인 셈이다.

마노스크는 작년에 와보았던 곳이어서 이번에 다시 찾으니 거의 익숙한 느낌마저 들었다. 더군다나 그동안 지오노의 다양한 작품들을 열심히 읽고 난 참이라 내겐 더욱 친근한 기분이었다. 지오노가 작품에서 그리는 마노스크는 농민, 수공업자, 소상인, 몇몇 부르주아 들로 이루어진 인구 5천이 채 안 되는 20세기

초의 작은 도시였다. 그것도 중세 시대 성곽을 헐고 뚫은 순환도로에 둘러싸인 구시가가 전부였다. 지금은 들과 올리브 과수원을 헐어내고 확장한 도시개발로 인구 2만을 헤아린다. 남쪽의 시문市門인 '소느리 문'의 궁륭 아래로 들어선다. 이 도시의 문장紋章인 네 개의 손바닥이 새겨진 철판을 밟고 지나가면 양쪽에 아담한 상점 진열장들이 빛나는 이 그랑드 거리는 구시가의 심장부로 곧장 인도한다.

그 길이 왼쪽의 토르트 골목과 만나는 모퉁이 집은 문턱에 빨간 꽃 화분을 가지런히 내놓고 환하게 불을 밝힌 구두 상점이다. 작가 지오노는 1895년 3월 30일 바로 이 집에서 태어났다. 그러나 그는 이 집에서 불과 며칠밖에 살지 않았다. 그가 자신의 여러 작품 속에서 자주 언급하곤 하는 집은 맞은편의 14번지다. 그 사실을 밝히려는 듯, 작년에는 보지 못했던 커다란 안내판이 건물 모퉁이에 붙어 있다. 굴렁쇠를 손에 쥔 어린 소년의 사진과 함께 '장 지오노의 생가와 어린 시절의 집'이라는 제목 아래 적힌 안내문을 읽어본다. "맞은편의 그랑드 거리 14번지에서 지오노는 1920년에 결혼할 때까지 어린 시절과 청년 시절을 보냈다. 1층에는 어머니가 운영하는 세탁소가 있었고 3층에는 아버지의 구두 수선 아틀리에가 있었다. 장 지오노는 이 어린 시절의 집을 많은 작품들에서 정감 있게 묘사한다."

정감 있는 묘사란 가령 이런 것이다. "아버지, 어머니, 나 이렇게 우리 셋은 필요한 공간을 다 가지고 있었다. 방이 스무 개도 넘는 거대한 집. 하나하나의 방은 말을 타고 달려도 될 만큼 크고 천장은 어두운 밤보다도 더 높았다. 우리는 공기처럼 자유로웠다. 아! 물론 그건 찢어지게 가난한 집이었다. 마룻바닥은 배의 갑판처럼 쿨렁거리고 지붕은 채처럼 구멍이 많았다. 내 침대 위로 비가 샜다. 밤에 밖에서 굵은 빗방울들이 후려쳤다. 처음에 나는 빗방울 소리를 들으며 어디로 떨어질 것인지 기다렸다. 내 코 위로 아니면 널찍한 방 저쪽 끝에 있는 아버지, 어머니의 침대 위로? 드디어 떨어졌다. 내 담요 위로, 침대 발치로, 베갯가로. 아버지가 어머니를 불렀다. '폴린, 내 수염 위로 비가 오네!'(아버지의 수염은 희고 길었다.)" 지오노는 가난했지만 결코 불행하지 않았다. 그에게는 꿈과 상상이 있었고 관능이 꿈틀거렸고 무엇보다도 훌륭한 아버지, 어머니가 있었다. 마음이 넓어 남의 아픈 마음과 몸을 어루만져주는 구두 수선공으로 신비주의적인 혁명가였던 아버지는 지오노가 태어났을 때 쉰 살이었다. 그는 위안과 피난처를 찾아 자기 집으로 찾아오는 "뭔지 알 수 없는 사람들"을 맞아 후하게 대접했다. 그때의 일들을 작가는 이렇게 전한다.

"그들의 세계에서 그것은 아마도 제비들이 전하는 지식처럼, 혹은 여인숙 한구석 벽에다가 칼로 새긴 무슨 마크를 통해 전달이 되는 모양이었다. 어떤 표시, 동그라미와 십자, 별, 태양 같은, 그들의 불행한 언어로 표현되는 그 무엇. (……) 그들은 벽에 기

^ 그랑드 거리에 있는 지오노의 생가.
구두 상점이 되었다.

대어 눈물을 흘리다가 돌에 새긴 그 표시를 보게 되는 것이었다. '장 영감 집을 찾아가보라.'"

여기서 말하는 '장 영감'이 바로 작가의 아버지 앙투안 장 지오노다. 그는 이 너그럽고 용감하고 고집 센 아버지에게서 진정한 휴머니즘의 교훈을 체득했다. 구두 수선공 아버지는 아들에게 말하곤 했다. "네가 장차 커서 이 두 가지를 알게 되면, 즉 시詩를 알고 사람들의 아픈 상처의 불을 꺼주는 지혜를 알게 되면 그때 비로소 인간이 되는 것이란다."

이리하여 훗날 작가가 된 아들 지오노 역시 아버지와 마찬가지로 사람들에게 한없이 너그러웠다. 한때 그의 집을 찾아오는 사람들이 너무 많아서 더러는 계단에서, 정원에서, 부엌에서 기다렸고 더러는 대문 앞에 줄을 서곤 했다. 어느 날 그의 아내는 참다못해 "사람들이 너무 많아요. 이대로는 안 되겠어요. 이 사람들을 데리고 나가서 한 바퀴 돌고 오세요" 하고 말했다. 어느 여름날 아침 지오노는 이 열광적인 신도들과 함께 떠났다. 그들은 함께 농가에서 발걸음을 멈추고 농부들과 함께 먹고 헛간에서 잠을 잤다. 이듬해 그들은 모금한 돈으로 마노스크 북쪽 고원지대에 땅과 헌 농가를 샀다. 오트프로방스를 순례하는 '콩타두르의 모임'은 이렇게 시작되었다.

우리는 구시가의 중심에 있는 생소뵈르 성당 앞 광장을 지나 흐드러진 넝쿨들로 아름답게 장식한 시청 앞 광장에 이르렀다.

이곳에서는 지오노의 어린 시절과 다름없이 매주 토요일이면 장이 선다. "높은 플라타너스들이 광장을 쓰다듬는다. 광장은 일주일 엿새 중 닷새는 잠을 잔다. 그리고 여섯째 날이 되면 생선장수 아낙이 찾아와 진열대를 차린다. (……) 허리춤에 손을 얹고 공기를 한 모금 빨아들인 다음 팔고자 하는 모든 생선 이름을 노래 부르기 시작한다."

우리는 광장의 분수를 돌아 다시 순환도로 쪽으로 나와서 엘레미르 부르주 대로변 3번지의 높은 철책 대문과 작은 뜰을 지나 노란 건물 안으로 들어선다. 18세기 프로방스식의 아름다운 이 건물은 1992년에 문을 연 장 지오노 센터다. 작가의 저작들과 그가 남긴 귀중한 문헌과 연구논문, 그리고 여러 나라의 언어로 번역된 장 지오노의 작품 들을 소장한 도서관, 그리고 작가의 생애를 다양한 시각적 매체를 통해서 보여주는 두 전시실을 갖추었다. 전시실에서 "황금 시대, 우리에게 결정적으로 시의 농도를 제공하는 어린 시절"이라는 제목이 붙은 안내판을 읽어본다. "장 지오노에게 어린 시절은 황금 시대였다. 수공업자였던 부모가 애지중지했던 이 꿈 많고 고독한 어린 소년은 신비와 '허공 저 너머의 세계'에 심취했고 예외적일 만큼 관능적인 감각을 지녔기에 헐벗고 어두운 그의 집과 당시 조그만 농촌이었던 마노스크와 주변의 야산들, 여섯 살 적 코르비에르에 가서 머물며 목격했던 목동들의 생활 등 그가 몸담고 자란 세계가 제공하는 모든 것을 신기한 상상의 장면들로 바꾸어놓았다. 그의 상상력은 구두 수선공인 아버지가 들려주는 이야기와 그의 아틀리에로 맞아들이는 대부분 이탈리아 출신의 추방자들, 무정부주의자들과의 만남을 통해서 더욱 불타오른다. 열여섯 살 때 아버지가 병들어 자리에 눕자 중학교 과정을 마친 그는 집안의 생계를 위하여 할인은행의 사환으로 취직한다. 그러나 그는 상상을 통해서, 특히 그리스, 라틴 고전의 독서를 통해, 그리고 마침내는 글쓰기를 통해서 그 답답한 세상에서 멀리 도망친다."

나는 지오노 센터의 인적 없는 안뜰, 둥근 연못을 한 바퀴 돌고 나서 녹음 속 벤치에 앉아 맑고 푸른 눈의 소년을 생각해본다. 중학교 졸업의 학력과 20년 가까운 말단 은행원 생활이 전부인 이 젊은이는 일생 동안 고향 마노스크를 떠나지 않고 그곳에서 삶을 마쳤다. 그는 오직 꿈과 정열, 인간과 고전문학에 대한 치열한 관심과 독서, 그리고 글쓰기를 통해서 20세기 프랑스의 가장 중요한 작가 중 한 사람이 되었다. 그는 영예로운 공쿠르상 심사위원이었고 칸 영화제 심사위원장이기도 했지만 파리에는 자주 가지 않았고 지식인들과도 자주 어울리지 않았다. 마노스크에 눌러살면서 "작은 기쁨들에 중요성을 부여하는 법"을 배웠다는 장 지오노. 그는 구태여 이 도시의 아름다움을 한마디로 요약하여 이름을 붙인다면 그것은 바로 "행복의 고등사범학교"라고 할 수 있다고 말했다.

'몽 도르' 언덕 위의 방심放心

오후에 우리는 마노스크 뒤쪽에 있는 '몽 도르Mont d'Or'('황금 산'이 아니라 프로방스 말로 '바람의 산'이라는 뜻) 언덕에 올라가보기로 했다. 지오노의 출세작 소설(『언덕』)의 제목이기도 한 프랑스 말 'colline'을 우리말로 옮기는 것은 그리 쉽지 않다. 이 말은 사실 '산'이라고 할 만큼 높지 않고 그냥 '언덕'보다는 좀더 높은 느낌의 '야산'을 가리킨다. 이를테면 서울의 '남산'쯤 되는, 오트프로방스에서 흔히 볼 수 있는 마을 인근의 야산이다.

서울의 강남대로에서 북쪽을 향해서 한남대교를 건너가다보면 서울타워를 꼭짓점으로 하는 둥근 산언덕 남산이 눈에 들어온다. 남쪽 보클뤼즈에서 생트 튈, 피에르베르 같은 작은 마을들을 거쳐 마노스크를 향해 북쪽으로 올라가노라면 길의 소실점 저 끝에 서울의 남산처럼 옛 성탑의 폐허를 꼭지로 하는 둥근 언덕 '몽 도르'가 보인다. 지오노는 어린 시절 이래 이 '몽 도르'를 유난히 좋아하여 그 언덕 비탈이나 꼭대기의 올리브나무 밑에 가 앉아서 아이스킬로스, 소포클레스, 베르길리우스 같은 고전을 읽고 또 읽으며 자기가 사랑하는 고장의 풍경 위에 그 신화적 세계를 포개놓고 상상해보기를 즐겼다. 그의 문학은 이런 모태에서 태어났다.

마노스크는 네 개의 '언덕'에 에워싸인 분지에 건설된 도시다. "그 언덕들 중에서 어느 것이 가장 아름다운지는 알 수 없다. 그중 하나는 젖가슴 모양을 하고 있다. 옛날 목동들이 대접놀이를 하다가 양치기 아가씨들의 젖가슴 모양을 대접에 황토로 찍어 만들었는지도 모른다. 그것이 '몽 도르'다." 이 언덕에 대한 작가의 모성적 비유는 이어진다. "그렇게 둥그렇고 여성적인 언덕 꼭대기에서는 광대한 고장 전체가 내려다보였다. 언덕은 다정한 유모와도 같았다. 언덕은 긴 강물을 빨아들여서 부풀어오른 깨끗한 선을 따라 둥글게 솟아 있었다. 넓은 들이 찾아와 그 젖줄에 목을 축이고 나서 나무들과 밀밭을 무겁게 싣고 저 먼 곳으로 떠나는 것이었다."

마노스크 구시가를 허리띠처럼 두르는 순환도로를 따라가다 보면 동쪽의 오베트 구역을 만난다. 지오노는 관료적이고 거만한 서쪽 동네보다 이 농사꾼 동네를 유난히 좋아했다. 그 동네 옆을 지나는 순환도로의 일부인 미라보 대로에서 오른쪽으로 돌면 '오베트 분수'가 있다. 시가의 동쪽에 위치하여 첫 새벽 햇살이 화살처럼 날아드는 곳이라 해서 '오베트'('새벽aube'에서 온 말)라는 이름이 붙었다. 옛날부터 동네 아낙들이 찾아와 빨래를 하다가 손이 시리면 뒤로 물러나 분수 앞 광장에 드는 볕을 쪼이던 곳이다. 여기가 '몽 도르'로 올라가는 비탈길의 입구다.

꼬불꼬불 산길을 돌아 오르니 길이 끝나는 곳, 나무 그늘에 아담한 주차장이 마련되어 있다. 언덕 꼭대기로 인도하는 오솔길 입구에는 아주 정성스레 돌을 쌓아 만든 담이 있고, 기둥에 붙인 하얀 판에는 '몽 도르'를 그린 판화와 함께 글귀가 적혀 있다.

"이 아름답고 둥근 젖가슴은 언덕이다. 이 언덕의 해묵은 땅은 어둑한 올리브나무들을 이고 있다. 봄철이면 홀로 선 아몬드나무에 문득 하얀 불이 붙어 환해졌다가 이윽고 폭 꺼진다."

이것은 지오노의 『마노스크 고원』에서 따온 아름다운 한 구절이다.

오솔길 양쪽으로 올리브나무들과 금작화, 그리고 종류가 다른 관목들이 웃자라 멀리 뒤랑스 강 계곡의 평원 풍경을 반 너머 가리고 나무들 밑에는 잡초 속에 붉게 시들어가는 개양귀비와 푸른 야생화들이 바람에 흔들린다. 길섶 어디에도 버려진 휴지, 담배꽁초, 빈 음료수 캔 같은, 우리네 고장 같으면 으레 눈에 띄곤 하는 쓰레기는 찾아볼 수 없다. 물론 게으른 시청 관리의 위선적인 '자연보호' 팻말이나 '불조심' 플래카드 따위가 있을 리 없다.

호젓한 외길을 따라 오른다. 그런데 사람들은 다 어디로 갔을까? 오솔길에도, 들에도 사람의 그림자는 보이지 않는다. 드넓은 평원에 밀과 감자와 아티초크와 아스파라거스를 저토록 탐스럽게 키워놓고 그들은 모두 다 어디로 갔을까? 나무꾼의 아내가 된 선녀처럼 몰래 집안일과 들일을 어느 틈에 다 끝내놓고 모두 다 어디로 숨은 것일까? 시간이 느릿느릿 도보 여행자처럼 가고 있는 산언덕의 한적함, 풀 속에서 순진한 유치원생 같은 작은 얼굴을 내미는 야생화에 쏟아지는 서향 빛이, 좋고 또 좋다.

"황톳길로 올리브 자루를 실은 수레를 끌고 가는 당나귀. 송로를 싼 작은 봉지를 들고 메시아처럼 걸어서 장에 가는 깡마른 시골 노파." 지오노가 말하던 이런 베르길리우스 시대의 농경사회는 사라진 지 오래다. 그러나 오늘 "세상에서 가장 아름다운 하늘을 머리에 이고 있는 고적한 고원"은 그 신화의 시대로 돌아간 것만 같다. 바람이 분다. 풀이 눕는다. 언덕 꼭대기에 우뚝 서 있는 옛 성의 폐허로 남은 탑 하나가 홀로 바람을 받는다. 그 옆에는 보이지 않는 누군가의 손길이 은성했던 옛 시절의 탑루를 향하여 바치는 경의의 꽃다발처럼 금작화가 황금빛 광채를 발한다.

100년은 좋이 묵었을 법한 올리브나무 둥치 아래 앉아 눈앞에 펼쳐진 마노스크를 굽어본다. 이 작은 도시는 소느리 문과 수베랑 문을 잇는 남북의 축이 더 긴 서양 배 모양의 타원형이다. 순환도로변에 우거진 가로수의 녹음이 타원형의 윤곽을 뚜렷하

^

폐허가 된 탑에 바치는 꽃다발.

게 그려 보인다. 내 발아래 올리브 숲이 끝나는 곳이 오베트 거리, 그 반대쪽 햇빛을 받아 흐리게 보이는 서쪽은 지오노가 "너무 바싹 구운 빵 껍질" 같다고 비유한 '현대적'인 동네다. 그가 다녔던, 수녀들이 경영하는 학교는 서쪽 동네에 있었다. 나는 그 학교에 다니면서 처음으로 관능에 눈떴던 어린 지오노를 생각한다.

지오노를 학교에 데려다주는 것은 어머니의 세탁소에서 일하는 여자들이었다. 때로는 앙토닌이, 때로는 루이자가, 때로는 또 다른 루이자가. 첫번째 루이자는 "당과처럼 살결이 매끈하고 하얗고 정다웠다." 작가는 그 여자들에 이끌려 학교에 가던 시절을 이렇게 회상한다.

"루이자의 작고 떨리는 손은 새처럼 따뜻했다. 길에 나섰다가 말들이 사납게 달려들거나 누가 고함치며 내닫기라도 하면 루이자는 나를 얼른 제 몸 쪽으로 끌어당겼다. 그러면 내 머리가 그녀의 허벅지에 가닿았다. 그때마다 나는 그녀의 치마 속에 뜨겁게 꿈틀거리는 커다란 것이 느껴져서 깜짝 놀라곤 했다. 어떻게 그 치마 속에, 언제나 깨끗하고 섬세한 가위로 재단하여 지은, 들찔레나무 생울타리처럼 산뜻하고 꽃이 만발한 치마 속에, 어떻게 맨살의 짐승 한 마리가 그득하게 웅크리고 들어앉아 킁킁대고 있단 말인가? 루이자는 언제나 맑고 동그란 눈으로 그녀의 아름다움을 통해서, 그녀의 아름다움에 의하여 만들어진 어린아이 특유의 순진한 표정으로 정면을 바라보고 있었다. 길거리에는 말, 손수레, 짐꾼, 판자를 걸머진 인부가 넘쳐났다. 그녀는 당과 같은 얼굴과 언제나 고요하고 아름다운 눈으로 길거리와 맞섰고 바람과 맞섰다. 너희들이 감히? 하고 그녀는 말하는 것 같았다. 나는 그녀를 쳐다보았다. 그녀는 나를 향해 방긋 웃었다."

한낮의 빛에 눈이 부시다. 돌연 작은 새 한 마리가 머리 위로 휙 지나간다. 제비인가? 한때 마노스크는 제비들의 도시라 불릴 만큼 많은 제비들이 처마 밑으로 찾아와 집을 짓곤 했다고 지오노는 쓰고 있다. "갑자기 어디서 온 것인지 알 수 없는 제비들이 수천 마리씩 떼를 지어 불쑥 나타나는 때가 있었다. 뷔퐁은 제비들이 호수나 늪 혹은 강 깊은 곳에서 겨울을 난다고 말했다." 지오노는 아버지와 함께 몽 도르에 올라와 앉아 오랫동안 아무 말 없이 제비들이 나는 광경을 재미있게 구경하곤 했다. 발아래는 마노스크 골짜기. 이윽고 아버지와 아들은 이야기를 나누기 시작한다. 그들은 무슨 말을 주고받았을까?

휙 지나간 그 새는 분명 제비였을 것이다. 스윽 하니 내 마음을 관통하며 빠져나가는 시 한 편……

한낮 대청마루에 누워 앞뒤 문을 열어놓고 있다가, 앞뒤 문으로
나락드락 불어오는 바람에 겨드랑 땀을 식히고 있다가,

스윽, 제비 한 마리가,

집을 관통했다

그 하얀 아랫배,

내 낯바닥에

닿을 듯 말 듯,

한순간에,

스쳐지나가버렸다

집이 잠시 어안이 벙벙

그야말로 무방비로

앞뒤로 뻥

뚫려버린 순간,

제비 아랫배처럼 하얗고 서늘한 바람이 사립문을 빠져나가는 게 보였다 내 몸의 숨구멍이란 숨구멍을 모두 확 열어젖히고

— 손택수, 「放心」

이 청명한 여름 오후, 프로방스의 행복한 방심은 내 몸의 숨구멍을 확 열어젖히고 몽 도르의 하늘로 날아간 새의 선물이었다.

바셰르의
푸른 종탑

지오노는 『프로방스』라는 제목의 책에서 이렇게 설명한다. "먼 옛날 많은 사람들이 거쳐가고 탐내고 침략하던 땅인 프로방스는 수많은 위험들로부터 스스로를 방어할 필요가 있었다. 그 결과 경계와 방어의 편의를 위해서 생겨난 것이 언덕 위의 마을들이다. 그 좋은 예가 여행중 멀리서부터 산꼭대기나 비탈에 바라보이는 바셰르, 비엥, 시미안 라 로통드, 바농 같은 작은 마을들이다."

나는 오늘 지오노의 고장 가운데서도 내 마음을 가장 강하게 끌어당기는 바로 그 '언덕 위의 마을village perché'들을 찾아간다. 작년 여름 이곳에 머무는 동안 크리스틴 부부의 안내로 처음 가보았던 그런 중세 마을들, 인적 없는 돌담길을 따라 도는 작은 골목과 돌 틈을 비집고 돋아나 노란 꽃, 붉은 꽃을 피우는 아기 야생화, 집집마다 잘 간수해온 고풍스런 나무 대문과 아담한 창문들이 서울에 돌아와서도 두고두고 눈에 밟혔다.

지오노는 그런 '언덕 위의 마을'의 입지조건을 이렇게 안내한다. "마을들은 언덕 위, 바위 꼭대기, 그리고 돌을 굴려 떨어뜨리기 쉬운 깎아지른 모든 절벽 위에 건설되었다. 안전의 필요와 그 안전에 필요한 노력을 최소화하겠다는 분명한 의도를 조화시키면서 프로방스 사람은 맑은 공기를 숨쉴 수 있고 탁 트인 사투영斜投影 전망을 누릴 수 있는 장소에 자리를 잡았다. 그리하여 그 앞에 내다보이는 광대한 조망은 끝이 보이지 않을 정도다."

라 바스티드에서 바셰르를 향하여 시골길을 따라 북으로 약 10킬로미터 정도를 오르다가 장폴이 문득 아주 조용하고 아름다운 한구석을 보여주겠다면서 오른쪽 소로로 핸들을 꺾었다. 어디를 둘러보아도 집 한 채 보이지 않고, 야산과 나직한 소나무나 관목뿐인 한적한 지역. 오른쪽에 밀밭이 나타났다. 키 작은 밀이 잘 익고 있는 사이사이에 빨간 개양귀비와 보라색 들꽃이 한창이다.

길가에 '몽퓌롱'이라는 지명의 표지판. 차단 막대가 걸쳐진 곳에서 차를 세우니 하얀 오솔길을 따라 숨이 멎을 것만 같은 아름다운 풍경이 눈앞에 펼쳐졌다. 마치 일부러 심어놓은 것처럼 샛길 양옆으로 노란 금작화가 꽃다발같이 적당한 자리에서 화사하고, 키 큰 나무 두어 그루는 파란 하늘을 배경으로 열린 풍경을 틀에 넣어 가두어보려는 듯 기우뚱하게 서 있다. 그 너머 광대한

몽퓌롱의 풍차. >>

이 풍경을 가득 채우는 것은 오직 눈이 부시도록 싱그러운 초여름 아침의 햇빛과 귀가 멀 듯 거대한 침묵. 오솔길 저 끝 언덕에 잘 보존된 옛 풍차만 큰 날개를 접고 서서 해발 620미터의 고원을 지킨다.

이 빛나는 자연 앞에서 무슨 말을 더 보태랴. 아무도 찾아오는 이 없는 풍차의 출입문에 붙어 있는 안내의 말이 자상하고 한가하여 오히려 미소를 자아낸다.

"17세기 중엽에 건설된 몽퓌롱 풍차는 매주 토요일 오후에 방문 가능. 풍차 주인에게 연락 바람. 전화 06.52.37.59.92. 입장료 성인 1.5유로, 아동 0.5유로, 부부 2.5유로, 단체 1유로." 싱그러운 바람만이 찾아와 풍차의 문을 쓰다듬는다. "망아지처럼 풀밭을 뒹굴면서 이슬을 흩뜨리는" 바람. 풍차가 서 있는 저 언덕 넘어 약 10킬로미터 떨어진 아래쪽이 마노스크다.

"마노스크에서 바셰르로 가는 길은 언덕에서 언덕으로 이어지는 길이다." 이 고장의 모습은 지금도 소설 『소생』에서의 묘사와 달라진 것이 없다. "올라갔다 내려갔다, 그러나 내려가는 횟수보다 올라가는 횟수가 더 많다. 땅은 그렇게 차츰차츰 높아만 간다. 이미 그 길을 두세 번 여행했던 사람들은 이제부터는 더이상 채소밭이 없다는 것을, 밀의 길이가 점점 짧아진다는 것을 알고 있다.

그리고 첫번째 밤나무 숲을 지나면 기름처럼 번들거리는 풀

빛 급류와 만나고 마침내 바셰르 종탑의 파란 끝이 보이면서 그것이 경계선이라는 것을 알고 있다." 다만 소설과 다른 것은 바셰르 마을 종탑의 색깔이다. "모퉁이를 돌자 파란 종탑이 한 송이 꽃처럼 숲 위로 불쑥 나타났다"고 소설은 되풀이해서 말하고 있지만 실제 마을의 종탑은 어디를 봐도 푸른색이 아니다. 그러나 아무려면 어떠랴. 나는 내 눈으로 본 바셰르의 종탑보다 지오노의 소설이 말하는 푸른 종탑을 더 믿는다.

잠시 후 정오를 알리는 그 종소리에 귀를 기울여보면 그것은 분명 "푸른 종소리"일 것이다. 프로방스의 하늘색에 물이 든, 구름 한 점 없는 푸른 종소리일 것이다. 바셰르의 이 "푸른 종탑"은 "아름답고 둥근 젖가슴"의 몽 도르, "평원 위에 무화과 나뭇가지처럼 휘어지는" 뒤랑스 강, "이제 막 대홍수로부터 솟아오르는 중인 듯한" 뤼르 산과 함께 지오노의 신화적 프로방스의 일부다. 지오노에게 그 '푸른 종탑'은 낮은 지대의 아래쪽 프로방스와 뤼르 산 발치의 오트프로방스를 가르며 눈에 잘 보이도록 하늘 높이 세운 경계 표지와도 같은 것이다. 이리하여 바셰르는 지오노가 '진정한 부'를 발견하는 고장인, "라벤더가 돋아나는 거대한 사막"과 고원 지대의 관문이 된다.

파리의 지식인들이 선호한다는 레이안 마을 언덕을 지나 바농 방향의 길과 갈라지는 바셰르 초입 삼거리에는 프로방스 시골길에서 종종 마주치는 아담한 오라투아르 기도대. 좌회전하여 언덕 위의 마을을 왼쪽으로 껴안으며 돌아 오르는 언덕길 끝에 교회와 종탑이 고요하다. 차가 돌연 교회 앞 주차장에 멈춘다. 작년에 왔던 곳이라 눈에 익다. 교회 왼쪽 마을 입구의 작은 광장. 꼭 시골 초등학교 분교 같은 나지막한 시청. 그 맞은편 첫번째 집 정원에는 접시만큼 큰 꽃들을 자욱하게 달고 있는 장미넝쿨 시렁.

마침 짧게 깎은 흰머리 아래로 햇볕에 그을린 구릿빛 얼굴의 남자가 대문 앞에 서 있다. 집주인 같아 보이기에 꽃의 아름다움과 꽃 가꾸는 기술을 칭찬했더니 온 얼굴에 웃음이 가득 번진다. 하기야 이 높은 언덕 위의 마을까지 찾아와 자신의 꽃을 칭찬해줄 사람이 그리 많지는 않을 터이다. 더군다나 먼 극동에서 지구를 반 바퀴나 돌아서 찾아온 칭찬이고 보면……

마르세유 인근 포스 공업단지에서 용접공으로 일하다가 15년 전에 은퇴하여 낮에는 꽃을 가꾸고 저녁때는 친구들과 페탕크 공놀이를 즐긴다는 75세 청년. 노년의 시간이 너무 빨리 가서 아쉽단다. 과연 왕년의 용접공답게, 민들레꽃이 별처럼 노랗게 촘촘히 박힌 잔디밭에는 쇠막대를 구부려 만든 각종 인형과 조각들이 군데군데 진열되어 있다. 아마추어 냄새에 과욕이 더하여 불필요하게 많은 오브제가 정원을 어지럽힌다 싶지만 그런 토를 달아 그의 달뜬 기분을 흐려놓을 생각은 없다.

그 집 오른쪽으로 난 아치형 돌문 안쪽 골목으로 들어선다. 몇 개의 돌계단. 흙이나 시멘트 같은 접착제를 사용하지 않고 이른바 '마른 돌'만을 이어붙여 꽃무늬 장식으로 아기자기한 멋을 낸 프로방스 특유의 골목길 바닥과 벽은 세찬 여름 해를 받아 빛과 그늘의 경계가 선명한데 돌 틈으로 돋아난 풀과 꽃이 고요를 더한다.

어느 집엔가 돌벽의 발치에 작은 방처럼 파놓은 공간에는 넓적한 자연석을 하나 세워놓고 그 위에 정성스러운 글씨로 적었으되 "긴 세월 풍상이 다듬어놓은 바위들 곁에/ 친구여 나와 함께/ 오래된 마을의 평화를 음미하시라." 마을의 골목이라기보다는 거의 박물관 안을 거니는 느낌이다. 사람은 그림자도 보이지 않는다. 다들 어디로 갔을까? 모두들 집 안에만 들어앉아 있는 것일까? 아직 그랑드 바캉스가 시작되지 않았으니 집주인은 파리나 다른 도시에서 아직 일을 하고 있는지도 모른다.

골목 끝의 조망을 가로막는 고목 한 그루, 모퉁이를 돌면 13세기의 생 크리스토프 성당의 폐허. 다시 쓰러진 돌을 일으켜세워 말끔하게 복원한 벽 저 너머로 가슴이 탁 트이게 펼쳐지는 들판과 멀리 병풍처럼 둘러선 뤼르 산. 갑자기 어둑해진 굴 같은 통로를 나서면 눈이 부신 빛, 오래된 돌담 위에 빨갛게 핀 접시꽃과 풀. 그 너머로 펼쳐지는 들과 구릉과 먼 산. 거대한 뽕나무와 무화과. 토종꿀을 파는 아담한 상점 곁에는 빈 탁자 뒤로 반쯤 열린 흰색 레이스 커튼이 미풍에 흔들린다. 그 앞에 엎드린 검은 고양이. 문마다 파란 하늘빛 칠이 선명한 카페 '비스트로 데 라방드'.

문 앞에 한가하게 놓인 두 개의 테이블과 빈 의자가 손짓하며 부르는 것만 같다. "작년에 바셰르에서 마셨던 그 기막힌 포도주를 기억하시나요?"라고 지오노가 1936년의 '콩타두르 친구들'에게 물었던 그 포도주가 아직도 남아 있을까? 골목골목 더듬어 마냥 걸어다니고 싶지만 아직 갈 길이 더 남아 있다.

바셰르가 그 마을 출신의 '아이들'을 길이 기억한다고 새겨진 전몰 장병 위령탑 좌대 위에는 투구를 쓴 젊은이가 총을 앞에 짚고 먼 하늘을 바라보고 있다. 맞은편에는 옛날 학교가 박물관으로 변했는데 남학생, 여학생 각각 출입하는 대문이 따로 표시되어 있어 옛날 학교의 관습이 미소를 자아낸다.

이제 우리는 마을을 벗어나 시미안 라 로통드, 그리고 바농 쪽으로 발길을 재촉한다. "거기서부터 가장 길고 가장 험한 비탈길이 시작되며 그게 마지막 언덕이라는 것을 알고 있다. 그 언덕에 오르면 대번에 두 필의 말, 마차와 승객들은 바람과 구름만 가득한 하늘 한복판으로 인도된다는 것을 알고 있다." 소설 『소생』이 이렇게 묘사하는 길이 앞에 있다.

시미안의 장 그르니에와 바농 언덕에 소생한 푸른 '수레국화'

서울에서 프로방스로 출발하기 직전에 나는 2년 가까이 붙잡고 앉아 애를 먹었던 『카뮈-그르니에 서한집 1932~1960』 번역 원고를 드디어 탈고하여 출판사에 넘겼다. 오트프로방스에 와서 '언덕 위의 마을'들을 찾아가려니 문득 1956년 7월 25일 장 그르니에가 카뮈에게 보낸 편지에 처음으로 등장하기 시작한 발신지 시미안 라 로통드가 생각났다.

그르니에는 여름휴가를 맞아 시미안 라 로통드에 "사제관을 하나 빌려놓았"다면서 카뮈가 이제 막 탈고하여 건네준 단편집 『적지와 왕국』의 원고를 그곳에 지니고 가서 읽고 크게 감동받았다고 적는다. 더군다나 나는 젊은 시절에 카뮈를 읽다가 처음 발견한 이 철학자의 "의문에 찬 회의주의"와 "침묵에 가까운 진실의 목소리"에 매혹된 나머지 80년대 초에 그의 명상적 산문집 『섬』을 번역하여 우리나라에 처음으로 그의 존재를 알린 적이 있다. 시미안에는 어쩌면 장 그르니에의 자취가 남아 있을지도 모른다. 나는 장폴에게 작년처럼 바농으로 곧장 가기 전에 이번에는 시미안에 한번 들러보자고 청했다.

바셰르에서 산길, 들길, 골짜기 언덕을 오르내리며 10여 킬로미터. 인적 없는 산골이지만 길가에 자란 풀을 부잣집 정원의 잔디밭처럼 단정하게 깎아 다듬은 것이 의아했다. 화재 예방을 위한 조치라고 장폴이 설명한다. 그렇다, 이곳은 '뤼베롱 자연공원' 지역이다. 간간이 눈에 띄는 골짜기의 작은 밀밭과 언덕 위에 홀로 선 나무 한 그루. 과연 지오노의 표현처럼 밀은 키가 낮다. 문득 발아래 열은 보라색 라벤더밭이 펼쳐진 모퉁이를 돌자 멀리 산비탈에 "바위에 붙은 말벌 집처럼" 삼각형으로 둥지를 튼 시미안 마을이 건너 보인다.

표지판을 따라 마을 왼쪽으로 돌아가는 산길을 올라가지만 마치 우리는 자꾸만 시미안에서 멀어지는 느낌이다. 그러나 긴 우회의 길이 돌고 돌아 올라간 곳에 문득 "케이크 위에 박은 체리" 같은 회색 성탑 "라 로통드"가 길을 가로막는다. 이 고색창연한 원뿔형 회색 건축은 13세기 초의 중세 성터에 남은 프로방스 유일의 원형 성탑으로 로만 양식의 걸작이다. 매년 8월에 이곳에서 열리는 중세 및 르네상스 음악제로 유명하단다. 의외로 실내가 꽤 널찍하고 탑 안에 남은 유적은 원형을 잘 보존하고 있거나 정성스레 복원되어 있다. 성루에서 내려다보는 광대한 시미안 평원과 먼 뤼르 산 줄기의 풍경이 눈에 시리다.

성안에 설치된 '생트빅투아르 방향제 요법 실험실'은 이 지역 라벤더, 타임, 로즈메리 등 야생 향초를 원료로 하는 향유와 향료를 생산, 판매하는 한편 그 효험에 관한 강연을 개최한다. 시험 삼아 방향제와 향유 에센스를 한 병씩 구입했다. 대개 이렇게 구입한 것들은 여행에서 돌아온 뒤 어딘가에 처박아둔 채 끝내 기억에서 지워지면서 집 안만 복잡하게 만드는 '잡동사니'로 전락한다. 이번 여름 나는 우리 시골집에서 벌에 쏘여 독한 통증에 치를 떨었다. 그런데 이 향유 한 방울을 벌에 쏘인 부위에 발랐더니 거짓말처럼 통증이 사라졌다. 시미안은 이렇게 나의 마음과 시선뿐만 아니라 몸에도 향기로운 기적의 해독제가 되었다.

정취 그윽한 마을. 국가로부터 '개성적인 마을' 칭호를 받았다는 시미안의 골목을 이리저리 오르내리고 맴돌다가 어느 아담한 도자기 상점에 들렀다. 나오는 길에 좀 유식해 보이는 여주인에게 혹시 이 마을에 살던 장 그르니에라는 작가의 집이 어딘지 아느냐고 물었다. 저 아래쪽 성당 근처 '지붕 덮인 장터' 옆 어디라고 들었는데 아마 폐허가 된 것 같다는 대답이 돌아왔다. 폐허라! 그것도 그르니에의 고즈넉한 회의주의에 어울릴 것 같다.

마침 점심때라 좁은 골목길 모퉁이 그늘에 겨우 테이블 서너

개를 차려놓은 소박한 음식점 겸 토산품 점. '눈의 즐거움Au plaisir des yeux'이란 간판이 눈에 든다. 오리 가슴살 요리가 '오늘의 메뉴'라기에 자리를 정하고 앉았다. 눈이 서글서글한 중년 부인이 나와 주문을 받는다. 이 마을에서 오래 살아온 듯해서 그녀에게 나는 또, 혹시 장 그르니에의 집이 어딘지 아느냐고 말을 건네본다.

대답이 직설적이다. "장 그르니에? 작가 장 그르니에? 죽은 지 오래되었는데요. 하지만 그 아들은 우리집 이웃이라 잘 알지요." "아들이라면 알랭 그르니에 말인가요?" "맞아요. 바캉스라고 곧 내려온다면서 오래 닫아둔 덧문을 열어놓아달라고 전화가 왔었는데 여태 안 오고 있네요." 임자를 제대로 만났다.(알랭이라는 이름은 『카뮈-그르니에 서한집 1932~1960』에 자주 등장하여 내 귀에도 익다. 그뿐이 아니다. 서울에서 어느 날 나는 장 그르니에 연구의 전문가인 파트릭 코르노 교수로부터 이메일을 받은 적이 있다. 그르니에의 아들로 전직 프랑스 대사였던 알랭 그르니에 씨에게 『섬』의 한국어 역자의 이름을 알아봐달라는 부탁을 받았다는 것이었다.)

나는 식당 여주인이 가르쳐준 옛날의 '사제관'을 찾아가보았다. 언덕 위 마을 저 아래쪽의 맨 앞줄에 성당이 있고 그 옆에 사제관이 있으니 그 창문으로부터 거칠 데 없이 탁 트인 시미안 평원이 내려다보였을 것이다. 그르니에는 저 보라색 라벤더밭 풍경을 앞에 두고 카뮈의 『적지와 왕국』을 읽었고 저 햇빛을 받으며 "지금 우리 마을은 온통 피서객뿐입니다. 그래도 호젓한 맛이 줄어들지는 않습니다"라고 편지를 썼을 것이다. 떠들썩한 피서객들도 저 멀리 내다보이는 풍경의 '호젓한 맛'을 가리지는 못했던 것이다. 그 찬란한 풍경 앞에 서 있으려니 그르니에의 글 한 대목이 생각났다. 이탈리아 어느 아름다운 탑을 방문하여 꼭대기에 올라가보아도 좋으냐고 물었더니 수위가 "혼자는 안 됩니다"라고 했다. 왜냐고 묻자 "경치가 너무 아름다워 자살하는 사람이 종종 있어서요"라는 대답이 돌아왔다는 것이다. 사람들은 너무 아름다운 풍경 앞에 서면 문득 자살충동을 느끼게 되기도 하는 모양이다.

그르니에는 1958년 9월 29일자 편지에서 마침내 루르마랭에 시골집을 마련한 카뮈에게 "루르마랭은 시미안에서 40킬로미터밖에 안 되지요"라고 쓰면서 바캉스 때면 자주 만날 것을 기대하며 기뻐했다. 그러나 불과 1년 남짓한 1959년 12월 28일, 그르니에에게 보내는 새해 인사 편지를 생애 최후의 유서처럼 남겨놓고 카뮈가 교통사고로 사망하면서 그 기대는 물거품이 되고 말았다. 카뮈의 부음을 듣고 그르니에는 가장 먼저 루르마랭으로 달려갔다.

아들 알랭 그르니에의 집은 위쪽 골목 안 또다른 성당 옆에 있었다. 파리에서 아직 내려오지 않았다는 그의 이름이 대문 옆 우체통 구멍 위에 새겨져 있고 "제발 광고지를 넣지 말아주세요"라는 메시지가 위에 하얀 햇빛이 내려앉아 나비처럼 떨고 있다.

시미안에서 바농까지는 51번 지방도를 타고 북동쪽으로 약 10킬로미터. 멀리서부터 높이 10미터, 두께 1미터의 중세 성벽이

800미터에 걸쳐 왕관처럼 에워싼 해발 760미터 산언덕 위의 작은 중세 마을이 올려다보인다. 지금도 말짱한 두 개의 창문 밑으로 난 14세기 적의 돌출회랑을 통과하면 바로 마을 광장과 언덕바지로 오르는 회랑식 골목들. 구시가로 진입하는 길은 둘로 갈라지면서 왼쪽은 보행자용, 오른쪽은 자동차가 다니는 엘제아르부피에 가다. 엘제아르 부피에는 실제 인물이 아니라 지오노의 가장 널리 알려진 소설 『나무를 심은 사람』의 주인공 이름이다. 나는 몇 년 전, 크빈트 부흐홀츠의 아름다운 그림이 실린 이 소설을 우리말로 번역해서 펴낸 바 있어 이 지오노의 고장은 마음으로 더욱 가깝다.

한편, 소설 『소생』은 흉년인데도 "여름 장이 크게 선" 바농을 이렇게 묘사한다. "농부들과 수레, 바구니를 든 아낙네들, 튀김을 사먹을 동전을 손에 쥐고서 나들이옷을 입고 나온 아이들이 도로를 메우고 있었다. 그들은 모두 여러 언덕의 골짜기 마을에서 온 이들이다. (……) 정오 종소리를 들으면서 시미안의 포플러 아래서 쉬고 있는 사람도 있었다. 방앗간이 있는 네거리에서 라로슈마을 사람들과 뷔에크 마을 사람들이 마주쳤다. 그들은 재빨리 서로의 밀 자루를 곁눈질하면서 서로를 위로했다." 주인공 팡튀를르가 그 흉년에 "흠 하나 없는 금빛 밀"을 여섯 자루나 가지고 나와서 사람들을 놀라게 한 곳이 바로 이 바농 장터다. 그는 폐허가 된 마을과 떠돌이 여자 아르쥘의 삶을 이 기적의 밀농사로 '소

^ 언덕 위의 중세 요새 바농.

생'시킨다.

알비옹 고원에 등을 기대고 뤼르 산과 방투 산 사이에 자리 잡아 이 지역 중심이 되고 있는 마을은 무엇보다 '바농 염소젖 치즈'로 유명하다. 달큼한 맛과 싸아하니 독한 맛이 잘 어우러진다는 이 특산물은 밤나무 잎에 싸서 라피아 노끈으로 묶은 그 외형이 벌써 독특해 보인다. 그러나 치즈의 진정한 맛을 제대로 감식할 줄 모르는 나 같은 문외한은 바농 하면 무엇보다 먼저 전 세계에서 유례가 없는 '르 블뤼에(푸른 수레국화)' 서점을 떠올리지 않을 수 없다.

『나무를 심은 사람』의 화자는 알프스 지역의 인적 없는 고원지대를 사흘 동안이나 혼자 돌아다니다가 어느 비길 데 없이 "황량한 곳"에 이른다. "나는 어느 버려진 마을의 앙상한 잔해 옆에 묵어갈 잠자리를 만들었다. 전날부터 마실 물이 바닥나 있었기 때문에 물을 찾아야만 했다. 폐허로 변하긴 했지만 가옥들이 낡은 말벌 집처럼 옹기종기 붙어 있는 것으로 보아 옛날에 이곳에 샘이나 우물이 있었을 것으로 생각되었다. 과연 샘이 하나 있긴 했다. 그러나 바싹 말라붙어 있었다. (……) 살아 있는 것들은 모두 사라져버리고 없었다."

물론 소설가 특유의 상상이 지어낸 마을이긴 하지만 그 분위기는 '세상 끝의 고원'에 외따로 떨어져 있는 마을 바농을 연상시킨다. 흔히 이런 마을에 기껏 볼 수 있는 것은 입으로 들어가는 것을 파는 가게들과 한가한 '카페'가 고작이다. 그런데 들과 골짜기 곳곳에 흩어진 가옥 주민들까지 합하여 인구가 겨우 1천 명 남짓한 이 외딴 마을 광장가에 3층 건물 세 채를 이어붙인 서점 '르 블뤼에'의 진열대 500평방미터에는 무려 11만 권이 넘는 철학, 여행, 고전 및 현대문학, 요리, 사진, 아동, 요트, 쇠공놀이, 사전 등 광범한 분야의 서적들이 진열되어 있고 재고 또한 18만 9천 권에 달한다. 2014년에는 공간을 확장하여 100만 권의 재고를 보유할 계획. 현재 프랑스 전체에서 진열된 서적으로 꼽자면 독립서점 가운데 순위 7위다. 독자와의 만남을 위하여 세계의 유명 도시들을 순회한 경험이 있는, 『프로방스에서의 1년』의 저자 피터 메일은 이곳이 "세상에서 내가 알고 있는 최고의 서점"이라고 말했다.

원래 독학으로 지혜를 깨쳐 집을 짓고 가구를 짜는 목수였던 조엘 가트포세가 1990년 문방구 건물을 사들여 77종, 재고 250권으로 처음 문을 연 이 서점으로 오늘날에는 엑스, 니스, 마르세유 같은 인근 대도시는 물론 영국, 벨기에, 독일에서도 손님들이 일부러 찾아온다. 이 기적의 서점은 하루에 200권에서 1천 권을 판다. 1월 1일을 제외하고는 연중무휴, 그리고 고객이 무슨 책이든 찾으면 다 그곳에 있다는 믿음을 갖도록 했다.

오로지 책의 첫 페이지에 '2012년 6월 22일 바농 르 블뤼에에서'라고 적고 서명하는 즐거움을 위해서 포켓북 몇 권을 사들고 나오면서 나는, 대도시의 독점 대형 서점 한두 곳을 제외하고

바농 장터에 만개한 수레국화
'르 블뢰에' 서점과 그 앞에
드높이 쌓인 목각 서적.

동네와 지방의 모든 서점의 씨를 말려놓고, 오직 TV와 스마트폰과 인터넷 사이트에 귀와 코를 박은 채 자기계발 서적과 베스트셀러 아니면 책이 아닌 줄 여기는 처지에, 세계 경제 10위권을 바라본다고 하는 우리나라가, 유럽 여러 나라의 경제적 난국을 동정하는 우리나라가, 왜 아직도 노벨문학상을 못 타는 것일까 하고 의아해하는 어떤 사람들의 어이없는 우국충정을 허전한 마음속에 떠올려본다. 그렇게 쓸쓸해진 내 앞에서 오트프로방스 고원의 외딴곳 바농 장터는 이렇게 찬란한 여름빛 속에 한 송이 드높은 수레국화로 풍요롭게 '소생'하여 활짝 피어나 있었다. 이토록 남을 부러워해보기는 난생처음이었다.

뤼르스, 그리고
지오노의 집 '르 파라이스'

뤼르스는 시미안과 마찬가지로 '개성적인 마을'로 지정된 또하나의 '언덕 위' 중세 동네다. 마노스크에서 뒤랑스 강을 오른쪽에 끼고 북쪽으로 약 20킬로미터 정도를 따라 올라가면 나타나는, 뤼르 산 경사면의 유서 깊은 마을. 해발 630미터, 19세기에는 1천 명이 넘던 인구가 전쟁과 역병과 이농으로 인하여 고작 370명 정도로 줄어든 동네. 샤를마뉴 대제가 조성한 것으로 알려져 있는 이 마을엔 9세기부터 시스트롱의 지체 높은 주교들이 여름 거처로 사용하던 저택과, 신학교와 교회를 중심으로 언덕바지를 따라 미로와 같이 굽어 도는 골목길 양편에 돌벽을 차곡차곡 쌓아올려 지은 해묵은 집 들이 잇닿아 있다. 아래쪽으로는 10여 개의 해묵은 오라투아르 기도대들이 좌우에 늘어선 '주교들의 산책로'……

관광책자는 뤼르스를 이렇게 소개한다.

우선 뒤랑스 강 좌우로 펴진 들판의 완만한 비탈길을 따라 오르다보면 프로방스 지방 전체에서 다섯 손가락 안에 든다는 올리브 과수밭 위로 하늘을 향해 뿜어져오르는 것만 같은 마을의 전경이 눈에 들어온다. 왼편의 시계탑과 그 위의 푸른 하늘을 배경으로 주물을 뜬 그물망 '캉파닐' 종루를 이고 있는 아치형 통로가 구시가 골목의 입구, 이를테면 요새의 성문이다. 그 아치 안쪽으로 아기자기하게 돌이 깔린 조붓한 골목과 낮은 돌계단 한구석이 비밀처럼 엿보인다. 그 너머 그늘이 주는 유혹을 잠시 억누르고 우리는 오히려 반대편 거대한 플라타너스 그늘 쪽으로 발을 옮긴다. 나무 그늘 앞에는 동굴처럼 어둑한 실내의 선선한 공기가 유혹하는 관광상품 가게 겸 카페 '쥐스틴 네'의 커다란 간판이 걸려 있다.

카페의 입구 양편에는 이제 더이상 관광객의 시선마저 끌지 못하는 그림엽서들이 진열대에 실린 채 쏟아지는 세찬 여름 햇볕에 기가 죽은 듯 허옇게 퇴색해가고 있다. 한때 여행지에 도착하면 그토록 열을 올리며 골라서 수집하곤 했던 그림엽서가 언제부터 이렇게 관심 밖으로 밀려난 것일까? 인터넷 저인망이 우리 삶의 잔챙이 정보들까지 싹쓸이하여 건져올리면서부터 네거티브 필름이나 슬라이드 사진이나 그림엽서는 과거의 유물로 전락하고 말았다. 이제는 아무도 친구나 연인에게 '뤼르스의 푸른 하늘

^ 뤼르스 마을 입구.

을 이고 당신 생각을 하며'라고 쓰고 서명한 그림엽서를 부칠 생각을 하지 않는다. 휴대전화가 있고 인터넷이 있고 화소 단위가 점점 높아지는 디지털 카메라가 손안에 있기 때문이다.

카페 저 아래쪽 큰 나무 그늘 여기저기에 철제 테이블과 의자들이 늘어놓여 있다. 눈앞으로 광대한 뒤랑스 강 계곡과 먼 산들의 풍경이 시원하게 펼쳐진다. 등뒤에는 높은 신학교 건물과 요새의 높은 벽. 지금은 호텔로 변했다. 이런 풍경을 내다보며 이 호텔에서 하룻밤쯤 묵어가도 좋겠다. 우선 초록색과 냉기가 그리울 때 내가 즐겨 마시는 '망탈로'(얼음물에 탄 박하시럽) 큰 잔 하나를 주문한다. 초록색 유리컵 속에 냉동되어 있던 시간이 느리게 녹기 시작한다. 이 고장의 진정한 아름다움은, 빛과 그늘의 반점 사이로 미풍처럼 흔들리다가 고이고 고였다가는 흐르는 우리들 저마다의 삶의 순간과 순간이다. 그 위에 내려앉는 짧은 여름빛, 그 덧없음이 바로 우리가 행복이라고 부르는 그것이 아닐까. 나비의 날개처럼 가늘게 떨리는 그 빛 위에 마음을 고즈넉하게 부어놓고 가만히 들여다보라. 그리고 이 세상에 살아 있음을 기뻐하라.

마을 성문 위 벽면에 새겨진 해시계와 그 이마에 각인된 이 마을 사람들의 좌우명이 소리 없는 웅변이 되어 그 상념에 화답한다. "J'abonde dans l'instant.(나는 순간 속에 풍부하게 있다.)" 이곳에서 막시밀리앵 복스가 살았었다. 1952년 파리에서 재능 있는 그래픽 아티스트, 기자, 잡지 편집자, 작가로 활동하던 그는 화가

이며 시인인 뤼시앵 자크를 통해 프로방스의 지오노와 만나 알게 되었고 당시에 거의 폐허가 되다시피 했던 마을 뤼르스의 아름다움에 매혹되었다. 그들은 함께 뤼르스에서 '뤼르 국제 회의'를 창립했다. 이것이 지금까지 매년 8월 하순이면 이 작은 프로방스 마을에 전 세계의 타이포그래피, 출판 및 인쇄 분야 전문가들이 한데 모이곤 하는 국제행사의 시작이었다. 이렇게 하여 거의 버려지다시피 했던 이 마을은 되살아났고 여러 가지 문화행사의 중심지로 유명해졌다.

구시가의 아치형 통로로 들어서면 돌을 깐 좁은 골목 바닥에 무슨 신비의 난수표처럼, 동화 속 '꼬마 푸세'가 던져놓은 조약돌처럼, 때로는 U자가, 때로는 E자가, 또 때로는 마침표의 둥근 점 하나가 세련된 디자인으로 포석 위에 새겨진 채 발밑에 밟힌다. 뤼르스가 타이포그래피 애호가들의 마을임을 말해주는 '글씨의 길'이다. 발을 옮길 때마다 하나같이 호젓하고 개성 있는 골목이 이리저리 뒤얽힌 미로의 모퉁이에 닿는다. 골목 양쪽으로 잇닿은 돌집들과 육중한 나무 대문, 혹은 소슬한 창문마다 세련된 조각. 여기는 화랑, 저기는 알 수 없는 문화의 집. 저 안쪽에 숨은 정원으로 인도하는 돌계단은 첨단 디자인 잡지에서나 볼 수 있을 듯한 세련미를 발휘하며 옛 모습을 정성스레 복원했다. 문득 모퉁이를 돌면 그림틀 속의 풍경처럼 뾰죽하니 솟은 시프레나무 사이로 발아래 깊은 계곡과 멀리 푸른 산. 굽이돌 때마다 늘 새로운 그 무엇을 약속하는 이런 미로 속이라면 기꺼이 길을 잃고 싶다.

그러나 뤼르스는 이런 문화와 세련미로만 널리 알려진 것은 아니다. 뤼르스는 이른바 '도미니시 사건'으로 세상 사람들의 머릿속에 깊이 새겨져 있다. 1952년 8월 5일 새벽 1시 10분. 마을 아래 도로변에서 여러 발의 총성이 울렸다. 이튿날 아침, 이 지역으로 휴가 여행을 온 영국 런던 대학의 생화학 교수 드루먼드 부부가 그들이 타고 온 자동차 옆에서, 그리고 열 살 난 그들의 딸이 도로에서 뒤랑스 강으로 내려가는 비탈에서 살해된 시체로 발견되었다.

이내 수사의 방향은 인근의 '그랑 테르' 농장에 사는 가스통 도미니시(75세) 부부, 아들 귀스타브, 며느리 이베트, 그리고 귀스타브의 형 클로비스 쪽으로 향했다. 거의 1년에 걸친 수사 끝에 아들 클로비스와 귀스타브가 아버지 가스통을 범인으로 지목함으로써 사건은 종결되는 듯했다. 그러나 귀스타브는 얼마 지나지 않아 진술을 번복했고 클로비스와 또 한 사람의 증인만이 본래의 진술을 유지했다.

잡지사와 출판사의 청탁을 받은 작가 지오노는 법정의 재판장 바로 뒷자리에 앉아서 사건의 전말을 취재했고 뒤에 그 내용을 『도미니시 사건 노트』라는 책으로 써냈다. 또 이 사건은 장 가뱅이 주연한 영화로도 제작되어 세상에 널리 알려졌다. 도미니시 가족 구성원들은 서로 모순된 진술을 했다. 그들은 거짓말을 늘어놓았고 심지어 법정에서까지도 서로 다투었다. 그 어떤 말도 확실히 믿을 만한 것은 없었다. 가스통 도미니시는 수차에 걸쳐 범죄 사실을 자백했고 그때마다 곧 자백 내용을 번복했다. 때는 미소 냉전 시대였다. 어떤 사람들은 이 사건이 국제 첩보전과 관련이 있다고 주장하기도 했다. 작가 지오노는 사법부의 형식적 절차와 실제 현실 사이의 괴리에 깊은 인상을 받았다. 그는 비공식적인 자리에서 "진정한 범인은 프랑스 사법부다"라고 말했다고 전해진다.

결국 가스통 도미니시는 살인 혐의로 사형선고를 받았다. 하지만 지오노는 그의 책에서 잘라 말했다. "나는 가스통 도미니시가 유죄가 아니라고 주장하는 것은 아니다. 그러나 나는 다만 그가 유죄라는 사실이 증명되지 않았다고 말하는 것이다." 1957년 르네 코티 대통령은 도미니시의 사형을 종신형으로 감형시켰다. 그리고 1960년 7월 14일 드골 장군은 그를 사면시켰고 가스통은 출옥했다. 도미니시는 1965년 4월 4일 양로원에서 생을 마치면서 신부에게 고해했지만 끝내 그 내용은 공개되지 않았다. 진실은 영원히 어둠 속에 묻혔다. 프로방스의 여름 빛이 밝으면 밝을수록 인간의 마음속은 그만큼 더 깊고 어두워 보인다. 문학과 예술은 바로 이 너무 밝은 빛과 너무 깊은 어둠 사이에 가로놓인 가냘프고 위험하고 아름다운 외나무다리 같다는 생각이 잠시 머리를 스친다.

우리는 뤼르스를 떠나 깊은 숲속에 자리잡은 베네딕트 수도원 가나고비를 한 바퀴 돌아 다시 뒤랑스 강 건너편 발랑솔 고원지대로 갔다. 여름 오후 볕이 환한 그 아름다운 고원에는 온통 라벤더의 보라색 천지였다. 길게 뻗은 라벤더 고랑 사이로 고원의 바람이 서늘했다. 길가에 커다란 관광버스가 와 멎었고 한 무리의 중국인 가족들이 쏟아져나왔다. 그들은 라벤더로 뒤덮인 들판 풍경이 신기한지 떠들썩한 웃음소리를 고요한 프로방스 하늘로 날리며 연방 카메라 셔터를 눌러댔다. 점점 짙어가는 라벤더의 보라색 속으로 솟아오르는 요란한 중국어 억양이 발랑솔의 찬란한 햇빛과 꽃향기를 헝클어놓는다. 세상이 뜻하지 않은 방향으로 변해가고 있음을 실감한다.

작가 지오노가 젊은 시절 이래 줄곧 살아온 마노스크 변두리의 집 '르 파라이스'는 그의 생전 모습 그대로 고스란히 보존되어 오늘날 '지오노를 사랑하는 사람들의 집'이 되어 매주 금요일 오후에 한 번씩 일반에 공개된다. 오늘 오후는 그 집을 찾아가기로 정하고 있었는데 막상 위치를 문의하기 위하여 전화를 걸었더니 미리 예약한 사람들만 받는다는 설명이다. 따라서 예약을 하지 않은 우리는 방문 불가. 멀리 한국에서 일부러 찾아왔다고 설명하니 아내와 친구 내외를 제외한 나 혼자만 특별히 받아주겠단다. 다른 사람들은 정원의 큰 나무 그늘 밑에 앉아 기다리기로 했다.

'르 파라이스'를 방문하려고 예약한 사람들은 하나같이 늙은 은퇴자 같은 남녀 노인들뿐이었다. 여기서도 문학은 늙어버린 세계의 몫이 된 것인가. 심지어 안내자도 얼굴과 목에 주름이 가득한 가냘픈 부인이다. 그러나 그의 목소리는 또랑또랑했고 지오노 문학에 대한 풍부하고 폭넓은 이해로 우리 모두를 놀라게 했다.

지오노는 1930년 서른다섯 살이 되던 해에 14년간의 말단 은행원 생활을 마감하고 오로지 글만 쓰며 살기로 결심한다. 그리고 몽 도르 언덕 비탈에 있는 이 작은 집을 구입하여 자신의 조모를 포함한 본가, 처가의 대식구를 이끌고 이사한다. 시내에서 걸어서 5분 거리인 이 집에는 야자나무, 감나무, 복숭아나무, 살구나무, 협죽도가 각각 한 그루, 그리고 200주의 포도나무가 있었다. 그는 줄곧 이 집에서 글을 썼다. 집을 조금씩 증축했고 그때마다 허름한 책상을 이 방 저 방으로 끌고 다니며 쉬지 않고 글을 썼다. 그리고 행복했다. 옛날에 내가 처음 찾아왔을 때 만났던 두 딸 중에서 갈리마르 출판사에 근무하던 알린은 세상을 떠났다.

둘째딸 실비의 친구가 기거한다는 2층을 제외하고 1층과 3층의 모든 방들을 오르내리며 우리는 안내인의 설명에 귀를 기울였다. 여덟 필의 몽고 말을 그린 거대한 동양화 한 폭이나 각종 조각상과 친구 뤼시앵 자크가 손수 그린 벽화 외에도 방마다 서가에는 수천 권의 장서가 알파벳순으로 분류되어 꽂혀 있다. 그 가운데서도 범죄와 관련된 각종 서적과 문헌, 탐정소설, 특히 그리스 고전과 중국의 노장사상, 스탕달의 저서 들은 지오노의 독특

실비 지오노 여사와 함께 '르 파라이스' 에서.

한 관심을 드러낸다. 마지막으로 마노스크 시내 풍경이 내려다보이는 3층, 만년의 집필실. 책상 위에는 그의 마스코트였던 작은 쇠망치 하나. 신기료장수였던 그의 아버지의 유품이다. 그 옆에는 철필촉이 꽂힌 수십 개의 대나무 펜대가 여러 개의 담배 파이프와 함께 잠시 뒤면 돌아올 주인을 기다리는 듯 생전의 모습 그대로 놓여 있었다.

관람을 마치고 아래층 거실에 내려오니 실비 지오노 여사가 나를 맞아준다. 70년대 말에 이 집을 처음 찾아왔을 때 눈이 서글서글한 중년 부인이었던 그녀는 벌써 팔십대의 백발이 되어 있었다. 내가 『나무를 심은 사람』을 번역했다고 소개하자 매우 반가워하며 그 책이 전 세계에서 가장 많이 번역된 지오노의 책이라며 캐나다에는 지오노의 이름이 붙은 숲이 있고 한국에는 '나무를 심은 사람'의 공원이 등장했다는 설명을 덧붙였다.

실비 지오노가 서명해서 건네준 그의 저서 『마노스크의 장 지오노』를 손에 들고 밖으로 나오면서 나는 자문해본다. 그녀가 말하는 '나무를 심은 사람 공원'은 대체 우리나라의 어디에 있는 것일까?

루시용 붉은 흙을 바라보며 레몽 장을 전송하다

오늘은 오트프로방스를 벗어나 서쪽의 보클뤼즈 쪽으로 좀더 멀리 나가보기로 한다. 작년 여름 엑상프로방스 시장의 그 풍요롭고 신선했던 기억이 그리워 루르마랭이나 압트의 시장 구경을 하고 싶었다. 루르마랭은 부르주아 동네라 규모가 작지만 질이 좋은 상품이 많고 압트 쪽은 상품의 품목과 양이 많은 서민적 대규모 시장이라고 했다. 어차피 같은 방향이니 일단 루르마랭에 들러보기로 했다.

장폴이 차를 낯선 국도변에 세우고 전에 모르던 길로 들어선다. 작년에 카뮈의 딸 카트린 여사를 만나기 위하여 들어섰던 카드네 쪽 입구와는 다른 방향이어서 마을의 모습이 낯설다. 마치 전에 모르던 '뒷모습' 쪽으로 슬며시 접근하는 느낌. 널찍한 광장이 하나 나타났지만 사람이 없다. 아침이라 그럴까? 하지만 작은 동네라 이내 작년 여름 점심식사를 했던 카페 '가비' 앞 삼거리가 나타난다. 그런데 흔히 장날에 볼 수 있는 풍경이 아니다. 바구니를 들고 장에 가거나 다녀오는 사람의 모습이 보이지 않는다. 오늘은 루르마랭 장날이 아니라는 사실을 뒤늦게 깨달았다.

우리는 다시 차에 올라 압트 시장으로 향한다. 동서로 뻗은 큰 뤼베롱 산과 작은 뤼베롱 산 사이의 골짜기가 바로 루르마랭과 압트를 잇는 꼬불꼬불한 협로다. 산악자전거나 오토바이를 타는 사람들이 즐겨 찾는 길이다. 오르막길 모퉁이에 선 표지판이 오른쪽으로 가면 뷔욱스, 왼쪽으로 가면 보니외라고 알려준다. 작년에 찾아갔던 그 동네 모습들이 눈에 선하다. 사돈 내외분과 아이들, 모두 함께 물어물어 찾아가 푸짐한 저녁식사를 했던 그 동네 이름 'Buoux'를 '뷔욱스'로 발음해야 한다는 것도 그사이에 알게 된 새로운 사실이다.

고갯마루에 올라서니 골짜기 저 아래로 압트 장터가 내려다 보였다. 오랜만에 많은 사람들이 와글거리는 그야말로 '저잣거리'에 온 것이다. 주차할 공간을 찾기가 어렵다. 그만큼 사람이 많이 모인 것이다. 황토와 염료, 도자기, 설탕에 절인 과일로 유명한 곳이지만 프로방스에서 압트 하면 단연 '장 보러 가는 곳'이다. 거대한 플라타너스들이 우거진 길쭉한 장터의 파라솔 밑으로 상품 진열대는 끝이 없이 이어진다. 우선 헌책방. 언제나 빠지지 않고 헌

책 노점을 만날 수 있는 프랑스의 시장이 나는 늘 부럽다.

모자 가게에서 또 챙 넓은 모자를 골랐다. 작년 엑스의 쿠르 미라보 난전에서 구입한 파나마모자는 썩 마음에 들지만 여행중에 자리를 차지해서 간수하기 불편하다. 프로방스의 세찬 햇빛을 가려주면서도 여행가방에 넣어도 구겨지지 않는 것이 없겠느냐고 물으니 젊은 상인이 선뜻 베이지색으로 괜찮아 보이는 걸 골라준다. 구겨지지 않는다는 것을 보여주기 위해 둘둘 말아 꼭 쥐었다가 다시 놓아도 제 모습이 복원된다. 물비누 세탁도 가능하단다. 그후부터 그 모자는 내 머리를 떠나지 않았다.

한 귀퉁이에 딸기, 수박, 바나나 같은 모양을 수놓은 시골 행주 한 세트를 사서 8월에 결혼할 둘째딸에게 선물하자고 아내에게 제안했다. 나는 이상하게도 그런 촌스러운 프랑스산 면 행주와 일본 산간의 온천여관에서 그냥 가져가게 하는 얇은 면 수건 따위를 유난히 좋아한다. 물기를 쏙쏙 잘 빨아들이는데다가 얇아서 세탁 효과가 탁월하기 때문이다. 그런 뽀송뽀송한 행주로 포도주 잔을 투명하게 닦아 그 청결함을 빛에 비추어보노라면 햇살이 날아와 탱탱 울리는 소리를 내는 것 같다. 나는 늘 이런 사소한 것에서 행복을 느낀다. 너무나 거대한 시장이라 중도에서 그만 발을 멈추기로 했다. 멜론 한 덩이와 시골 아낙이 직접 졸여온 과일잼 몇 통을 사서 들고 우리는 이내 압트를 떠났다.

지도를 보니 바로 그 옆 마을이 가르가스다. 이름도 생소한 이 마을을 구태여 들러보기로 한 것은 나의 유학 시절 지도교수이며 소설가인 레몽 장 선생 때문이다. 지난봄, 풍문에 그의 부음을 전해 듣고 인터넷을 검색하니 일간지 피가로의 기사가 떴다. "『책 읽어주는 여자』를 포함한 40여 권의 저서를 발표한 작가 레몽 장이 보클뤼즈의 가르가스 자택에서 4월 3일 86세로 사망했다. 1925년 11월 21일 마르세유 생, 1948년에 대학교수 자격시험에 합격한 뒤 미국 펜실베이니아 대학에서 강의하고 베트남, 모로코에서 대사관 문정관으로 활동했으며 30여 년간 엑상프로방스 대학의 교수로 르몽드, 『라 캥젠 리테레르』 『유롭』 등의 신문과 잡지에 글을 썼다." 그의 일생이 짧은 몇 줄로 요약되었다. 나는 막연히 그의 마을을 거쳐가보고 싶었다.

내가 그를 마지막으로 만난 것은 벌써 20여 년 전이다. 그가 한국을 다녀가고 나서 3년 뒤, 엑스에 들른 길에 잠시 그의 집을 찾아가자 빛이 환한 앞뜰의 테라스에 나앉아 아페리티프를 권하며 그때 막 발표한 『사드의 초상』 한 권을 내게 건넸다. 다시 꺼내보니 첫 페이지에 그 특유의 획이 짧고 또렷한 필체로 이렇게 적어놓았다. "내 친구 김화영에게, 엑스와 라코스트를 방문하는 기회에, 우정을 보내며, 레몽 장, (그리고 『책 읽어주는 여자』를 번역해준 것에 감사하며) 엑스, 1989년 7월 29일."

가르가스는 작은 마을이다. 조그만 시청 옆 장 지오노 가의 한옆에 잠시 차를 세운다. 키 작은 늙은 신神처럼 그늘을 드리운 아름드리 플라타너스 아래로 젊은 아낙이 유모차를 끌고 느릿느릿 지나가는 인적 없는 거리. 나는 레몽 장의 집이 어느 쪽에 있는지 알지 못한다. 그저 여름 햇빛 꿈결처럼 쏟아지는 그 마을 주변의 풍경을 이리저리 바라보고 이 언덕 저 들판으로 시선을 던지며 고즈넉이 보냈을 그의 만년을 상상해보는 것이 전부였다. 그것이 내가 할 수 있는 유일한 조문이요 내 젊은 시절의 기억 속에 비친 그의 모습과 작별하는 방식이었다.

서울에 돌아와 그의 회고록 『대지는 푸르다La Terre est bleue』를 꺼내어 펼쳐본다. "대지는 푸르다, 오렌지처럼"이라는 유명한 엘뤼아르 시에서 따온 초현실주의 특유의 제목이다. 그 제목은 그가 생을 마친 고장의 황토색 땅과 그가 태어난 도시 마르세유의 푸른 바다와 잘 어울린다. 책의 마지막 페이지는 가르가스 풍경으로 끝나고 있다.

"이제 나는 압트의 고장, 가르가스 가까운 레 롱바르 시골집에 와 살고 있다. 엑스가 멀지 않다. 그러나 나는 그 도시와 다소 거리를 두고 지낼 필요가 있다. 글쓰기의 신비, 이건 좀 과장된 표현일지도 모른다. 그러나 한 작가를 알려면 그와 관련된 모든 사생활보다는 그가 쓴 책을 자세히 읽어보는 것이 나을 것이다. 나는 실라 평원과 그 들판에 잘 자라고 있는 포도나무들 사이로 난 생사튀르냉 쪽 길을 거닐며 그런 생각을 해본다. 한쪽에는 우거진 떡갈나무와 뒤엉킨 덤불숲, 다른 한쪽은 뤼베롱 언덕들 쪽으

^ 가르가스의 황토 풍경.

로 향해 펼쳐진 들판. 더 아래쪽 길로 접어들면 황토색 지역이다. 우리집이 바로 지척이다. 텍사스나 사막을 연상시키는 붉은색, 분홍색, 갈색의 풍경이 전개된다. 채석장들과 굴들이 이어지다가 또 다시 포도밭들과 떡갈나무들이 나타난다. 나는 천천히 걸으며 기억이 저 혼자 흘러가다가 그 얽히고설킨 실타래를 풀어가도록 버려둔다. 그리고 나는 다시 집 정원으로 돌아온다. 조르주가 거기서 화초에 물을 주고 있다. (……) 나는 가끔 이 세상의 떠들썩한 소란에도 불구하고 지금 우리가 사는 이 지구는 점점 더 따뜻해지고 있는 것이 아닌가 하는 생각을 한다. 11월이다. 내가 태어난 전갈자리의 달. 하늘, 땅은 어느 때보다도 더 푸르다."

붉은색, 분홍색, 갈색…… 과연 빌라르, 뤼스트렐, 지냑, 압트, 고르드 등과 더불어 이 지역의 일대는 온통 황색에서 붉은색을 거쳐 보라색에 이르는, 황토가 변주해 보이는 온갖 색조들을 배경으로 나무와 덤불의 초록과 원시의 하늘이 눈을 찌른다.

그런 색깔들이 흐르는 풍경을 눈으로 쓰다듬으며 우리는 루시용 쪽으로 접어든다. 18세기 말부터 방직과 염색 공업이 발달하면서 염료의 원료가 되는 황토 광산 채굴로 유명해진 '프랑스의 가장 아름다운 마을' 중의 하나다. 하기야 프로방스에는 가는 곳마다 가장 '개성적인 마을'이요 가장 '아름다운 마을'이니 루시용이라 해서 새삼 놀라울 것은 없다. 그러나 20세기에 와서는 염료산업이 사양길에 접어들면서 그 자리를 관광산업이 대신했다.

고르드와 함께 뤼베롱 지역에서 가장 많은 관광객을 유치하는 마을이라는 것은 여러 곳의 붐비는 주차장이 불편하게 증명한다. 간신히 차를 세우고 온통 붉은색이 주조를 이루는 마을의 좁은 골목길을 이리저리 산책한다. 곳곳이 갤러리요 예쁜 상점과 카페다. 꽃장식이 곱다. 길 건너편은 '황토의 오솔길'. 옷과 신발이 온통 황토에 물든다는 말에 견학은 포기한다. 길 아래로 푸른 초목들을 머리에 인 붉은 절벽이 골짜기로 쏟아진다.

점심시간. 멀리 골짜기 쪽으로 전망이 좋은 식당을 골라 차양 밑에 자리를 잡으니 붉은색 천으로 스며드는 빛이 우리들 모두의 얼굴을 주황색으로 물들인다. 써늘한 생맥주를 목구멍에 쏟아붓는다. 겨자 양념의 토끼고기의 감칠맛이 불그레한 황토색을 끌어당긴다. 디저트로 내온 꿀에 재운 무화과를 입안 가득 깨물며 이제 레몽 장 선생은 이 무화과 맛을 즐기지 못하게 되었구나 하는 생각을 한다.

그는 자신이 태어난 전갈자리의 달, 11월이 오기 전에 서둘러 떠나버렸다. 그러나 레 롱바르의 한가한 집에서는 부인 조르주 여사가 환한 초여름 빛 속에서 화초에 물을 주고 있을 것이다. 어느 날 카뮈는 말했다. "누구에게나 찾아오는 죽음, 그러나 각자에게는 저마다의 죽음. 하여간 그렇기는 해도 역시 태양은 우리의 뼈를 따뜻하게 데워준다." 그 뼈가 따뜻하게 느껴지는 동안 우리는 이 세상에 살아 있음을 찬미할 일이다.

보리의 마을과
세낭크 수도원

자크 도니올 발크로즈가 1969년에 감독한 프랑스 영화 〈보리의 집〉을 감상한 것은 사간동의 옛 프랑스 문화원에서였다. 그 건물 지하의 '르누아르의 방'은 70~80년대 볼만한 영화에 굶주렸던 애호가들의 집합 장소여서 훗날 출중한 감독을 배출하는 산실 역할을 했다. 영화를 보고 나오는 관객들은 무슨 생각에 잠긴 것인지 고개를 숙인 채 아무 말 없이 걷고 있었다. 그들의 머릿속에는 모차르트의 〈피아노 협주곡 21번〉 2악장의 경쾌한 리듬에 실린 프로방스 여름 풍경, 혹은 젊은 남녀의 팽창하는 관능을 폭발 직전까지 가두고 있는 것만 같은 견고한 지질학 광석의 시뻘건 무늬가 출렁거리고 있었을 것이다.

저명한 지질학 교수인 쥘리앵 뒤라스는 오트프로방스 벌판에 외따로 떨어진 집에 적적하게 살며 연구에 몰두한다. 그러나 그의 활기찬 젊은 아내 이자벨과 두 아이의 삶은, 엄격한 가장의 타협을 모르는 권위주의에 눌려 긴장의 연속이다. 어느 찬란한 여름날 정오, 잘생긴 독일 청년이 이 집에 도착한다. 교수가 쓴 책의 번역 일을 돕기 위해서였다. 젊은이는 두 아이들과 들판을 뛰며 신명나게 놀아준다. 갇혀만 지내던 이자벨은 이내 이 젊은이의 마법과도 같은 매력에 이끌린다. 프로방스의 여름이 선물하는 아름다움과 해방감 그리고 관능. 젊은이 역시 이자벨에게 사랑을 고백한다. 어느 날 남편이 잠시 여행을 떠나 집을 비운다. 그러나 이자벨은 자신의 달아오르는 육체의 절규를 고통스럽게 억제한다. 그리고 여행에서 돌아온 남편과의 사이는 이 시련을 계기로 조화를 찾는다. 찬란한 여름은 끝나가고 젊은 독일 학생은 이 아름다운 풍경과 이자벨을 떠난다. 그리고 아무 일도 일어나지 않았다.

이 영화는 순수한 관능적 환희와 가벼움을 토란잎에 구르는 이슬 같은 모차르트의 피아노곡과 찬란한 프로방스의 햇빛 반점들이 만들어내는 청각, 시각, 촉각이 어우러진 공감각으로 경쾌하면서도 아슬아슬하게 번역해내고 있다. 그러나 다른 한편 성 해방이라는 당시의 혁명적인 시대 분위기를 거스르는 금욕적 결론으로 관객의 애를 태우며 긴장도를 높인다. 이를테면 프랑스 판 「사랑방 손님과 어머니」식 감동이다.

내가 루시용에서 고르드로 향한 것은 바로 그 영화의 기억과도 무관하지 않다. 언덕 위 마을 고르드 바로 옆에 위치한 세낭크 수도원이 목표였지만 지도에 그 인근으로 표시된 '보리의 마을'이란 이름이 자석처럼 마음을 끌어당겼다. 거기에 가면 '보리의 집'이 있고 모차르트의 피아노 소리가 투명하게 흐르고 있을 것만 같았다. 우리는 우선 카바용에서 올라오는 2번 지방도와 만나는 삼거리에서 고르드와 반대 방향인 왼쪽으로 접어들었다. 양편에 떡갈나무와 돌담이 이어지는 좁고 아늑한 골목 끝이 '보리의 마을'이다. 그런데 '보리'는 영화와는 직접적인 관계가 없는, 독특한 건축 방식을 가리키는 용어였다. 그 마을의 모습이 주는 낯섦은 그만큼 더 놀라웠다.

프로방스 지방에서는 '마른 돌', 즉 회반죽 같은 접착제를 사용하지 않고 오로지 돌만을 쌓아 지은 오두막을 '보리borie'라고 한다. 알프스가 가까운 오트프로방스에서는 '뾰족 오두막'이라고도 부른다. 영화에 그런 오두막이 나오는지 어떤지는 잘 기억나지 않는다. 이런 종류의 간소한 건축물은 돌이 많은 지중해 연안 지방에서 농사짓는 사람들이 농기구나 추수한 곡식을 보관하고 때로는 밤을 지내기도 하는 곳으로 사용했다. 그러니까 '보리'는 농부들의 주된 거처에서 떨어진 농토 부근의 간소한 별도 건물이었다.

어느 나라나 비슷하겠지만 특히 그리스에서 이베리아 반도에 이르기까지, 그리고 바다 건너 북아프리카 여러 나라에 이르기까지 '돌이 많은 문명'의 세계인 지중해 연안의 여러 나라들에서는 농토를 개간하기 위하여 자연 속에 무수하게 흩어져 있는 돌들을 골라내어 한곳에 모아두어야만 더 많은 땅을 농토로 활용할 수 있었다. 이렇게 모인 돌들은 비탈에 흘러내리는 흙을 떠받쳐 축대를 쌓고, 지면을 골라 길을 닦고, 위로 올라가는 계단을 만들고, 사람이나 짐승의 몸을 보호하고, 농사 도구나 추수한 곡식을 보관 저장하고, 짐승을 사냥하고, 물고기를 잡고, 경계 표시나 울타리를 치고, 물을 막거나 저장하고, 산사태를 막고, 적을 경계하고 신호를 보내고, 기도하는 등 다양한 용도로 사용했다.

보리 마을은 고르드에서 1.5킬로미터 서쪽에 위치한 옛날 농사용 '마른 돌 오두막' 집단으로 피에르 비알라라는 한 개인이 1969년부터 1976년까지 7년에 걸쳐서 복원한 일종의 야외 농업 및 인류학 박물관이다. 1977년에 문화재로 지정되었다. 원래 이런 건축물은 17~18세기, 특히 1766년에 왕의 칙령이 공포되면서 프로방스의 목축 삼림지역에 갑자기 일어난 농지 개간 붐과 그에 따른 제석 작업으로 많은 돌들이 쌓였고 그 돌이 축대, 둑, 담, 길 등의 기반 시설에 활용되면서 등장한 것이다. 이 지역에는 특히 두께 10~15센티미터의 납작한 석회암 판석이 많아서 사람들은 농토가에 쌓인 수만 톤의 돌들로 담을 쌓고 오두막을 지었다.

보리 마을은 전체 스물아홉 개동의 사다리꼴, 혹은 뒤집힌 배

돌로 쌓은 오두막 '보리' ❯

모양의 주거용 독립 가옥 및 양잠실, 마구간, 양 우리, 헛간 들로 이루어져 있다. 주거 및 박물관 역할을 하는 장소이므로 어떤 건물들 안에는 가축 여물통, 초보적인 가구, 벌통, 기름틀, 농기구들이 옛 모습 그대로 비치되어 있다. 입구에는 입장객을 위한 매표소가 있고 안내 동에서는 고르드 마을의 역사 및 전 세계의 마른 돌 건축에 관련된 비디오와 자료들을 보여주고 있다. 각각의 마른 돌 건물 안은 깜짝 놀랄 정도로 서늘하여 햇볕 따가운 밖에서 안으로 들어서는 방문객에게 옛 프로방스 농민들의 쾌적했던 한순간을 상쾌한 기분으로 상상하게 만드는 장점이 있다.

6월 말의 프랑스는 아직 본격적인 바캉스가 시작되지 않은 것인지 이 유명한 관광지에 인적이 없다. 마치 메마른 돌무더기들 가운데 나만 남겨놓고 모두들 우르르 몰려서 어디론가 떠나버린 듯, 미아가 된 느낌. 텅 빈 세상에 고요와 햇빛과 하늘과 나만 덩그마니 남았다. 그러나 나는 정적과 그 속에 정지된 시간이 좋다. 아무도 없는 돌집들 사이, 홀로 선 떡갈나무 그늘에 앉아 차곡차곡 힘든 균형을 찾아 쌓아올린 담과 벽과 지붕, 그리고 돌들의 모진 윤곽을 날카롭게 끊으며 눈을 찌르는 푸른 하늘을 바라보며 나는 문득 마른 땅, 마른 돌의 세계에서 살았던 사람들의 "메마른 가슴"을 생각한다. 지오노와 카뮈는 다 같이 고대 그리스인들과 프로방스 사람들의 "메마른 가슴"을 찬양했다. 그 메마름은 북유럽의 "어슴푸레한" 안개와 어둠과 깊이의 세계인 '낭만주의'와 대척점에 있는 지중해 사람들의 표상이요 빛과 표면(깊이를 거부하는)과 균형, 즉 '고전주의'의 상징이다.

햇빛을 오래 응시하고 있으려니 문득 눈앞이 캄캄해진다. 이 빛과 어둠의 급격한 만남과 대조가 그리스 비극의 핵심이다. 카뮈는 이렇게 말했다. "어떤 시간에는 들판이 햇빛 때문에 캄캄해진다. 두 눈으로 그 무엇인가를 보려고 애를 쓰지만 눈에 잡히는 것이란 속눈썹가에 매달려 떨리는 빛과 색채의 작은 덩어리들뿐이다." 〈보리의 집〉의 이자벨과 독일 젊은이는 어느 순간 그런 떨림을 보았을 것이다. 그리고 다음 순간 아슬아슬하게 쌓인 돌더미의 균형을 되찾았을 것이다. 균형을 잃으면 접착제가 없는 '마른 돌집'은 무너진다는 것을 이자벨은 알고 있었다. 낭만주의의 깊은 심연으로부터 찾아온 독일 학생과 빛 밝은 프로방스의 고전주의에 길든 사모님은 그렇게 빛나는 여름과 헤어졌는지도 모른다.

보리 마을 어느 돌집 모퉁이를 돌아 나오려니 그늘 한구석에 빨간 셔츠가 유난히 눈을 끈다. 아마도 박물관 직원인 듯한 젊은 여자가 땅바닥에 주저앉아 골똘하게 돌판에 뭔가를 쓰고 있다. 메마르고 색깔 없는, 그래서 '영원한' 돌과 이 땅에 '덧없이' 왔다 갈 아름다운 육신을 가진 저 붉은 젊음이 이토록 가슴 저린 대조를 이룰 줄이야! 빛나는 젊음은 지나가고 말 없는 돌은 남는다. 그것이 우리를 절망하게 하고 또한 우리를 열광하게 한다.

나는 프로방스 최대의 관광지 중 하나인 고르드 마을을 그저

차로 한 바퀴 휙 돌아보고 나왔다. 그리고 곧장 마을 오른쪽 언덕의 협로를 따라 세낭크 수도원을 향해 내려갔다. 우리에게는 더 많은 침묵이 필요했다. 고르드 서쪽 골짜기, 세낭콜 시냇물을 육중하고 간결한 돌로 눌러놓은 금욕의 사원 세낭크. 실바칸, 르토로네 수도원과 함께 '프로방스의 세 자매'로 불리는 시토 수도원들 중 하나다. 1148년 6월 23일 카바용 주교의 주선으로 아르데슈의 마장 라베이에서 온 수도사들이 처음으로 세웠으니 종교전쟁 때의 학살, 대혁명 때의 몰수와 추방, 수도회 법의 시련을 넘어 천년의 역사를 돌에 새겼다. 지금은 열두 명의 수도사가 이 속에서 금욕의 삶을 살아가고 있다. 깊고 외진 골짜기 초입에서 문득 길이 끝나고 보라색 라벤더밭 저 너머 이곳 수도사들이 실천하는 고립, 궁핍, 단순이라는 세 가지 금욕 원칙을 시각적으로 구현한 듯 직선, 삼각형, 반원만으로 이루어진 장식 없는 수도원이 숨어 있다.

『침묵 예찬』을 쓴 마르크 드 스메트는 "하느님 나라의 그림자"이고자 하는 이 수도원 건물의 경이로운 인상을 이렇게 묘사한다. "수도원은 아무 데나 짓는 것이 아니다. 이 수도원은 전 우주의 소리에 귀를 기울이는 어떤 거대한 귀의 고막과도 같은 것이다. 여기서는 건축의 메시지가 기도의 진정한 기둥이 되어 어찌나 강력하게 전달되는지 몸과 정신과 영혼이 그 목소리를 듣는다. 나는 형태가 내뿜는 파장의 힘을 세낭크에서만큼 강하게 느껴본 적이 없다. 이 고적은 아마도 천지창조의 아름다움과 하느님 나라의 희망을 가장 강한 힘으로 말해주고 있는 수도원일 것이다. 빛의 덫인 세낭크 수도원에서는 매일, 시시각각, 빛은 변하면서 그것 자체의 변주를 지각 가능하게 만든다. 그 빛의 덫 속에서 인간의 어떤 꿈이 실현된다. 여기서는 침묵과 광채가 만나 기막힌 노래가 된다."

꽤 많은 방문객들이 수도원 입구에 몰려 있지만 독특한 경관과 돌의 침묵에 압도된 듯 입을 다물고 말이 없다. 마침 안내인의 설명을 들으며 경내를 방문하는 시간이 되었다. 수도원 전체를 안내받는 데 한 시간 넘게 소요된다는 말에 남은 시간이 많지 않아 잠시 망설였지만 일단 우리 부부만 입장하기로 한다. 엑스에서 그리 멀지 않아 빈 건물뿐인 실바칸 수도원은 방문한 적이 있었지만 실제로 수도사들이 들어 살고 있는 세낭크는 처음이다. 우리가 들어가볼 수 있는 곳은 수도원 중에서도 공동 침실, 부속 교회, 수도원 회랑, 난방 휴게실, 참사 회의실 이렇게 다섯 개 공간. 모두가 아무런 장식도 없이 엄격하고 단순하다. 그림 색유리도 없다.

'시토'는 갈대를 의미한다. 12세기, 생 베르나르의 가르침에 따라 부르고뉴의 갈대가 우거진 황무지에서 처음 시작한 수도회. 수도사들은 말없이 식사하고 공동 침실에서도 옷을 입고 잔다. 오로지 성무일과, 기도, 독서, 노동에 시간을 바칠 뿐이다. 말을 할 수 있는 공간은 오직 참사 회의실뿐. 수도사들은 계단식 좌석에 앉고 수도원장은 회랑 벽에 새겨진 괴수상을 바라보며 앉는다. 괴수상의 험악한 표정은 순간순간 헛된 말을 경계하도록 깨우친다. 난방을 위한 벽난로가 설치된 곳은 오직 휴게실뿐이다. 그러나 이곳도 쉬는 곳이 아니라 경전을 필사하는 '스크립토리움'이기 때문에 잉크가 얼지 않도록 난방을 할 뿐이다.

바쁜 걸음을 재촉하며 수도원을 등지고 돌아나오려니 이 경건하고 간결한 돌집의 준엄한 윤곽이 『침묵 예찬』의 말을 상기시킨다. "이 장소들의 기막힌 침묵, 진동하는 현존은 그 자체만으로도 우리를 높이 고양시켜주기에 충분하다. 표현의 극단에 이른 이 형태들 속에서 존재가 날개를 펼치는 공허의 건축이, 개방된 볼륨의 충만이 활짝 피어난다. 그림 색유리도 없고 조각도 이미지도 없는 이 교회는 수도원의 수학적 조화의 힘으로 낮과 밤의 순수한 광채 속에서 우리들에게로 열리는 우주를 내면화한다. 네모난 빛의 우물, 하늘의 우물인 수도원."

우리는 80여 킬로미터의 귀로를 바쁘게 달려서 라 바스티드 데 주르당 마을로 돌아왔다. 이 마을의 터줏대감으로 통하는 도예가 니콜의 초대 시간에 맞추어야 하기 때문이다. 니콜은 우리 친구 크리스틴과 내 아내가 다녔던 마르세유 뤼미니 미술학교의 선배로 이 마을 전체의 거리 이름 표지판을 자신의 도자기로 통일시킨 장인이다. 이 고장 토박이인 그의 남편 모리스는 지오노의 딸들과 마노스크에서 같이 학교를 다녔다. 이곳 우체국에서 일하다가 은퇴하여 정원을 가꾸며 여생을 즐긴다.

그의 아름다운 정원의 큰 오동나무 밑에 둘러앉아 서늘한 프로방스 로제를 마시려니 날이 어두워진다. 지오노 이야기로 꽃을 피우던 우리가 돌연 입을 다물었다. 달이 떠오른 것이다. 잠시 동안 우리도 하늘에 뜬 그 '침묵과 빛의 우물'을 가만히 올려다본다. 얼굴에 빛과 침묵이 고인다. 모두가 이 세상에 태어나기를 잘했다고 생각하는 것 같았다.

마르고트의 떡갈나무와
네 여왕의 폐허

"장 지오노가 포르칼키에 고을의 작은 마을 만느에서 2킬로미터 떨어진 벌판의 농장과 농가를 구입한 것은 1942년이었다. 영화 제작자 레옹 가르가노프가 장차 그의 작품을 영화로 각색하겠다고 지불한 저작권료 덕분이었다. 그러나 정작 가르가노프는 자신의 계획, 특히 소설 『세상의 노래』를 영화로 제작하겠다는 꿈을 실현하지 못한 채 전쟁중에 세상을 떠나고 말았다.

라 마르고트는 훌륭한 농가 건물인데다가 아주 비옥한 토지가 딸려 있어서 지오노의 소작인이 부지런히 농사를 지어주었다. 양식이 귀한 전쟁 동안 자신의 식탁에 둘러앉는 10여 명의 식구들과 식객들을 먹여 살려야 했던 작가에게 마르고트가 공급해주는 식량이야말로 신이 내린 축복이었다. 그는 마노스크에서 버스나 자전거를 타고 그 농장 집으로 자주 찾아가곤 했다. 그는 그곳에 머물며 글을 쓰고 주변을 산책했다." 장 루이 카리부는 지오노에 관한 책에서 이렇게 '라 마르고트'를 소개하고 있다.

건물 전면이 '라 마르고트'로 들어가는 길 쪽으로 면해 있다. 지오노는 2층에 있는 방에 앉아서 자신의 토지가 선사하는 아름다운 전망과 인근의 야산들, 그리고 멀리 장엄한 알프스를 내다볼 수 있었다. 그러나 창문 바로 아래 가까운 전경 속 눈에 들어오는 것은 지극히 아름답고 거대한 한 그루 떡갈나무였다. 이 나무와 농장 저 아래쪽에 있는 "그보다도 더 아름다운 또 한 그루"는 위풍당당한 자태와 주변 경치의 아름다움으로 보는 이를 압도했다. 소설 『권태로운 왕』의 첫 페이지에 등장하는 저 유명한 너도밤나무 묘사는 이 나무들에게서 영감을 받은 것이다.

지오노는 『나무를 심은 사람』을 쓴 작가답게 시대를 앞선 환경주의자였다. 그의 아버지는 어린 지오노를 데리고 산책하는 동안 주머니에 든 도토리를 꺼내어 언덕 위의 땅에 떨어뜨리고 발로 꼭꼭 밟아 심곤 했다. 나는 지오노가 찬탄해 마지않았다는 그 거대한 떡갈나무가 보고 싶었다. 우리는 우선 마노스크에서 15킬로미터 정도 북쪽에 위치한 작은 마을 생 맴으로 갔다. 인구 100명 남짓한 언덕 위의 마을 주차장 겸 광장은 늘어선 나무 그늘로 서늘하다. 바로 옆 고색창연한 성당은 인적이 끊어진 듯 고요한데 지붕 위 캉파닐 종탑만 혼자 하늘 높이 떠서 시원한 초여름 바람을 거르고 있다. 광장의 성벽 난간 앞에 서니 골짜기 건너 언덕에 올라앉은 중세 마을 도팽의 성당에서 종소리가 한가하게 울려퍼진다. 그러고 보니 오늘은 하지가 지난 지 이틀, 세례 요한 성인의 축일이다. 성당 뒤로 난 언덕길을 어떤 남자가 아이들과 함께 자전거를 타고 올라온다. 혹시 이 인근에 있는 '라 마르고트'라는 농가를 아느냐고 물으니 자기를 따라오란다.

광장 뒤의 왼쪽으로 난 좁디좁은 소로를 따라 내려가니 벌써 마을을 벗어난 벌판. 인근 외딴집에서 다시 길을 물어 어렵사리 찾아간 구릉 위에 홀로 서 있는 집 '라 마르고트'는 제법 큰 농가다. 구릉을 덮는 밀밭가에 빨간 개양귀비들의 여린 꽃잎이 시들고 있다. 밀밭 가운데 큰 떡갈나무 한 그루와 타르코프스키의 영화에 나오는 것 같은 거대한 죽은 나무 한 그루. 사람이라곤 그림자도 보이지 않는 길과 집과 들. 지오노가 좋아했다는 방 앞의 거대한 떡갈나무는 이제 사라지고 없다. 벼락을 맞아 베어냈기 때문이다. 그러나 농장 저 아래쪽에 있는 "그보다도 더 아름다운 또 한 그루"는 지금도 길가에 그 위엄을 과시하며 그대로 서 있다. 지오노는 특히 이 나무에 매혹되어 주변 사람들에게 자주 이야기했다고 전해진다. 그는 자신의 땅을 경작하는 소작인 다소 씨에게 "내가 죽은 뒤에도 이 나무는 베어내지 말아달라"고 부탁 또 부탁했다고 한다. 작가가 세상을 떠난 지 벌써 40여 년이 지난 지금도 나무는 그대로 서 있다. 지오노는 그의 책 『노에Noe』에서 그

나무에 대하여 이렇게 말한다. "그늘이 광대하여 그 아래는 여린 풀들밖에는 다른 식물이 자라지 못하므로 깨끗하다. 이 나무들은 여러 세기에 걸쳐 자리를 지키고 있어서 새, 다람쥐, 작은 포유류, 심지어 여우 등 많은 동물들이 모여든다. (……) 도토리가 땅에 묻혀 싹이 돋고 그 나무가 자라서 장정 네댓 사람이 손을 맞잡고도 다 껴안지 못하는 거대한 기둥의 거목이 되어 이 엄청난 가지들의 거대구조를 축조하자면 얼마나 오랜 세월이 필요했을지 상상해보노라면 깊이를 모를 시간의 심연 속에서 길을 잃은 느낌이 든다." 우리는 오래도록 밀밭가 둑 위에 앉아서 그 장엄한 나무를 바라본다. 이제 내 마음속에는 이 거대한 한 그루 나무가 오래오래 미풍에 가지와 잎을 천천히 흔들고 서 있을 것이다. 이 그림 같은 지오노의 풍경 속에 내가 들어앉아 있구나 생각하니 마음속이 환해졌다.

진입로 입구에 아담한 안내판이 서 있다. "라 마르고트. 민박. 숙박업소. 전화 06. 98. 95. 49. 48/fayet.odile@orange.fr" 나중에 인터넷 주소로 검색해보니 1975년에 지오노 집안으로부터 이 집을 매입한 농장 주인이 민박 손님을 받고 있는 것으로 소개되어 있다. 딸 오딜은 지오노의 소설 제목을 따서 '지붕 위의 경기병'과 '소생'이라고 이름을 붙인 방 두 개를 각각 아침식사 포함 60유로 정도의 숙박료로 여행자들에게 빌려준다.

한편 어머니 자클린은 뒤편 공간을 살롱, 부엌, 테라스가 딸린 방 두 개로 구성된 펜션으로 개조하고 또다른 지오노의 소설 제목인 '레 그랑 트루포'라는 이름을 붙여 가족 단위 손님들에게 빌려준다. 아버지 에밀은 농장과 정원을 가꾼다. 이곳을 다녀간 여행자들이 남긴 평은 최고이다. 모두들 알지도 못한 채 우연히 들렀다가 뜻하지 않게 장 지오노의 방에서 묵고 가는 기쁨과 오트 프로방스가 보여주는 아름다움과 평화에서 맛본 행복감을 숨기지 않는다.

왔던 길을 되돌아나와 성당의 종소리가 들리던 도팽 마을로 갔다. 마치 풀잎 이불을 덮고 한쪽 눈을 감은 채 누워 흐르는 듯한 실개천 위로 아주 오래 묵은 석조 다리. '개성적인 마을' '문화재' '중세 시대 전망대' '찬란한 파노라마'를 자랑하는 입구의 표지판이 벌써부터 호기심을 자아낸다. 좁은 광장에 차를 세우고 돌아보니 등뒤의 집 2층에서 어떤 아주머니가 창문 밖으로 내다보며 웃음을 짓는다. 그 웃음은 '여기 사람이 살고 있다'는 자랑 같았다.

언덕 위로 이리저리 돌아가는 미로와도 같은 좁은 골목들. 14세기에서 17세기에 걸친 옛날 옛적에 지어진 집들의 돌벽은 오랜 시간의 무게에 눌려 있지만 벽에 뚫린 문과 창문은 늘 새로워지는 삶과 옛것을 복원한 사람들의 정성을 증언하듯 칠이 산뜻하다. 마을 꼭대기에는 옛 성에 딸린 교회인 15세기 적 성당 생 마르탱. 문이 열려 있는 어둑한 성당 안에서는 세례 요한 성자의 축

중세 마을 도팽.

일 미사가 한창이다. 장폴 부부와 아내는 미사에 참여한다고 안으로 들어갔다. 나는 성벽 위로 올라가 발아래 펼쳐진 풍경에 시선을 포갠다. 색색의 조각보 같은 들과 건너편 생 맴, 만느 같은 마을, 멀리 뤼베롱, 볼스의 삼각바위, 그리고 포르칼키에 성채의 풍경에 눈이 시리다. 성탄절이면 이 성당에 꾸며놓는 구유와 18세기 프로방스 인형들 '상통'이 아름답기로 유명하단다.

골목을 내려오다가 어느 집 문간에 붙여놓은 "집을 팝니다"라는 광고를 보며 문득 이런 마을에 와서 여생을 보내도 나쁘지 않겠다는 부질없는 몽상에 잠겼던 나는, 아까 잠시 지나치기만 했던 생 맴 마을로 되돌아갔다. '라 마르고트'를 찾아 급히 가느라 올라가보지 못한 마을 뒷동산의 생트아가트 예배당과 '네 여왕의 성'을 보고 싶어서였다. 장폴 부부와 아내는 마을 광장의 그늘에서 쉬겠다고 한다. '파스키에 길'이라는 표지판을 따라 언덕을 돌아가는 호젓한 길을 혼자 오른다. 풀이 무성하다. 풀과 나무에 덮인 언덕 비탈에 드문드문 남은 옛 성의 폐허. 아무도 없는 오솔길 저 끝에 목동의 오두막 같은 인상의 생트아가트 예배당. 프로방스 전체에서도 가장 흥미로운 예배당으로 알려진 13세기 적 문화재. 예배당 문은 굳게 닫혀 있다. 마치 아주 까마득한 옛적 어느 날, 내가 이곳에 와보았던 것 같은 이상한 기시감에 스스로 놀란다. 꿈속에서였을까? 예배당 뒤쪽 무성한 풀들 사이로 사람들이 다닌 어렴풋한 흔적 같은 길. 야생화 피어난 길의 저 끝 가파른 언덕 위에는 까마득한 옛날 그곳에 서 있던 성채의 팔각형 종루의 폐허만 홀로 서 있다.

지금으로부터 800년쯤 전인 1220년 프로방스 공작 레몽 베랑제는 베아트리스 사부아와 결혼했다. 그들은 함께 이 성에서 살았다. 그들 사이에 딸 넷이 태어나 이 성에서 자랐다. 그 네 딸들이 커서 모두 다 왕비가 되었다. 큰딸 마르그리트는 1234년 프랑스 왕 루이 9세의 왕비가, 둘째 엘레노르는 1236년 헨리 3세와 결혼하여 영국 왕비가, 셋째 상시는 1243년 콘월의 왕 리처드와 결혼하여 독일 황제비가 되었다. 프로방스 공국의 계승자가 된 막내딸 베아트릭스는 1246년 샤를 당주와 결혼하여 나폴리 왕비가 되었다. 지난날 그들이 외국의 사신들, 제후들과 영주들, 트루바두르 음유시인들, 온갖 상인들을 맞아들이던 그 화려한 성은 이제 여기저기 쓰러져 있는 폐허의 돌더미로만 남아 있다. 약 800년 전의 꿈 위에 나 홀로 찾아와 파란 풀꽃을 따서 입에 문다. 저 아래 마을 광장에서 기다리는 친구들과 나 사이에 가로놓인 800년, 그래도 하늘만은 그대로 푸르고 무심하다.

우리는 다시 북쪽으로 차를 달려 프로방스 공작들이 영화를 누렸던 보다 큰 도시 포르칼키에로 갔다. 광장가의 서늘한 식당에서 점심식사를 마친 뒤 마노스크, 디뉴와 함께 오트프로방스의 가장 크고 유서 깊은 이 도시 꼭대기의 성채로 올라가보았다. 프로방스 공작들의 영화는 옛일이 되어 성채는 이제 성벽만 남았다. 옛 성터에 작은 예배당 하나. 우리가 거쳐온 생 맴, 도팽, 만느 등 작은 마을들이 멀리 연기같이 흐릿하게 내려다보였다.

인간이 만든 모든 역사와 문명은 제아무리 화려했다 할지라도 결국은 무너져 폐허가 되고 만다. 젊은 카뮈는 옛 로마가 건설했던 제밀라의 폐허를 바라보며 결국 "세계는 역사를 이기고 만다"고 말했었다. 여기서 '세계'란 하늘과 땅과 바다를 포함하는 대자연을 말한다. "무수한 사람들과 무수한 사회들이 여기서 일어났다가 스러졌다. 정복자들은 이 고장에다가 그들의 하사관짜리 문명의 자취를 찍어놓았다. 그러나 신기한 것은 그들이 건설한 문명의 폐허는 그들이 지향했던 이상理想의 부정 바로 그것이라는 사실이다. 저물어가는 저녁, 개선문 주위로 비둘기떼들 하얗게 날고 있는 가운데 높은 곳으로부터 내려다보이는 이 해골 같은 도시가 하늘 속에다가 정복과 찬탄의 마크를 새겨놓지는 못하니까 말이다. 세계는 결국 역사를 정복하고 마는 법이다." 나는 마르고트 길가의 거대한 떡갈나무를 생각한다. 인간이 건설한 도시가 무너져 폐허로 남을 때도 여전히 자라고 있을 하나의 '세계'와도 같은 그 나무를.

돌아오는 길에 밀밭가의 살라공 수도원에 들러보았다. 수도원 주위의 넓은 정원에는 수도사들이 가꾸어놓은 중세 시대 식물들이 작은 꽃들을 달고 구석구석에 숨어 있었다. 거대한 왕국을 꿈꾸었던 공작들과 제왕들, 그리고 담장 아래 피어난 작은 꽃을 허리 구부리고 들여다보던 수도사들…… 그 기이한 대조에 한참 동안 마음을 팔고 있으려니 어느새 길이 끝나고 있었다.

루상 성에서의 식사와 '빛의 채석장'

프로방스의 이른 아침, 닭 우는 소리에 잠이 깨었다. 닭 우는 소리…… 이게 몇 년 만인가. 어린 시절, 우리집 과수원에서는 여러 마리의 닭들이 진종일 넓은 마당과 밭머리를 쏘다니며 모이를 주웠다. 저녁이 되어 그들이 횃대 위에 오르는 것을 확인하고 닭장 문을 잠그는 일이나, 짚가리 위에 올라가 낳은 따끈따끈한 달걀을 바구니에 담아 오는 일은 언제나 내 몫이었다. 어느 날 나는 도시로 떠났다. 그리고 다시는 닭 우는 소리를 듣지 못했다. 세월에 떠밀려 어른이 되자 기껏 "닭의 모가지를 비틀어도 새벽은 온다" 같은 무서운 소리가 들렸다. 과연 어김없이 새벽이 왔지만 닭 우는 소리는 끝내 들리지 않았다. 흐린 도시의 저녁 거리에는 닭튀김집들이 늘어서 있고 찌든 식용유 냄새가 떠돌았다.

내가 닭 우는 소리를 다시 들은 것은 알제리의 바닷가 티파사의 폐허에서였다. 멀리 떠나야 비로소 닭 우는 소리가 들리는 것인가. 프로방스의 닭은 길게 이어지는 목청으로 내 아침의 귀를 씻어주며 창밖으로 청명한 하늘빛을 넓게 펼쳤다. 모두들 곤히 잠들어 있어 집 안이 고요하다. 아침마다 아직 어둠에 묻힌 아래층 거실로 내려와 덧문을 활짝 여는 것은 내 몫이 되었다.

바스티드의 서늘한 아침 빛이 건초 냄새와 함께 집 안으로 쏟아져들어온다. 테라스로 나서면 저만큼 풀밭에 엎드려 있던 고양이 집티스가 나를 알아보고 얼른 달려온다. 부엌 옆에 딸린 작은 창고 문을 열고 그릇의 뚜껑을 열어주면 따라 들어와 일착으로 아침식사를 한다. 나도 주스 한 잔을 들고 테라스에 나앉는다. 아침 빛이 저 아래 포도밭과 목초지까지만 와 있어서 내가 앉은 테이블 쪽은 아직 그늘에 잠겨 있다.

부지런한 농부는 벌써 트랙터를 몰고 고랑을 누비며 목초지에 베어놓은 건초를 거두어 크고 둥근 덩어리로 말아놓는 일에 골몰한다. 그사이에 해가 빠르게 떠올라 벌써 빛은 테라스 바로 아래까지 왔다. 언제부터인가 발목에 붙어 앉은 고양이의 따뜻한 체온이 내 정강이를 타고 올라온다.

어제 저녁엔 크리스틴 부부와 함께 30여 킬로미터나 떨어진 엑상프로방스로 가서 저녁식사를 했다. 작년에 갔던 쿠스쿠스집 '르리아드', 안뜰의 거대한 나무 밑에 놓인 식탁 바로 그 자리다.

그때는 우리집 딸아이들이 함께 둘러앉아 있었다. 벌써 1년이 지나갔다. 식사 후에 시청 앞으로 갔더니 광장에서 댄스파티가 한창이었다. 세례 요한 성인 축일과 하지가 겹치는 이 무렵이면, 프랑스 전국의 크고 작은 도시와 마을에서는 일제히 문화부가 지원하는 각종 음악회와 댄스파티가 벌어진다. 프로와 아마추어를 가리지 않고 모든 악단과 오케스트라는 거리로 쏟아져나온다. 우리는 춤추는 사람들을 바라보며 늦도록 술을 마셨다. 취기 탓일까, 나는 젊은 카뮈가 그려 보인 알제의 파도바니, 그 저녁 빛 속에 춤추는 젊은이들을 머릿속에 떠올려보고 있었다.

"멀리 떨어진 곳에서 보면 오직 하늘만이 보이고 차례차례로 지나가는 춤추는 사람들의 얼굴이 까만 윤곽으로 떠오른다. (……) 그 여자는 허리께에서 다리까지 땀으로 착 달라붙은 푸른빛 옷 위에 재스민 꽃목걸이를 달고 있었다. 그녀는 춤을 추는 동안 깔깔대고 웃으면서 고개를 뒤로 젖히곤 했다. 그 여자가 춤추며 탁자들 옆으로 지나가고 나면 꽃냄새와 살냄새가 한데 섞여 뒤에 남았다. 저녁이 되자 남자 파트너의 몸에 찰싹 붙이고 있던 그녀의 몸은 더이상 보이지 않았지만 하늘을 배경으로 하얀 재스민과 검은 머리가 교차하는 반점들만이 빙글빙글 돌고 있는 것이 눈에 들어왔다. 그리고 그 여자가 팽창된 목을 뒤로 젖힐 때면 웃음소리가 들렸고 남자 파트너의 프로필이 앞으로 수그러지는 것이 보였다. 천진무구함에 대하여 내가 품고 있는 생각이 있다면 그것은 이 같은 저녁에 얻은 것이다. 치열함으로 가득한 이런 사람들을 그들의 욕망이 소용돌이치는 저 하늘과 떼어놓고 생각해서는 안 된다는 것을 나는 배운다." 젊음이란 무엇보다 거의 낭비에 가까울 정도로 성급한 삶에의 충동이라는 것을 카뮈는 이렇게 표현했던 것이다.

오늘은 오랜만에 크리스틴 부부를 놓아주고 우리 부부만 길을 떠나 생 레미에 갔다 오기로 했다. 작년에 만났던 은사 알리스 모롱 부인과 점심식사를 하기로 약속을 해두었던 것이다. 페르튀, 카드네, 카바용을 거쳐 생 레미 드 프로방스까지, 북으로는 뤼베롱 산맥, 남으로는 뒤랑스 강을 옆에 두고 보클뤼즈 지방을 횡단하는 100여 킬로미터는 가슴이 저리도록 아름답고 고요했다. 젊었던 시절의 기억이 펄럭인다. "회상과 감동으로 점철된 그 길. 젊은 시절의 몽상들. 저녁나절의 가벼운 불안, 살려는 욕망, 열광, 그리고 오랜 세월 동안 늘 한결같은 하늘."

반 고흐 대로 73번지. 집 옆 올리브 과수원 나무 밑에 알리스의 하얗게 센 머리가 반짝였다. 막내 세바스티앵을 오래전에 교통사고로 잃은 알리스는 며칠 전 전화에서 둘째 니콜라가 무슨 일인지 거의 광인에 가까운 발작을 일으켜 병원에 들어갔다는 소식을 전했었다. 젊은 시절 내게 가장 살갑게 대해주었던 천재 과학자 니콜라…… 그를 본 게 까마득한 옛날이다. 알리스는 초인사가 끝나자마자 대뜸 오늘 큰아들 클로드 부부와 점심을 같이할 터인데 니콜라 이야기는 꺼내지 말아달라고 당부한다. 그리고 부탁이 있다면서 나를 2층으로 안내한다. 덧문이 닫힌 어둑한 침실. 벽에 걸린 족자를 걷어 탁자에 올려놓는다. 오래전 옛날, 1970년대 초, 서예가인 숙부가 두보의 시 「강촌江村」을 써주신 족자 한 폭. 당시 내가 알리스에게 준 선물이었다. 무슨 까닭인지 거기 쓰인 글의 내용을 간단히 프랑스 말로 옮겨달란다. 이제 살날이 많지 않으니 후손에게 물려줘도 뜻을 알아야 하지 않겠느냐는 것이다.

"맑은 강물 한 굽이 마을을 안고 흐르나니/ 긴 여름 이 강마을 하는 일마다 한가하다./ 처마 밑의 제비들은 날아갔다 날아왔다/ 물 가운데 갈매기들 저절로 친해진다./ 늙은 마누라는 종이 위에 바둑판을 그리고/ 어린아이는 바늘을 구부려 낚시를 만든다./ 병 많은 내게 아쉬운 것 오직 약 한 첩뿐이거니/ 미천한 몸이라 이 밖에 또 무엇을 구하랴."

클로드 부부가 점심식사를 위해 예약한 곳은 집에서 약 2킬로미터 거리의 타라스콩 가는 길 쪽 '루상 성'이다. 큰 소나무 한 그루 기우뚱하니 서 있는 모퉁이를 지나 작은 다리를 건너니 수백 년 묵은 플라타너스들 서늘한 그늘을 드리우는 성의 입구. 16세기 후반, 저 유명한 노스트라다무스의 동생인 기사장 베르트랑이 처음 세운 이 성은 그후 세비녜 부인의 친구이며 루이 14세의 총애를 받았던 '프로방스의 미녀' 디안 드 조아니스 드 루상의 소유가 되었다가 지금은 호텔 겸 식당이 된 장원형 건물이다. 넓은 영지가 딸린 본채와 농가 등 부속 건물들이 해묵은 돌벽에 에워싸여 있다. 앞으로는 맑은 물 흐르는 샘과 돌 탁자가에 의자들 둘러놓인 아늑한 내정, 그 너머 수목이 우거진 넓은 정원, 뒤쪽은 플라타너스 거목들 늘어선 소로가 나 있고 다리 아래 맑은 시내가 흐른다.

우리는 1층과 2층의 아무도 없는 크고 작은 방들과 테이블보 하얗게 빛나는 식탁 사이를 한 바퀴 돌아보다가 결국은 성관의 북쪽 뜰에 차린 상에 둘러앉았다. 클로드 부부와의 만남은 40여 년 만이다. 옛날에 내가 다니던 엑상프로방스 대학교 문과대학 학장이라는 소식을 들은 것도 벌써 10여 년 전, 검은 머리 청년이 벌써 백발이 되었다. 너무나 오랜만이라 그는 자꾸만 존댓말을 한다. 넓은 성안이 고요하다. 손님이라곤 우리 일행뿐. 하얀 식탁보에 반사되는 초여름 정오의 빛이 눈부셔 고개를 숙인다. 내 여행 이야기가 나오자 클로드가 투르농을 지날 때 말라르메가 학생들을 가르쳤던 고등학교 옆을 지나게 될 테니 잊지 말고 한번 들러보고, 조르주 상드의 성이 있는 노앙에서는 마을 안의 작은 호텔 '라 프티트 파데트'에 묵고 가라고 일러준다.

음식이 나오기를 기다리는 동안 대화 사이에 햇볕과 긴 침묵이 깔린다. 문득 이런 순간이 전에 언젠가 있었어, 하는 생각에 놀란다. 전생前生의 어느 봄날 같다. 내가 꿈을 꾸는 것인가. 문득 푸른 우주의 한복판에 떠 있는 둥근 지구, 그 위에 하얀 식탁보를 깔고 등뒤에는 16세기의 고성을 세워놓고 점심식사중인 나를 우주 밖 저만큼 물러나서 바라보는 느낌이다. 아득해진다. 식사가 나온다. 전식으로 신선한 카르파초, 메인으로는 들오리 찜, '핫도그'라는 이름의 딸기 소스 케이크. 싱그럽고 맛있다. 커피는 성안의 2층 도서실 곁에서 마신다. 어둑한 실내. 루소, 플라톤, 소크라테스, 달랑베르, 아리스토텔레스…… 하얀 흉상이 내려다보이는 책장 안에는 각각의 저자들의 책이 꽂혀 있다. 창문 밖으로는 찬란한 햇빛이 쏟아지는 아피유 산 풍경. 우리는 오랫동안 성안의 정원을 산책한다. 마치 오래전부터 되풀이해온 습관처럼…… 헤어지면서 클로드가 두툼한 책 한 권을 건네준다. 자신이 편집하고 소개한 프로방스의 대 시인 미스트랄의 시집 『미레이요』. 프로방스 고전문학 교수인 그는 거의 프로방스를 떠나는 법이 없다. 가장 멀리 가본 곳이 베네치아란다.

알리스에게 이웃 마을 레 보의 '빛의 채석장' 구경을 가겠느냐고 물으니 선선히 우리 차에 올라탄다. 전에 가본 적이 없는 한적한 샛길을 안내한다. 골짜기로 난 길에 사람 그림자가 없다. 돌연 눈앞에 나타난 레 보의 낯익은 바위들. '지옥의 계곡' 입구의 놀라운 채석장이 입을 벌린다. 옛적에 레 보 마을과 성을 건설하는 데 썼던 흰 석회석을 파낸 자리다. 채석업자들은 권양기로 돌덩어리를 끌어올리기 위하여 거대한 우물 통로를 만들었다. 그 결과 바위산 속에 엄청난 규모의 동굴 궁전이 형성되었다. 1935년 새로운 건축자재들이 생산되면서 경쟁력을 잃은 채석장은 문을 닫았다. 70여 년이 지난 2011년, 마침내 레 보 시 당국의 의뢰를 받아 20여 년 경력의 문화관광 기획사 '퀼튀르에스파스'는 이 채석장에 살아 움직이는 미술관 '빛의 채석장'을 개관하고 "멀티미디어를 통한 현대미술 시청각 여행"에 200만 관객을 끌어들였다.

수직으로 뚫린 기하학적인 굴의 높이가 무려 14미터. 입장권을 사서 들어서는 즉시 그 서늘함이 새로운 세계로 진입했음을 알린다. 올해의 프로그램은 〈고갱과 반 고흐, 색채의 화가들〉이다. 총 6천 평방미터에 달하는 공간 속에 수많은 갤러리들이 이어지는 거대한 궁전, 돌의 벽과 천장과 바닥이 온통 거대한 스크린이 되어 그림이 흐르고 마르코 멜리아의 장엄한 음악이 꿈의 세계 같은 갤러리들로 퍼져나간다. 개미만한 크기의 관객들은 서늘한 돌의 궁전 곳곳에 숨은 70여 개의 프로젝터가 쏘아보내는 500여 점에 달하는 걸작의 빛과 색채 속으로 유영하듯 거닐며 이 위대한 거장들의 소용돌이치는 인간적, 회화적 관계 속으로 빨려든다.

이 광물적 장소의 놀라움, 어마어마한 크기의 빛과 색과 음향의 흐름. 입구 가까운 또하나의 방에서는 1959년 이 채석장 한복판에서 촬영한 장 콕토의 영화 〈올페의 유언〉을 돌벽에 쏘아보내고 있다. 시원한 궁전 안에서 오래오래 앉아 있자니 밖으로 나가고 싶은 생각이 없다. 그러나 갈 길이 멀다.

우리는 퐁비에유로 간다. 알퐁스 도데의 풍차가 있는 언덕으로 올라가 미풍이 쓰다듬는 오후의 프로방스 풍경 위에 시선을 포

^^ '빛의 채석장'과 반 고흐.

개어본다. 풍차의 문은 굳게 닫혀 있다. 후배인 서울대학의 C교수가 80년대 어느 날 이 풍차간에 들러 내 책 『행복의 충격』 한 권을 그곳 기념 서가에 꽂아놓았다고 말한 적이 있다. 그후 어느 낯모르는 여행자가 그 책을 보고 내게 엽서를 보낸 일도 있다. 그 낡은 책은 아직도 거기에 꽂혀 있을까?

나는 그 책에서 국어교과서에 실려 우리 모두를 감동시켰던 알퐁스 도데의 단편소설 「별」과 「마지막 수업」 이야기를 했었다. 그러나 이제 국어교과서에 그런 이야기는 사라진 지 오래다. 교과서의 소설은 감동적인 이야기가 아니라 시험문제 출제 범위로 전락한 지 오래다. 국어교과서를 없애버려야 진정한 독서가 살아나는 것이 아닐까?

언덕 위에는 이제 풍차와 우리 세 사람뿐이다. 우리는 서둘러 언덕을 내려와 그곳에서 멀지 않은 올리브 과수원을 향한다. 아흔이 넘은 알리스는 종일토록 우리와 함께 걸어다니고도 힘이 남는지 옛 로마 시대 수롯가의 아름다운 폐허로 안내하겠단다. 올리브밭 오솔길을 따라 돌더미 폐허 저 너머 아를 평원이 환하다. 곳곳에 인간이 세운 돌은 무너지고 자연이 키우는 풀들과 나무들은 지칠 줄 모르고 자라는 것을 눈이 시리도록 푸른 하늘이 홀로 내려다보고 있다.

세비녜 부인의 편지와 함께
높이 솟은 그리냥 성

행복했던 프로방스의 체류가 거의 끝났다. 이제 떠날 때가 되었다.

어제는 이곳에서의 마지막 날이라고 크리스틴 부부와 함께 유명한 고르주 뒤 베르동 유원지 쪽으로 가서 놀다 왔다. 붉은 개양귀비와 보라색 라벤더가 프로방스를 색채의 조각보로 만들고 있는 산간 지역.

발랑솔, 그레우 레 뱅, 14세기의 성이 있는 마을 알르마뉴 앙 프로방스, "웃어요! 웃어요!" 하고 말하는 듯한 리에를 지나 거대한 바윗덩어리들 사이의 가파른 계곡에 꼭 끼어 있는 무스티에 생트 마리에 도착했다.

한낮의 마을 저 위의 푸른 하늘에 별 한 개가 반짝였다. 프로방스의 대시인 미스트랄에 따르면 십자군 원정에 나갔던 이 마을

출신 기사가 사라센 사람들에게 붙잡히자 자신이 고향 마을로 돌아가게만 된다면 거대한 이 바위들 사이에 별을 하나 매달아 성모 마리아에게 바치겠다고 약속했다고 한다. 여러 번의 실패를 거쳐 마을 위 허공에 1.25미터나 되는 거대한 별이 135미터에 달하는 150킬로그램의 체인에 매달려 떠 있게 된 전설적 유래다. 라벤더 향기가 고여 있는 마을의 좁은 골목을 이리저리 걷는 것만으로도 충분히 행복하다. 여러 날에 걸친 떠돌이 여행 끝에 찾아온 느긋한 휴식이니까.

오후에는 '프랑스의 그랜드 캐니언'이라는 명승지를 찾아갔다. 거대한 호수 뒤쪽 깎아지른 허연 석회암 바위 사이의 협곡으로 흐르는 깊고 고요한 에메랄드 빛 수면 위로, 작은 보트들이 느리게 흐르는 일종의 '무릉도원'이 눈앞에 나타났다. 다른 어디에서도 볼 수 없는 그 독특한 물빛 때문에 젊은 연인들은 그렇게도 이 고르주 뒤 베르동을 찾아오고 싶어하는 것인지도 모른다.

그러나 나는 몸소 이런 경치 속으로 들어가기보다는 지나가며 풍경과 사람들을 바라보는 관객일 뿐이다. 광대한 에메랄드 빛 호수를 한 바퀴 돌면서 미국 배우 브래드 피트의 별장이 있다는 마을 보뒤앵을 지나 생트 크롸 뒤 베르동에 이르니 벌써부터 호숫가에서 바캉스를 즐기는 피서객들 몇몇이 수영복 차림으로 물가에 나와 반짝이는 수면을 바라보고 있었다. 언젠가 꿈속에서 보았던 풍경 같다. 그것도 벌써 어제의 일. 지금은 프로방스를 떠나는 아침이다.

차에 짐을 싣고 나자 크리스틴이 정작 라 바스티드 마을은 제대로 보지 못했으니 한 바퀴 돌고 가라고 권했다. 바캉스 철이면 자전거 여행을 떠나는 사람들이 묵어가곤 한다는 마을 라 바스티드의 중심가는 불과 몇 개의 골목, 생 마르셀 예배당, 퇴역 장군이 들어 사는 고성, 분수, 작은 광장이 전부다. 그러나 워낙 오래된 마을이라 벽마다 뚫린 참한 대문짝에 켜켜이 쌓인 시간이 그리로 드나들었던 사람들의 삶과 역사의 두께인 양 무거워 보인다.

스미스라는 이름의 문패가 붙은 어느 집 대문 앞에서 크리스틴이 문득, 이 집에 어떤 한국 여학생이 몇 달 동안 영어 연수차 묵어간 적이 있다고 했다. 그 여학생은 원래 영어 연수차 영국으로 갔다가 이곳에 집이 있는 영국 여자를 만나 함께 와 지냈다는 것이다. 마르세유 공항의 렌터카 사무실에 근무하는 프로방스 토박이 여직원도 그런 이름은 처음 들어본다고 했던 이 궁벽한 시골 마을에 이미 나보다 앞서 찾아와 지내다 간 한국 여학생이 있었던 것이다. 아니 그뿐이 아니다. 바로 옆 골목의 어느 건물 2층은 부산의 어떤 대학 여교수가 몇 년 전에 매입한 아파트인데 마을 사람들 모임에서 그 여자를 만났다고 크리스틴이 귀띔해준다. 하기야 아프리카 케냐의 마사이족 가운데서 만났던 수녀님, 시베리아의 알타이 공화국 숲속에서 마주쳤던 청년, 쿠바의 헤밍웨이 기념관 앞에서 내 어깨를 툭 치던 옛 대학 동료, 사하라사막 입구 어느 허름한 아랍 카페에서 흐린 표정으로 서 있던 키 작은 여학생…… 그 모든 '겁 없는' 한국인들은 언제부터인가 한반도에서 폭죽의 불꽃처럼 터져나가 세상 곳곳의 골목을 극성스레 누비며 민족의 놀라운 적극성을 증명해주고 있는 것이다. 1960년대에 10년간 주한 프랑스 대사를 지낸 샹바르 씨는 프랑스로 돌아간 뒤 르몽드에 쓴 글에서 "사막에 떨어져도 말라 죽지 않고 기어코 싹이 트고 마는 씨앗처럼 질기고 질긴 4대 종족" 가운데 유대인, 아르메니아인, 중국인과 더불어 한국인을 꼽았었다.

불볕더위 속으로 차를 달렸다. 계기판에 찍힌 외부 온도는 무려 32도. 옛날에 냉방장치가 없는 자동차는 어떻게 타고 다녔던가 하고 놀라면서 실내의 서늘한 공기에 안도한다. 님므를 거쳐 40여 년 전 대학 시절에 가보고는 처음인 퐁뒤가르에 잠시 들러보기로 했다. 넓고 여유 있는 주차시설은 편하지만 차 한 대당 무조건 18유로인 입장료는 만만치 않다. 옛날과는 달리 체계적인 관광지로 개발되어 많은 사람들이 몰려들고 있다. 수백 년은 묵었을 듯한 올리브나무가 더위에 지쳤다는 듯 밑동을 뒤틀고 있는 모습이 고단하다. 고대 로마인들이 건설한 거대한 석조 다리와 수로가 뙤약볕 속의 론 강을 가로지른다. 그늘진 다리 아래로 들어서니 계곡의 바람이 불어와 서늘하다. 강 건너 플라타너스 그늘이 좋은 식당 '레 테라스'는 마당의 좌석들 위로 물안개를 뿌려 더위를 식히고 있어서 쾌적할 뿐만 아니라 퐁뒤가르 다리를 조망

할 수 있는 최적의 장소다. 크고 우아한 접시에 담겨 나온 돼지갈비와 연어구이도 일품이지만 후식으로 나온 '일 플로탕'이 부드럽고 개운하다.

오랜만에 파리 방향으로 고속도로를 신명나게 달린다. 몽테리마르 남쪽 인터체인지로 나가서 133번 지방도를 타면 그리냥이 나오는 것으로 되어 있다. 10년 전 프로방스 여행이 끝나갈 무렵, 베종 라 로멘에서 하룻밤을 묵은 다음 멀리 언덕 위에 우뚝 솟아 있는 그리냥 성의 실루엣만 바라보며 급히 파리로 돌아간 적이 있다. 저물어가는 시간, 그 성의 어둑한 윤곽이 『서한집』으로 널리 알려진 세비녜 부인의 초상과 겹치며 오래 기억에 남아 있었던 탓일까, 프로방스에서 파리를 향하여 북상하며 처음부터 그리냥을 첫 기착지로 정해두었다.

마을 표지판이 보이는 즉시 좌회전하여 바로 성 밑에 이르렀는데 보행자 외에는 차가 들어갈 수 없도록 막힌 길이다. 두리기둥이 둘러선 둥근 정자 앞, 나무 그늘 밑 광장에서 페탕크 놀이를 하는 중년 남자들이, 차로 들어갈 수 있는 마을 입구는 성의 반대편에 있다고 일러준다. 카프카의 『성』에 등장하는 K는 "늦은 저녁에야" 도착했고 마을은 "깊은 눈에 파묻혀 있어서" 성의 입구를 찾지 못했다지만 나는 여름날 한낮에 도착했는데도 어디에서나 잘 보이는 성의 입구를 찾지 못한 채 그 발치에서 한동안 빙빙 돌기만 한다. 성 아래 마을을 한 바퀴 빙 돌아가서야 비로소 입구를 찾아냈다. 게다가 마을 초입, 나무들이 우거진 작은 광장 앞 호텔 '세비녜' 간판이 곧장 눈에 들어온다. 내가 예약해둔 호텔이다. 2층의 테라스에서 내려다보는 작은 광장이 정답다.

등나무 의자, 푹신한 장의자. 사각의 연못가 잔디밭에 선 해묵은 올리브나무, 담장 안의 이 작은 안뜰이 아늑하다. 여장을 풀고 잠시 안뜰의 버들의자에 앉아 휴식을 취한 다음 바로 등뒤로 난 오르막길을 따라 성문 앞에 당도한다. 육중한 성문이 굳게 닫혀 있다. 너무 늦게 도착한 것이다. 내일 아침에 방문하는 수밖에.

우람하고 드높은 성벽 밑을 돌아 마을의 골목길을 거닌다. 인가의 지붕들 위로 높이 솟은 종루의 벽에 거대한 빨간 깃털펜이 오후의 햇빛을 받아 유난히 눈에 띈다. 이 마을에서 해마다 개최되는 '편지 페스티벌'의 상징이다. 이제 곧 많은 작가들과 배우들이 루소, 볼테르, 디드로, 데카르트, 시몬 베유, 니체, 카뮈, 장 그르니에가 남긴 유명한 편지들을 소개하고 낭독하거나 독특하게 각색한 대화체 편지 연극을 선보이는 페스티벌이 여러 날 동안 계속될 것이다. 깃털펜을 손에 든 세비녜 부인의 동상이 높은 좌대 위에 덩그렇게 올라앉아 석양 빛을 받고 있는 분수 옆은 카페 '르 세비녜'다. 이곳 그리냥은 호텔도 카페도 식당도 '세비녜' 일색이다. 문학은 거대한 성의 성주보다도 힘이 세다. 분수 옆 서늘한 나무 그늘 밑 카페 테라스에 흩어져 앉아 음료수를 마시는 사람들은 분수에서 흘러나오는 물소리만큼이나 한가하고 여유롭다.

'편지 페스티벌'의 상징, 빨간 깃털펜.

17세기 고전주의 시대를 풍미했던 세비녜 백작 부인은 라 로슈푸코, 라퐁텐, 라신, 라파예트 부인, 스퀴데리 양의 친구였고 루이 14세의 총신 푸케가 찬미했던 인물이며 『갈리아인의 사랑 이야기』를 쓴 저 유명한 문인 뷔시 라뷔탱의 사촌이었지만 자신은 잠언집도 우화집도 연애소설도 역사소설도 쓴 적이 없다. 그녀는 다만 반세기 가까운 세월 동안 친구, 친지, 특히 자신의 딸에게 수백 통의 편지를 줄기차게 썼을 뿐이다. 한 번도 공개하거나 출판할 생각을 해본 적이 없이 오직 수신자 한 사람만을 위하여 쓴 사적인, 너무나도 사적인 편지들이었다. 그랬기 때문에 그 편지는 아무런 가식이 없었고 문학적인 의도를 가지고 쓴 것이 아니었기 때문에 자연스러워 훗날 책으로 출판되자 교과서에 실리면서 서한체의 전범이 되었다. 그녀의 편지들은 '세련된 관점, 적절한 유머, 극도로 자유로운 어조'로 읽는 사람들을 사로잡는다. 자신이 하는 이야기에 대한 장악력, 생각들을 조합하는 기술, 화제의 다양함, 때로는 가볍고 때로는 심오하고, 심각한가 하면 흥미진진한 그녀의 펜은 비길 데 없는 활력을 발산하며 달린다. 사람들은 그녀의 편지를 손에서 손으로 전하고 돌아가며 읽었다. 편지에 쓰인 일화들은 입에서 입으로 전해졌고 독자는 그 속에 묘사된 사람들의 초상을 읽으며 감탄했다.

백작 부인과 더불어 사람들은 웃고 불안에 떨고 동정의 눈물을 흘리고 불쌍한 푸케의 운명, 로정과 마드무아젤의 결혼, 바텔,

튀렌, 루부아, 콩데의 죽음에 경악하고 라인 강 도강, 필리스부르 함락 소식, 라 발리에르 양, 몽테스팡 부인, 맹트농 부인과 왕의 사랑 이야기를 쑥덕거리고, 독약 사건과 브랭빌리에, 부아쟁의 처형 소식에 치를 떨었다. 루이 14세 자신도 세비녜 부인이 푸케에게 보낸 편지 몇 통을 읽어보고는 "아주 재미있다"고 말했다는 설이 있다. 오늘날과 같은 언론 매체가 갖추어지지 않았던 그 시대에 편지는 이처럼 뉴스를 전파하는 중요한 수단이었다.

정신적이고 교양 있고 친구들에게 신의가 있으며 사람 사귐에 있어서 정답고, 희롱과 농담에 능하고 언제나 웃음이 많으며, 때로는 '외설적'이기도 서슴지 않았던 귀부인 마리 드 라뷔탱 샹탈. 그녀는 1626년 부르고뉴의 귀족 집안에서 태어났지만 생후 1년 만에 아버지를 잃고 일곱 살에는 어머니를 잃고 고아가 되었다. 그러나 그녀는 신앙심 깊은 외조모, 외삼촌의 손에 유복하게 자랐고 폭넓은 교양을 쌓을 수 있었다.

1644년 브르타뉴의 귀족 앙리 드 세비녜와 결혼했다. 그러나 이번에는 남편이 정부를 사이에 놓고 연적과 벌인 결투의 후유증으로 목숨을 잃고 말았다. 바람둥이 남편은 스물다섯 살에 혼자 몸이 된 아내에게 후세에 길이 남을 '세비녜'라는 이름과 브르타뉴의 레 로셰 세비녜 성, 그리고 딸 프랑수아즈와 아들 샤를을 남겼다. 부인은 재혼할 생각을 하지 않고 어머니로서 자녀가 행복한 어린 시절을 보내고 복된 결혼과 훌륭한 지위를 얻도록 궁정을 드나들며 폭넓은 친분 관계를 쌓았다.

1669년 루이 14세와 발레를 추며 총애를 받던 딸 프랑수아즈 마르그리트가 그리냥 공과 결혼하여 딸을 낳고 나서 1671년 프로방스 총독 보좌관이 된 남편을 따라 드롬 지방의 그리냥 성으로 떠나게 되면서 슬픔에 잠긴 어머니는 편지를 써 보내기 시작한다. 17세기 당시 귀족 특유의 애틋한 존대의 삼인칭으로 객관화한 딸에게…… "내 고통을 그대에게 그려 보일 수만 있다면 그 고통은 그리 대단한 것이 아닐 것입니다. 그러니 그 고통을 그리려고 애쓰지는 않겠어요. 사랑하는 딸을 찾고 또 찾아보지만 소용이 없습니다. 딸이 내딛는 한 걸음 한 걸음은 그녀를 내게서 멀어지게 합니다. 그래서 나는 생트 마리 수도원으로 갔습니다. 여전히 울면서, 여전히 다 죽어가는 모습으로 말입니다. 마치 내 심장과 영혼을 도려내는 것만 같았습니다. 정말이지 얼마나 힘든 이별인가요!" 그 모정의 편지는 그들 모녀가 파리에서 혹은 그리냥에서 몇 차례 다시 만나 함께 지내는 동안을 제외하고 장장 25년간 그치지 않고 계속된다. "마침내 당신의 편지를 받았어요. 그리고 이제 나는 내 방에 홀로 와 앉아서 당신에게 편지를 씁니다. 이것이 바로 내가 세상에서 제일 즐겨 하는 것이지요. 식사를 하고 난 곳에서 나와 이곳으로 오니 아주 좋군요. 그리하여 당신에게서 받은 편지 한 장을 펴놓고 앉아서 편지를 씁니다. 세상의 어떤 것보다 더 좋은 것이 이것이지요."

성문은 이튿날 아침 10시에 열렸다. 여름밤의 공연을 위해 가설한 무대가 르네상스 시대 성의 세련된 정면을 가리고 있어 벌써부터 축제의 분위기를 물씬 풍긴다. 11세기 초 이곳에 성이 건설되자 이내 성벽 아래로 마을이 형성되었다. 최초의 성주 로스텡 드 그리냥 이후 성은 여러 번 개축되고 주인이 바뀌었다. 세비네 부인의 딸 프랑수아즈 마르그리트는 '프랑스에서 가장 아름다운 처녀'로 칭송되는 미녀로 1669년에 프랑수아 드 카스텔란 아데마르 드 몽테유, 즉 '그리냥 공'과 결혼하면서 이 성의 주인이 되었다.

딸과 멀리 떨어져 지내기 시작하면서 파리에서, 혹은 브르타뉴의 로셰 성에서 편지를 써 보내던 세비네 부인은 세 번 이 언덕 위의 그리냥 성에 찾아와 머물며 성의 넓은 테라스가 제공하는 "개선장군 같은 전망"을 즐겼다. 그녀는 극작가 라신에게 보낸 편지에서 "이곳에서 우리의 밤들은 당신들의 대낮보다도 더 아름답습니다"라고 썼다. 부인의 만년인 1694년 5월부터 시작된 세번째 체류는 23개월이나 계속되었다. 결국 부인은 1696년 4월 17일 이 성에서 숨을 거두었고 성안의 생소뵈르 성직자회 교회에 묻혔다.

몇 안 되는 우리 관람객들은 박식한 안내자를 따라 성안의 여러 방을 구경했다. 대혁명 때 크게 파괴되어 폐허가 되었던 이 성은 20세기 초 파리의 부유한 댄디 보니파스 드 카스텔란느의 소유가 되었다가 1913년부터 마리 퐁텐이라는 여성이 매입하여 무려 20년 가까운 세월 동안 옛 모습 그대로 복원한 덕분에 오늘날의 이 화려한 모습을 간직할 수 있었다고 한다. 성의 2층이 세비녜 부인의 집무실과 침실이었다. 실내의 가구들 중 무엇보다 흥미로운 것은 의외로 높고 짧은 닫집형의 침대다. 중세에서부터 고전주의 시대에 이르기까지 오랫동안 사람들은 무엇보다 죽음에 대한 두려움이 컸기 때문에 시신이 된 것 같은 자세로 눕지 않고 앉아서 잤다. 그래서 침대의 길이가 오늘날 우리가 사용하는 그것보다 훨씬 짧다. 이 거대한 성안에 기거하는 지체 높은 성주들이 밤이면 그 좁은 침대에 눕지도 못하고 앉아서 죽음의 두려움에 떨었다는 것을 생각하면 기이한 경외감이 밀려든다. 그러나 나는 화려한 가구나 정교한 장식이 새겨진 오래된 벽난로 같은 실내의 모습보다는, 창문 밖으로 내다보이는 볕에 바랜 지붕들과 넓은 라벤더밭에 이어진 찬란한 드롬 지방의 푸른 숲 풍경 쪽으로 훨씬 더 자주 눈이 간다.

성관의 입구에 마련된 서점에서 세비녜 부인의 『서한집』 발췌본과 중세 시대 이야기책 한 권을 사들고 나는 바쁜 걸음으로 호텔로 돌아왔다. 내 앞에는 이제 길이 험한 중부 고원지대 어딘가에 숨어 있는 알베르 카뮈의 옛 자취를 묻고 물어 찾아가는 여정이 남아 있기 때문이다.

말라르메의 투르농

그리냥의 제법 큰 호텔 '세비녜'를 어머니와 단둘이서 차질 없이 운영하고 있는 젊디젊은 아가씨 제랄딘은 친절하고 총명하다. 그는 나 대신 다음 행선지인 샹봉 쉬르 리뇽과 노앙, 그리고 일리에의 호텔들을 차례로 예약해주었고 렌터카의 고장난 내비게이션을 교체하는 일을 위하여 여러 지방의 렌터카 사무실을 검색하고 일일이 담당자와 상의했다. 결국 생테티엔의 에이전시로부터 교체해준다는 약속을 받아주었다. 그러고 나서도 그리냥에서부터 샹봉까지 가는 복잡한 행로를, 출력한 지도상에 일일이 메모해줄 만큼 자상했다. 특히 샹봉의 호텔 쪽과는 통화 내용이 길었다. 몇 시쯤 도착 예정이냐, 어떤 급의 방을 사용할 것이냐, 저녁식사와 아침식사는 할 것이냐 등등 꼬치꼬치 묻는 눈치였다. 제랄딘은 웃으면서 이제부터 들어서게 될 지역이 이른바 '프랑스 프로퐁드(벽촌)'여서 그렇다고 설명해주었다. 도시 지역과 달리 프랑스의 이런 궁벽한 시골에는 옛 풍속과 심성이 그대로 남아 있어서 사람 대하는 방식이 느리고 지나칠 정도로 신중하다는 것이었다.

7번 고속도로를 타고 리옹 방향으로 약 70여 킬로미터를 달리다가 로망에서 서쪽으로 나가면 이내 론 강가의 고도 투르농의 강변으로 들어서게 된다. 아르데슈 지방의 유서 깊은 도시인 투르농은 시인 말라르메가 젊은 시절 고등학교에서 영어 교사 노릇을 하면서 초기의 유명한 시편들을 썼던 곳이다. 생 레미 드 프로방스에서 만났던 클로드 모롱이 투르농을 지나는 길에 말라르메의 고등학교를 꼭 보고 가라고 일러준 말이 기억났다. 강가의 넓은 주차장 나무 그늘에 차를 세우고 보니 바로 길 건너편이 관광안내소다. 마을 지도를 한 장 얻고 말라르메와 관련된 간단한 안내를 받는다.

강변로를 따라가면 그 유명한 중세 성의 성벽이 시커먼 화강암 돌 위에 육중하게 솟아 있고 한 모퉁이에 밝은 베이지색 칠을 한 현대식 3층 건물 한 채가 껌처럼 등을 기대고 붙어 서 있다. 지도를 보면 말라르메가 살았다는 집이 분명해 보이는데 어디에도 안내 팻말 같은 것은 보이지 않는다.

강변을 따라 한 블록을 더 올라가니 아주 오래된 고등학교 건물이 나타나고 그 모퉁이가 바로 조그만 '말라르메 광장'이다.

1967년에 '리세 가브리엘 포르'로 이름이 바뀐 학교의 정문 옆에는 아득한 옛날인 1536년에 이 교육기관을 처음 설립한 프랑수아 드 투르농 추기경의 동상이 서 있다. 300년이 넘는 역사를 가진 학교. 프랑스 전체에서 두번째로, 지방에서는 가장 역사가 오래된 이 '리세'는 설립한 지 10여 년 만인 1548년에 철학 및 문예대학교로 승격하여 유럽 전체에서 2천여 명의 학생들이 몰려들었던 명문이다. 17세기의 유명한 작가 오노레 뒤르페도 이 학교에서 수학했다. 그사이에 예수회, 오라토리오 수도회가 운영하다가 1848년에 국가교육기관인 '리세'가 되었다.

학교 건물 오른쪽에는 오래된 교회가 붙어 있다. 인적이 없어 고요하기만 한 작은 정원을 통과하면 안뜰로 들어가는 궁륭 통로인데 건물 벽과 창틀에 새겨진 오랜 돌조각들이 이 학교의 유구한 전통과 역사를 웅변으로 말해준다. 안뜰의 게시판에는 이 학교의 오랜 역사를 설명하는 안내문이 붙어 있고 또다른 곳에는 2차대전 당시 레지스탕스 운동에 참가했다가 이 마당에서 독일군에게 처형당한 사람들의 명단이 붙어 있다. 사실 그 어두웠던 시절의 프랑스에서 아르데슈, 로제르, 오트 루아르 등 험준한 중부 고원 지역은 지하 항독운동의 매우 중요한 거점이었다.

1863년 런던에서 갓 결혼한 21세의 시인 말라르메는 파리를 거쳐 생전 처음인 이곳 투르농으로 왔다. 명상적인 시의 세계와는 무관한 이 시골에서는 그가 기간제 영어 교사로서 감당해야

투르농 성 모퉁이에 있는 말라르메의 집.

할 강의 시간표와 막막한 몰이해와 실망이 기다리고 있었다. 학교 동료들은 300년 전에 개교한 유서 깊은 학교를 자랑하지만 그에게는 큰 관심의 대상이 되지 못한다. 학교 벽은 어둡고 따분해 보인다. 그의 유일한 관심인 시를 버려두고 호구를 위해 매일 찾아와서 일해야 하는 곳이기 때문이다. 우아하고 어딘가 유약해 보이는 면 때문에 시인은 좀 거친 기질의 이곳 농부 출신 토박이들과 학생들에게 별로 호감을 사지 못했다.

시내에 구한 집은 음산하고 불결하다. "여기서는 아무하고도 알고 지내고 싶지 않아. 내가 귀양살이하는 이 어두컴컴한 도시의 주민들은 돼지들하고 너무나 가까이 지내고 있어서 이젠 돼지라면 지긋지긋해. 이곳에선 돼지가 집안의 수호신인가봐. 고양이도 그렇고. 돼지우리가 아닌 집은 구할 수가 없어…… 짐을 풀지도 못했기 때문에 약속한 E. 포의 미발표 시편들을 번역하지 못했어." 이것은 벨기에에 있는 친구 르클레르에게 보낸 편지다.

투르농의 사내들은 무지하고 무뚝뚝하며 여인들은 수다스럽다. 근본적인 화제를 놓고 이야기를 나눌 사람 하나 없고 산책하며 마음의 해방감을 맛볼 거리 하나 없고 발걸음을 멈추고 들여다볼 만한 골동품상 하나 없다. 거리에는 공격적인 삭풍이 몰아치고 심지어 아파트 안으로까지 들어와 휩쓸고 간다. 겨울은 춥고 여름은 너무 더워서 의욕을 잃게 만든다. 그의 아파트 안에는 벌레가 기어다닌다. "나의 예쁜 독일 여자 마리는 내 보들레르 책

위에다가 꿰매다 만 양말짝을 던져두고 잠시 밖에 나갔어." 12월 9일, 친구 앙리 카잘리스에게 보낸 이런 식의 편지는 시인의 궁핍을 그대로 말해준다. 고개를 들면 시인 자신의 무력감을 말해주려는 듯 푸른 하늘만이 그를 무심히 내려다본다.

"영원한 창공의 태연한 조롱이/ 꽃들처럼 무정하게 아름다워/ 시인을 괴롭히니 고통의 메마른 사막을/ 건너며 자신의 천재를 저주하는 무력한 시인이여."(「창공」)

가난, 삭풍, 무더위, 따분하고 힘든 교직 생활, 주민들과 학생들의 몰이해, 무력감, 권태, 불면으로 시인은 시들어간다. 그는 이 음울한 거처에서 첫딸 주느비에브를 얻었다. 그래도 말라르메에게 유일한 관심은 순수한 절대시의 세계뿐이다. 유명한 시 「바다의 미풍」은 바로 이 도시의 부르봉가 19번지의 음울한 아파트에서 쓴 것이다.

"육체는 슬프다, 오호라! 그리고 나는 모든 책을 읽었다./ 달아나리라! 저 멀리 달아나리라! 새들이 미지의 거품과 하늘/ 가운데서 취한 듯 날고 있음을 나는 느낀다. 아무것도/ 눈동자에 비친 오래된 정원도 바닷물에 적셔진/ 내 마음을 붙잡지는 못하리./ 오 밤이여, 흰빛이 가로막는 텅 빈 백지 위에/ 쏟아지는 황량한 램프 불빛도, 어린아이 젖 먹이는/ 젊은 아내도 붙잡지는 못하리,/ 나는 떠나리라! 돛대를 출렁이는 기선이여/ 이국적인 자연을 향해 닻을 올려라!"

학교 건물 안의 뜰을 이리저리 거닐다가 다시 시커먼 성벽 쪽으로 되돌아와본다. 길에 바싹 붙은 채 높이 솟은 성벽의 사진을 찍기 위하여 차도를 건너가 강둑 위에서 거리를 두고 바라보자니 아까 보았던 베이지색 건물 벽에 붙은 대리석 표지판이 눈에 들어왔다. 가까이 다가가 고개를 젖히고 거기 새겨진 안내의 말을 어렵게 읽는다.

"1536년 8월, 시인 피에르 롱사르가 왕세자를 임종하기 위하여 찾아온 적이 있는 고성의 탑이 무너진 자리에 지은 이 집에, 스테판 말라르메가 1863~1866년 사이에 살면서 그의 가장 아름다운 시편들을 썼다."

1865년 10월 1일, 신학기가 되자 말라르메는 첫 거주지의 음산한 거리를 떠나 마침내 이곳 강가의 샤토 거리 2번지로 이사한다. 화강암 바윗덩이 위에 건설된 투르농 귀족들의 봉건 시대 고성은 18세기까지만 해도 론 강 한가운데 서 있었다. 그러니까 내가 방금 사진을 찍은 길 건너편 강둑이 그때는 강의 일부였던 것이다. 그후 리옹으로 통하는 국도가 성벽 바로 밑으로 뚫리면서 강은 저만큼 물러난 셈이다. 시인은 마침내 친구 오바넬에게 이런 편지를 보낼 수 있게 되었다.

"이제 우리집에는 너를 맞을 만한 방이 하나 생겼다. 그 방을 네게 줄 날을 고대한다. 소박하지만 옷 궤짝 하나, 코르도바 가죽을 씌운 앙리 3세식 의자 몇 개, 현대식 묵직한 벽시계, 침대 위에 덮은 오래된 레이스 커버, 빅토르 위고 초상 벽걸이, 친구들의 초상들. 그러나 내가 특히 좋아하는 것은 딱 하나뿐인 창문의 커튼을 열면 보이는, 호수 밑바닥처럼 닫혀 있는 고요한 론 강이야."

한편 프레데릭 미스트랄에게는 이렇게 쓴다. "여기는 얼마나 달콤하고 좋은지 더이상 투르농에 살고 있는 것 같지 않아요." 이제 강은 사랑스러워지고 종탑의 종소리는 즐겁게 울려 마음을 흔들고 공원의 마로니에는 금빛 가을을 선사한다. 그는 창문 밖으로 강둑의 나무들 사이로 강 위에 걸쳐진 첫번째 현수교를 흐뭇한 마음으로 바라본다. "권태가 내게서 거의 사라졌고 나의 시는 그 권태의 잔해 위로 솟아올랐다. 무력감은 극복되었고 나의 영혼은 자유롭게 움직인다."

그러나 투르농의 겨울은 춥고 길었다. 수입은 언제나 부족했다. 어쩔 수 없이 시간을 할애해야 하기에 교사직이 점점 더 괴롭기만 한 말라르메의 마음속에는 현실과는 거리가 먼 시적 몽상과 준엄한 시학뿐이었다. 그는 절대에 도달하기 위한 창조적 고통에 시달리며 언제나 "한 인간에게 어울리는 유일한 할 일, 즉 시"에만 자신을 송두리째 바치지 못함을 아쉬워한다. 그는 "기막히게 어울리는 쌍둥이"인 역작에 매달린다. 여름에는 관능과 지혜와 음악이 조화를 이룬 전원시 「목신의 오후」가, 겨울에는 얼음처럼 싸늘한 절대의 미인 「에로디아드」가 그를 송두리째 사로잡는다.

나는 시커먼 바위에 붙어 있는 건물의 노란 벽면과 파란 페인트가 날카롭게 여름 빛을 반사하는 덧문을 한참이나 바라보며 생각한다. 저 창문 안 어디선가 말라르메는 그 유명한 '투르농의 밤'을 경험했을 것이다. 1866년 3월 2일 밤. 불면과 채울 길 없는 고된 명상을 통해서 시인은 마침내 '에로디아드'를 장악할 수 있게 되었다고 느낀다. 순결하면서도 가슴 떨리는 통일! 시인은 저 가차없고 준엄한 신화적 처녀를 자기 시와 작품세계의 중심적 이미지로 탈바꿈하는 데 성공한다. 정신의 빛이 캄캄한 암흑을 뚫고 들어가 암흑을 쫓아내면서 그에게 돌연 집요한 창조의 고뇌가 가야 할 방향을 계시하여준 것이다. "나는 지난밤 벌거벗은 모습의 나의 시를 다시 보았다. 얼마나 행복했는지. 오늘 저녁에 나는 작품을 시도해보려고 한다"고 그는 오바넬에게 보내는 편지에서 비장하게 말했다. 물론 이때의 '시'나 '작품'은 절대를 의미하는 대문자의 시요, 작품이다. 그리하여 마침내 에로디아드는 선언한다. "J'ai de mon rêve éparse connu la nudité……(나는 알았느니, 내 흩어진 꿈의 벌거벗은 모습을……)"

그러나 시는 시고 현실은 현실이다. 투르농 사람들은 이제 더 이상 말라르메를 원하지 않는다. "교장 선생님은 영어 교사와 독일어 교사를 내보내고 여러 나라 말을 하는 한 사람의 교사로 교체하고 싶어해. 나는 경비 절약을 위해 희생될 것 같아." 학교만이 아니라 학부형들까지도 너무 우아한 이 시인을 배척하고 학생들은 그의 난해한 시 「창공」을 흑판에 써놓고 조롱한다. "내 마음속에 출몰하는, 창공! 창공! 창공! 창공!" 마침내 한 달이 모자라는 3년간, 직업상으로는 고통스럽고 시의 창조에 있어서는 매우 생산적이었던 3년간의 투르농 수업은 끝이 났다. 1866년 10월 말라르메는 투르농을 떠나 브장송 고등학교로 옮겨간다. 이 바람 드센 론 강가 마을의 음울함과 빈곤, 그리고 이곳 사람들의 가혹한 냉대를 거의 잊어버리게 된 어느 날 그는 오히려 자신의 고독한 사상, 대담한 시학, 지적 기법이 성숙해갔던 이 시절과 장소에 대한 감사의 마음을 이렇게 표현했다. "나는 그곳에서 불행하다는 행복을 맛보았다. 그 때문에 나의 탐구와 작업은 더욱 집요해질 수 있었다."

세잔의 생전에 그에게 무관심했던 엑스가 그렇듯이, 고흐가 이름 없는 화가였을 때 그를 냉대하고 정신병원에 가두었던 아를이 그렇듯이, 시인 말라르메를 쫓아낸 오늘의 투르농도 이곳에 와 살았고 가르쳤던 그를 자랑스럽게 여길 법하건만 그들은 지금도 이 난해한 시인에 대하여 지구의 저편 한국에서 찾아온 나만큼도 관심을 보이는 것 같지 않다. 하기야 교과서에 실린 김춘수의 시 「꽃」을 그리도 애송한다는 한국인들 가운데 그 시가 말라르메의 무無시학과 깊은 관련이 있음을 아는 사람이 몇이나 될까?

그러나 갈 길이 바쁘다. 호텔 '세비네'의 제랄딘이 마시프 상트랄 고원의 산간 지역은 길이 꼬불꼬불 돌아가고, 가도 가도 인적을 찾아보기 힘들다고 이미 알려준 바 있다. 과연 투르농에서

라마스트르, 생타그라브르를 거쳐 샹봉에 이르는 70여 킬로미터는 험하고 멀고 적적했다. 간혹 길가에 한두 곳 외따로 떨어진 인가가 있었지만 사람의 그림자는 찾아볼 수 없었다. 발아래 깎아지른 절벽 저 아래는 나무와 풀에 가려 잘 보이지 않으나 계류가 흐르는 듯했다. 몇 번이나 길을 잘못 들어 되짚어 돌아오면서 마침내 도달한 샹봉 쉬르 리뇽은 작고 아담한 마을이지만 크게 볼 것은 없어 보였다. 예약한 호텔 '르 부아 비알로트'는 마을 밖에 있다고 했다. 마을을 통과하는 외길을 따라 리뇽 강 지류인 시내 위의 다리를 건너 마을 밖으로 나와서도 한참을 이리저리 숲길 깊숙이 들어서야 찾아낼 수 있었다. 대체 이런 외따로 떨어진 곳에 호텔은 커녕 집인들 있을까 싶은데 어느 모퉁이를 돌자 문득 숲속에 아담한 정원과 소로의 저 끝에 꽤 큰 건물들이 꿈속처럼 나타난다.

간판도 없고 사람도 없다. 호텔이 맞는지 물어보기라도 할까 싶어 한참을 기다린 끝에 흰 제복을 입은 비만한 중년 여자가 나타난다. 호텔 '르 부아 비알로트'의 주인이다. 나는 '프랑스 프로퐁드'의 아주 오래된 옛날이야기 속으로 발을 들여놓은 것이다.

알베르 카뮈의 유배지 '르 파늘리에'

호텔은 객실이 모두 비어 있고 손님은 우리 부부뿐이라 한없이 적적하다. 안내받은 2층의 10호실은 소박하지만 밝다. 극도로 청결하며 꼭 필요한 것은 빠짐없이 구비되어 있다. 단 한 가지, 냉장고는 없다. 그리냥의 호텔도 그랬다. 기이하게도 내겐 그 '없음'이 오히려 마음에 든다. 신선한 자연과 필요한 것이 눈앞에 다 있는데 무엇을 냉장 보관하겠는가.

단정한 레이스 커튼 사이로 내다보이는 숲과 잘 정돈된 넓디넓은 풀밭, 그 속에 고여 있는 춥지도 덥지도 않은 맑은 공기, 촘촘한 체로 걸러놓은 것 같은 오후의 여린 빛, 그리고 적요. 아내는 작은 탁자 앞의 의자에 앉고 나는 침대 위에 앉아 그 창밖 풍경을 무연히 내다본다. 마음속이 투명해지고 전에 들리지 않던 침묵의 소리가 눈과 귀를 가만히 쓰다듬는다. 좀처럼 경험하기 어려운 이 예외적인 균형의 감각. 오래 길들여 입어온 품이 넉넉한 옷처럼, 내가 나의 삶과 잘 들어맞으니 편안하다는 느낌. 내 일생의 한 순간이 무한처럼 넓어진다.

8시 반, 호텔의 아래층 식당. 넓고 정갈한 홀 한구석 창가에 우리 두 사람의 식탁이 차려져 있다. 손님은 딱 우리 둘뿐이다. 그런데 전혀 썰렁하지 않다. 노란 식탁보의 따뜻한 색깔 때문일까? 다른 테이블들이 모두 다 비어 있어도 뭔가 충만하다는 느낌. 마치 이제 곧 다른 손님들이 가장 깨끗한 옷으로 갈아입고 하나씩 둘씩 들어설 것만 같다. 옆에 걸린 커다란 벽시계가 이제 곧 들어설 사람들의 발소리인 양 낮은 소리로 느린 시간의 길을 낸다.

음식이 나오기를 기다리는 동안 뒤뜰에 아름다움의 복병들처럼 불쑥불쑥 일어서는 보라색 루피너스 꽃대들을 내다보다가 호텔 입구에서 집어온 브로슈어를 펼쳐본다. "쉬셰르 길의 끝, 전체 면적 7헥타르에 달하는 광대한 숲속에 자리잡은 '르 부아 비알로트' 호텔은 3대째 운영해온 2성급 숙박업소로 마르틴과 드니 부부가 맡아서 매년 5월 25일부터 10월 1일까지 문을 연다. 1일 숙박에 60~80유로."

흰 요리사복 차림의 부인 마르틴이 수프를 내온다. 처음보다는 한결 밝고 정다운 표정이다. 그사이에 조금 더 익숙해진 것인가? 감자와 채소를 갈아서 끓인 아주 진한 전원풍의 수프는 재료의 맛이 그대로 살아 있다. '웰빙' 따위의 경박한 형용사마저도 살짝 데쳐 채소의 신선한 향기로 살려놓은 맛이 그윽하다. 주문한 이 고장 붉은 포도주 '라 크롸제' 병을 조심스레 따고 있는 마르틴에게 혹시 '르 파늘리에'가 어디쯤에 있는지 아느냐고 묻자 대뜸 "알베르 카뮈?" 하고 반문한다. 이제까지 그녀가 보여준 무표정에 가려 있던 교양미의 한 자락이 이 한마디로 잠시 모습을 드러내는 것만 같아 기분이 좋아진다.

수프에 이어서 '프랑스 프로퐁드'의 자랑인 구운 염소젖 치즈, 그리고 잘 익힌 렌즈콩 속에 수제 소시지 익힘을 커다란 냄비 속에 박아 내온 메인은 도회의 식당에서는 맛볼 수 없는 일종의 '어머니 손맛' 같은 것을 느끼게 한다. 침묵 속의 편안하고 느린 저작 때문에 오히려 음식의 뒷맛이 창밖의 저녁 풍경 언저리를 오래 맴돌다 돌아오는 것 같은 저녁식사는 요구르트와 초콜릿 아이스크림으로 끝이 났다. 오직 우리 두 사람만을 위하여 정성스레 준비한 음식의 이 빈틈없는 서비스에서 과묵한 시골 사람들의 깊은 배려를 충분히 읽을 수 있다.

우리는 어두워지는 호텔 안 넓은 오솔길을 산책한다. 잘 가꾼 꽃들의 광채, 오래된 돌담을 덮는 이끼와 마른 버섯, 거대한 나무의 윤곽, 잘 깎은 풀밭. 호젓한 길. 이런 넉넉하고 아름다운 적요 속에서 한 일주일쯤 느리게, 더욱 느리게 사는 연습이나 하고 싶은 마음 간절하다. 그러나 나의 목적지는 카뮈의 유적지 르 파늘리에다.

싱그러운 아침, 샹봉 쉬르 리뇽 관광센터로 나가서 지도와 '알베르 카뮈와 오트 루아르'라는 제목의 유인물을 받아들고 되돌아 나와 마제 생 부아 쪽을 향한다. 이 글을 쓰고 있는 서울의 11월, 내가 프랑스로 여름 여행을 떠나기 직전에 원고를 넘겼던 『카뮈-그르니에 서한집 1932~1960』 번역이 책으로 나왔다. 그 서한집의 1942년 8월 31일자 편지는 바로 카뮈가 '르 파늘리에, 마제 생 부아 근처, 오트 루아르'에 도착하여 옛 스승이요 친구인 장 그르니에에게 전하는 첫 소식을 담고 있다. "저는 요양차 이곳으로 와 있는데 아마도 두 달쯤 더 머무를 것 같습니다. 경치는 아름답지만 약간 빡빡합니다. 그러나 이곳은 휴식하기에 좋은 조건을 갖추었습니다."

그러나 카뮈는 장차 르 파늘리에에서 두 달이 아니라 1년 반을 보내게 된다. 이곳의 체류는 그의 생애에 있어서 초기 알제리 시대와 후기 파리 시대 사이에 놓인 고독한 과도기에 해당한다. 해발 1천 미터의 외딴 고원 속에 숨은 이 요새형 농가에서의 '유적流謫'은 그가 이곳에서 구상한 소설 『페스트』와 희곡 『오해』 속에 어두운 자취를 남긴다.

1942년 6월 첫 주일, 파리에서 『이방인』이 출간되었을 때, 프랑신과 갓 결혼한 젊은 실업자 카뮈는 알제리의 오랑에서 오른쪽 폐 손상을 입어 각혈을 한다. 교사인 아내의 7월 학기가 끝날 무렵, 의사는 카뮈에게 폐결핵 치료를 위하여 프랑스의 고산지대로 가서 요양할 것을 권한다. 8월 초순, 이들 부부는 프랑스로 유적의 길을 떠난다. 배편으로 스페인 해역을 돌아 마르세유까지 간 다음 그곳에서 기차로 리옹까지, 다시 환승하여 생테티엔 역에 내린다. 또 협궤열차로 갈아타고 샹봉 쉬르 리뇽에 도착한 카뮈 부부는 마차로 르 파늘리에까지 4킬로미터를 터덜거리며 찾아간다. 먼길이다.

나는 마제 생부아의 갈림길에서 탕스 쪽으로 500번 지방도를 따라 1킬로미터 정도 올라간 뒤 우회전하여 마젤지라르 방향으로 직진한다. 인적이 드문 곳이고 혹시 나타나는 외딴집들 앞에 꽂힌 조그만 팻말을 놓치면 한동안 헤맬 수밖에 없다. 메종뇌브 농가를 지나고 리뉴 시냇물 위의 조그만 다리를 건너 조금 더 가자 문득 인적 없는 좁은 외길을 거대한 트럭 한 대가 가로막고 있다. 그 오른쪽 밭둑 위에 높이 쌓인 벌목한 목재들을 굴삭기가 집어 싣는 중이다. 밭가에 차를 세워놓고 파늘리에 쪽으로 천천히 걷는다. 수백 년 묵은 너도밤나무들이 늘어선 오솔길이 서늘하고 적적하다. 그 길 끝에 모습을 드러내는 회색의 준엄한 요새형 농가. '르 파늘리에'라는 작은 팻말이 낮은 돌담가에 비스듬하다.

'르 파늘리에'는 당시 프랑신의 고모부 폴 외틀리의 어머니인 사라 외틀리 부인이 경영하던 농가형 펜션이었다. 시인 프랑시스 퐁주도 이곳을 종종 찾는 손님이었다.

눈에 덮인 겨울날 카뮈는 "덧문과 창문이 푸른색이라는 것을 내가 알아챈 것은 모든 것이 눈에 덮이고 나서였다"라고 기록한 바 있지만, 70년이 지난 이 화창한 여름날, 다소 준엄해 보이는 회색 돌벽에 뚫린 덧문들은 대낮의 눈부신 빛을 날카롭게 반사하며 그 푸른빛으로 내 눈을 찌른다. 전체 네 개동의 농가 한가운데에는 높은 옥탑이 솟아 있다. 지금은 사유지여서 외부인의 방문은 불가능하다. 프랑신이 어린 시절 방학을 보내곤 했다는 이 건물의 나무 발코니가 있는 2층에서 폐결핵 환자 카뮈는 휴식을 취하며 글을 썼다.

낮은 부속 건물을 지나쳐 조금 내려가 넓은 목초지 쪽에서 바라보니 요새 같은 농가가 우람한 전모를 드러낸다. 목초지 저 아래는 어둡고 빽빽한 전나무 숲. 그 너머 어딘가에서 물소리가 들리는 것 같다. 농가의 정문으로 낡은 자동차 두 대가 분주히 나온다. 농사일이 한창인 듯 사람들이 차 안에서 우리에게 의아한 시선을 던진다. "나의 날들을 줄곧 따라다니는 저 샘물 소리. 샘들은 햇빛 밝은 들판을 거쳐와 내 주위에서 흐른다. 이윽고 내게 더 가까운 곳으로 와서 흐른다. 그리하여 나는 이제 그 소리를 내 안에 갖게 되리라. 마음속의 그 샘. 그 샘물 소리는 나의 모든 생각들과 함께 흐르리라. 그것은 망각이다." 카뮈는 『작가수첩』에 이렇게 기록한다.

10월이 되자 함께 지내던 아내 프랑신이 오랑의 교직으로 돌

Panelier

아갔다. 카뮈는 혼자 남아 가을의 잔광 속에서 위안을 찾고자 하지만 일기장에는 고독함이 묻어난다. "아직 푸른 풀 속에 벌써 누렇게 물든 잎. 짧고 분주한 바람이 풀밭의 푸른 모루 위에 낭랑한 햇빛을 올려놓고 두드려서 빛의 막대를 다듬느니, 그 잉잉대는 벌떼들의 소리가 내 귀에까지 들려오고 있었다. 붉은 아름다움. 붉은 알버섯처럼 찬란하게 독을 품고 호젓하여라." 10월 22일 친구에게 쓴 편지. "제비가 남쪽나라로 날아간 것도 벌써 오래전인데 아직도 남아 있는 나는 한참 뒤처진 지각생이야." 그러나 11월 말이면 자신도 알제리로 돌아간다는 생각으로 마음을 다독인다.

그런데 11월 8일, 미군이 알제리에 상륙한다. 10일에는 연합군이 오랑을 탈환하자 프랑스 본토에 주둔한 독일군이 자유 지역의 경계선을 넘어온다. 이제 알제리와 프랑스 본토 사이는 완전히 연락이 끊어졌다. 카뮈는 아내와 격리된 채 아무런 수입도 없이 이 고원의 겨울 들판에 내던져진 자신의 모습을 『작가수첩』의 백지 위에 짤막한 문장으로 요약한다. "11월 11일. 쥐떼 같은 처지가 되어!" 그는 아내의 소식을 듣지 못한다. 포르투갈 쪽으로 돌아 비밀리에 알제리로 돌아갈 궁리를 해보지만 병든 몸으로는 무리다. "나의 젊음이 나를 피해간다. 그것이 바로 환자라는 것이다. (……) 병이란 고행, 침묵, 영감이라는 규율을 지켜야 하는 수도원 같다."

독일 점령하의 어두운 파리에서는 10월 16일 『시지프 신화』

초판이 나오고 11월에는 『이방인』이 재판을 찍는다. 해가 바뀌어 1월 5일, 카뮈는 잠시 파리에 다녀온다. 많은 사람들이 『이방인』의 저자를 보고 싶어했다. 카뮈에겐 그 기이한 상황이 믿기지 않는다. 고원의 겨울은 매섭다. 세찬 바람이 눈보라를 몰고 오면 국도와 철도가 모두 끊겼다. 외딴집에 유폐된 채 그는 희곡 『오해』를 쓴다. 당시 그 작품에 붙였던 "『부데요비체』 혹은 『추방당한 사람』"이라는 제목은 매우 암시적이다. 소설 『페스트』를 구상하며 『작가수첩』에 남긴 메모들 역시 당시 작가 자신의 처지와 무관하지 않다. 『페스트』에 등장하는 예수회 신부 파늘루Paneloux의 이름은 바로 이 파늘리에에서 온 것이다. 소설 속의 기자 랑베르Rambert의 이름은 그가 치료를 위하여 12일에 한 번씩 오가던, 쇠붙이 찌꺼기 더미에 파묻힌 한심한 생테티엔 교외 탄광 동네 몽랑베르Montrambert를 연상시킨다. 그리고 소설의 주인공 리외Rieux나 『오해』의 마지막에 등장하는 늙은 하인 비외Vieux의 이름을 연상시키는 샹봉의 의사 리우Rioux는 전쟁 전에 프랑신의 자매들을 치료해준 사람이다. 사실 이 고원 지역에 리우라는 성은 흔하다고 한다. 파늘리에 가까이 흐르는 개천의 이름 리우Riou는 또한 어떠한가?

그러나 고원에도 봄은 온다. 3월 9일에는 첫번째로 협죽도가 핀다. 6월, 카뮈는 두번째로 파리에 다녀온다. 이때 그는 사르트르와 처음 만났다. 한편 그는 가끔 르 파늘리에에 와서 묵는 일명

'파욜'이라는 인물 및 그 아내와 친해진다. 그들은 샹봉을 거점으로 하는 레지스탕스의 지도자들이다. 그렇지만 카뮈가 레지스탕스와 접선하게 된 것은 치료를 위하여 생테티엔과 리옹을 드나들고 파스칼 피아, 퐁주, 그리고 새로 사귄 시인 르네 레노를 만나면서였다. 1941년부터 레지스탕스에 가담하고 1942년 초부터 콩바 조직의 지역 책임을 맡고 있던 시인 레노는 비에유 모네 가 6번지에 살고 있었는데, 그 집에서 카뮈는 소규모 청중들 앞에서 『오해』를 낭독한다.

한편 5월 19일, 카뮈는 그 와중에도 장 그르니에에게 먹을 것을 보낸다. "어제 식품 소포를 하나 보냈습니다. 그 속에는 먹는 방법을 제가 일부러 말씀드릴 필요가 없는 식료품 — 그리고 염소젖 치즈가 들어 있습니다. (……) 그리고 갈색 가루가 든 통이 하나 있을 것입니다. 그건 버섯 가루입니다. 제가 직접 따서 준비한 것입니다." 나는 카뮈가 버섯을 따기 위하여 헤매었을 법한 숲 언저리를 잠시 거닐어본다. 아무도 없는 여름 숲. 눈부신 햇빛 그 어디에도 지난날의 암울한 고통과 가난의 흔적은 없다.

5월부터 헌신적인 친구 파스칼 피아는 카뮈를 위하여 백방으로 노력한다. 그리고 절친한 앙드레 말로에게 편지를 쓴다. "내가 접해본 바에 따르면 그 사람은 체면 차리다가 굶어 죽는 한이 있어도 스스로 누구에게 뭔가 부탁을 할 수 있는 사람이 아니야." 그들의 노력이 결실을 맺어 카뮈는 마침내 갈리마르 출판사의 월

급제 편집위원으로 임명되었다. 1943년 11월 마침내 카뮈는 르 파늘리에를 떠나 파리로 간다. 갈리마르 출판사에 개인 사무실과 뤼 드 라 셰즈 거리 22번지에 호텔 방이 마련되었다.

너도밤나무 그늘이 싱그러운 오솔길을 걸어나오니 목재를 다 실었는지 길을 막고 있던 트럭은 간곳없고 한여름 빛 속에 인적 없는 하얀 길이 생테티엔과 레뇌로 떠나는 나의 행선을 향해 멀리 뻗어가고 있었다.

레뇌 마을의 종소리에서 무위를 배우다

우리 부부의 오랜 친구인 클로드 알르망 코스노는 소르본에서 철학을 전공하고 에콜 드 루브르를 졸업한 뒤 낭트 시립미술관 관장을 거쳐 프랑스 문화부의 고위직에 있다가 작년에 은퇴했다. 놀라울 정도로 키가 작고 똥똥한 체구에 언제나 얼굴에 웃음이 가득한 그녀는 그 예외적인 총명함과 친절로 나를 놀라게 한다. 무엇보다 귀에 쏙쏙 들어오는 프랑스어의 정확하고 경쾌한 발음 때문에 나는 늘 그가 하는 말을 즐거운 마음으로 경청하게 된다. 간혹 그의 말 중에 내가 모르는 단어나 표현이 등장할 때면 나는 즉시 그 의미를 물어보기를 좋아한다. 그러면 즉각 그의 입에서는 최상의 불어사전식 간결한 설명이 따라나오기 때문이다. 그는 알고 모르는 것의 구별이 확실하고 아는 것은 확실하게 알고 정확, 간명하게 설명할 줄 아는 명쾌하고 상쾌한 지식인이다.

그 친구가 오래전부터 생테티엔에서 그리 멀지 않은 포레즈 평원 한쪽 언덕 중세 마을에 상당히 큰 시골집이 있으니 언제든 한번 찾아와서 묵어가라고 청하곤 했었다. 좀처럼 엄두를 못 내고 있다가 이번 프로방스에서 파리로 올라가는 길에 들르기로 계획을 세워놓았다. '르 파늘리에'를 출발하여 시골 마을과 산길 언덕길을 돌고 돌아 생테티엔에 도착했을 때는 벌써 점심시간이었다. 그곳 렌터카 사무실을 어렵사리 찾아가 작동이 멈춘 내비게이션 기계를 새것으로 교체하여 클로드의 집이 있다는 레뇌 마을 '르 샤피트르 광장'을 행선지로 입력한 다음 40여 킬로미터의 낯선 길을 부지런히 달렸다.

발아래 깊은 계곡의 리뇽 강물을 굽어보며 높은 '언덕 위에 올라앉은' 11세기 이래의 중세 도시 레뇌는 인구 400명이 채 안 되는, 우리나라로 치면 면 소재지 정도 되는 마을. 목적지가 멀지 않았다고 느껴질 무렵 보앵이라는 작은 도시의 초입에서 내비게이션이 왼편으로 난 숲속의 오솔길 한구석에 숨은 외딴집 앞으로 우리를 안내하더니 "목적지에 도착했다"고 알린다. 그러나 어디에도 레뇌 마을 팻말은 없다. 외딴집에는 사람 그림자도 보이지 않는다. 이런 외딴집이 레뇌 마을일 리는 없지 않은가. 시내로 진입하여 몇 번이나 묻고 또 물은 결과 레뇌는 보앵의 바로 옆에 잇닿은 언덕 꼭대기의 다른 마을이라는 사실을 알아낼 수 있었다.

숲이 무성한 골짜기를 왼쪽에 끼고 멀리 돌아가자 높은 언덕 위의 마을이 눈에 들어온다. '레뇌' 팻말을 따라 인적 없는 언덕길을 오른다. 깊은 계곡 위에 걸쳐진 넓고 탄탄한 다리를 건너서자 건물 밑에 마을로 들어가는 요새의 성문 같은 통로가 보인다. 그러나 그 통로는 보행자용. 자동차로는 오른편으로 우회하도록 되어 있다.

마침내 내 자동차가 불쑥 들어선 곳은 중세풍의 해묵은 성당 앞 널찍한 정사각형 광장. 종탑을 바라보며 디귿자 성벽처럼 에워싼 하얀 3층 건물들이 한가하고 청결하다. 성당 맞은편 건물의 흰 벽에 시청mairie 표시가 선명하다. 우리로 치면 면사무소쯤 되겠다. 시청 건물 밑으로는 조금 전 밖에서 보았던 보행자용 통로. 시청과 직각을 이루는 왼쪽 건물의 육중한 대문 앞, 텅 빈 광장의 화사한 여름볕 속에 키가 자그마한 클로드가 혼자 미소 지으며 서 있다. 18세기 옛 모습 그대로, 장식이 없고 준엄한 인상을 주는 건물과 광장. 대문 앞 작은 화단에 보라색, 빨간색 수국이 보는 이 없이 저 혼자 흐드러졌다. 집 안으로 들어서기 전에 건물들의 전면을 둘러본다. 클로드의 집에 이어진 건물은 작은 학교다. 학생이래야 겨우 두 클래스란다. 옆 마을에 있는 학교의 두 클래스와 서로 오가며 교차수업을 한다는 설명이다.

광장을 에워싼 이 기이한 건물들은 지난날 프랑스 귀족 집안 출신의 세속수녀 '샤누아네스'들이 후배 세속수녀들을 교육하던 수도원 겸 일종의 기숙학교로 쓰이던 유서 깊은 곳으로 '샤피트르'라고 부른다. 광장과 건물들이 아무런 장식이 없고 준엄한 인상을 주는 까닭은 바로 수도원 분위기 때문이다.

클로드의 시부모님이 이 3층 건물을 매입한 것은 1960년 초였다. 오랫동안 재원과 시간과 정성을 바쳐 옛 문헌을 살펴가며 10여 개의 넓은 방과 복도와 창문 들, 우람한 서까래와 일곱 개나 되는 옛 벽난로, 거울, 샹들리에와 고가구와 벽장식을 옛 모습대로 복원하며 살다가 물려주셨단다. 성당, 시청, 학교, 바로 이웃의 청년센터를 제외하면 광장가에 사람 사는 곳은 클로드의 집과 광장 건너편의 건물이 전부다. 이 도시는 언덕 위 이 광장 주변의 '샤피트르'를 중심으로 언덕 아래쪽 계곡으로 이어진 나지막한 가옥들로 형성되어 있다.

짐을 현관에 들여놓자 클로드는 우선 집 안을 골고루 안내한다. 현관에 이어진 어둑한 복도는 웬만한 방보다 훨씬 넓다. 오른쪽은 10여 평은 족히 될 것 같은 주방과 다용도실. 큰 창문 두 개는 광장에 면해 있다. 복도 건너편, 천장에 샹들리에가 번뜩이는 넓은 식당 역시 광장 쪽으로 나 있다. 식당 저 안쪽으로 난 문을 열고 들어가면 아담하게 꾸민 살롱, 화장실, 복도 건너편의 푸른색 벽지를 바른 방과 그 안쪽으로 숨겨진 문을 통해 주방과 연결된 또하나의 '비밀의 방'. 복도 끝의 문을 열면 커다란 보리수와 살구나무가 그늘을 드리우고 그 나무 밑 잔디밭에 철제 탁자가 놓인 안뜰.

우리가 쓸 방은 2층의 복도를 사이에 두고 광장으로 면한 두 개의 방이다. 방들이 어찌나 넓은지 복도 건너편 방에 딸린 욕실과 화장실까지는 상당한 거리다. 복도 안쪽은 클로드의 아들 샤를과 그의 여자친구 레옹틴의 방, 다시 저 안쪽 클로드가 쓰는 방 두 개는 안뜰에 면해 있다. 다시 그만큼의 방들과 헛간이 자리잡은 어둑한 3층에는 이 집안의 오래 묵은 잡동사니 세간들이 자욱한 먼지를 뒤집어쓴 채 정리와 복원을 위한 손길과 상당한 재정적 예산의 준비를 기다리고 있다.

우리는 간단히 씻고 안뜰의 보리수나무 아래 철제 탁자 앞에 둘러앉는다. 클로드가 얼음과 위스키를 내온다. 머리 위의 파라솔이 걸러내는 여름 빛 속의 투명한 정적. 나는 도연명의 「오류선생전」을 모필로 쓴 전주 합죽선 하나를 클로드에게 선물로 건넨다. 평소에 늘 명랑한 클로드지만 이런 선물을 받으면 얼굴이 붉어지며 매우 수줍어한다. 그리고 자신도 내게 선물 꾸러미를 내민다. 마르셀 프루스트가 번역한 러스킨의 『아미앵 성서』 『참깨와 백합』, 그리고 1928년 아셰트 출판사에서 나온 『프루스트 서한집』이다. 특히 서한집은 1천 부 한정판 중 169번으로 귀중한 희귀본이다. 널리 알려진 중세 전문 학자로 생테티엔 현대미술관을 세운 그의 아버지 서가에서 나온 것 같다. 내가 은퇴 후 프루스트에 관심을 기울이고 있다는 것을 염두에 둔 배려가 고맙다.

집안 식구들 이야기. 클로드의 아들 샤를은 프랑스의 많은 젊은이들이 그러하듯 결혼하지 않은 채 여자친구 레옹틴과 함께 이곳에 살고 있다. 실험 동거 후 결혼을 할 수도 있고 그냥 계속 동거하거나 헤어질 수도 있다. 둘 다 농업학교를 졸업했다고 유기농에 관심이 많아 남미, 인도, 캐나다 등지에 가 살면서 그 방면의 경험을 쌓고 돌아왔다. 포레즈 평원의 어딘가에 좀 넓은 땅을 매입하여 유기농 농사를 짓는 것이 꿈이지만 팔려고 내놓은 땅을 구하기 어려워 때를 기다리고 있단다. 샤를은 여자친구 어머니의 이사를 돕기 위하여 잠시 집을 비우고 없다. 이곳 시청에서 임시직으로 일한다는 레옹틴이 잠시 집에 들렀다. 키가 후리후리하고 아름다운 그 아가씨는 매우 서글서글한 성격이지만 생활 속에서 쓰레기를 최소화하며 살아야 한다는 신념이 매우 강한 급진적 환경론자란다.

우리는 저녁식사 준비를 위하여 시청 밑 통로를 지나 다리 건너에 있는 클로드네 작은 채소밭으로 간다. 채소밭 건너편은 마을 공동묘지. 잘 가꾼 굵은 잠두콩, 상추, 무, 양파 등을 따서 바구니 가득 담아 온다. 이 채소들로 올리브유를 듬뿍 친 샐러드를 만들고 양고기 커리, 밥, 그리고 이곳의 명산품인 치즈, 붉은 포도주 등으로 저녁식사를 준비한다. 화려한 식당에 샹들리에 불이 켜진다. 핑크색 식탁보가 깔린 테이블 양끝에 은촛대를 세우고 촛불을 켠다. 밤 11시가 넘도록 계속되는 식사, 그리고 문학, 미술에 대한 담소. 창밖의 광장에는 옛날이야기 속 같은 어둠이 무성하다. 어둠이 짙을수록 별은 더욱 빛난다. 근엄한 샤누아네스가 검은 망토의 앞가슴에 단 하얀 천이 빛나는 법복 차림으로 교회의 육중한 문을 밀고 나와 천천히 광장을 건너서고 있을 것만 같다. 종탑에서 천천히 울리는 저녁 종소리가 하늘과 땅에 어둠의 침상을 넓게 펴놓는다.

내게 참으로 낯설고 놀라운 것은 이 광장과 마을의 절대적인 고요함이다. 이곳에 머무는 나흘 동안 내가 마주친 마을사람이라곤 성당의 신부님과 시청 직원들을 다 합하여 채 열 명이 되지 않았다. 마을에는 상점도 편의점도 없고 카페나 식당도 없고 공인중개소도 과외학원도 피시방도 없다. 물론 아무런 간판도 없고 광고판도 선거 벽보도 없다. 다만 길모퉁이 건물의 벽마다 도로명과 번지를 새긴 조그만 규격 도자기 팻말과 한두 개의 도로 표지판이 전부. '쥐죽은듯' 고요한 이 광장과 마을이 그렇다고 쓸쓸하거나 퇴락한 인상을 주는 것은 결코 아니다.

매시간마다 성당의 종탑에서 종소리가 (내 시계보다는 정확히 7분 늦게) 평원 저 위의 푸른 하늘로 멀리 퍼져갔다. 나는 편안한 의자에 앉아서 책을 읽다가 종소리가 들릴 때면 고즈넉한 독서를 동반하곤 했던 프루스트의 콩브레 마을 종소리를 상기하곤 한다.

"종탑에서 시간을 알리는 종소리가 울릴 때 마지막 종 치는 소리를 듣고 그걸 다 합하여 몇시인지를 알게 될 때까지, 이미 흘러가버린 오후의 시간이 조각조각 떨어져내리는 것을 바라보는 즐거움도 있었다. 마지막 종소리에 뒤이어 오는 긴 침묵은 저녁식사 때까지 독서를 하도록 나에게 허락된 모든 부분을 푸른 하늘에 펼쳐놓기 시작하는 것 같았다. 그리하여 프랑수아즈가 부엌에서 준비하고 있는 맛있는 저녁식사는 독서하는 동안 책 속의 주인공을 쫓아다니느라 피곤해진 나의 기운을 추슬러줄 것이었다. 또 시간을 알리는 종소리가 울릴 때마다, 나에게는 그전 시간을 알리는 종소리가 울린 지 불과 얼마 되지 않은 것같이 느껴졌다. 이제 막 울린 시간은 또하나의 시간의 바로 옆 하늘 속에 새겨졌다. 그들 두 개의 금빛 표시 사이에 끼어 있는 조그만 푸른색 궁형弓形 속에 60분이라는 시간이 들어 있다고는 도저히 믿어지지 않았다. 가끔 때 이르게 찾아오는 시간은 그 앞의 것보다 두 번을 더 치는 경우도 있었다. 그러니까 그 사이에 내가 미처 듣지 못한 시간이 하나 있었던 것이고 실제로 일어났던 무엇인가가 나에게는 일어나지 않았던 셈이다."

새벽에 일찍 일어나 혼자서 인적 없는 골목길을 산책하노라면 어디선가 닭 우는 소리, 육중한 석벽에 뚫린 눈부시게 하얀 창문에 가볍게 흔들리는 레이스 장식 커튼, 철책 저 안쪽 풀밭에 서 있는 자동차, 정원과 대문 앞에 충분한 영양을 흡수하여 만발한 장미꽃, 그 아래 놓인 초록색 물뿌리개는 그 안에 살고 있는 사람들의 존재뿐만 아니라 고요한 삶에 대한 지향과 단란함을 말해준다. 마을 끝에서 시작되는 숲속의 작은 오솔길을 무작정 따라 걷다가 나는 첫날 이곳을 찾아올 때 내비게이션이 왜 엉뚱하게도 옆 마을의 외딴집 앞에서 “목적지에 도착했다”고 알려주었는지 비로소 깨달을 수 있었다. 그 오솔길이 바로 외딴집 앞으로 통하는 지름길이었고 그 길이 보앵과 레뇌를 가르는 행정구역상의 경계였던 것이다.

우리는 주로 실내나 집 뒤 정원의 거대한 보리수나무 아래 앉아 이야기를 나누거나 책을 읽거나 짧은 낮잠을 자며 지냈다. 초여름 햇빛 속으로 느리게 흐르는 시간을 바라보며 아무것도 하지 않는 그 심심함이 나는 좋았다. 이틀째 되는 저녁 때 클로드가 마을 저 앞의 산꼭대기에 허물어진 고성이 하나 있는데 그곳에 가보자고 제안했다. 산비탈에 붙어 있는 몇 채의 인가를 지나 외길은 한참 산을 끼고 돌다가 비포장도로로 들어섰다. 길 양편에는 목초지와 채소밭. 비가 온 뒤여서 산골짜기에는 허연 이내가 떠돌았다. 인적이 없는 길이라 과연 차로 계속 가도 되는 것인가 자신이 없어질 무렵 길의 저 끝에 허물어진 고성의 실루엣이 드러난다. 나는 때로 제 모습을 갖춘 화려한 성채보다도 무성한 풀밭에 잔해만 남은 허물어진 성의 벽과 옛 모습을 잃지 않고 남은 창문, 혹은 뜰이 있었던 빈터에 깊이를 알 수 없는 심연을 감추고 있는 옛 우물, 그런 풍경에 더 마음이 끌리곤 한다.

널찍한 공터에 차를 세우고 다가가보니 그런 나의 마음을 미

성은 허물어져 빈터인데.

리 짐작이라도 한 듯 성의 한구석에 마련된 작은 접수대에서 한 젊은이가 입장료를 받고 표를 판다. 방문객이라곤 우리 셋뿐인 듯한데…… 아마도 언젠가는 이 성도 참을성 있는 사람들의 손에 복원되어 옛 모습을 되찾을 것이다. 성터는 매우 넓다.

높은 성벽을 따라 오르다 마는 계단을 따라 청소년 몇이 떠들어대며 기어올라가고 있다. 무쇠 창살이 고스란히 남아 있는 창문으로 내다보이는 깊은 계곡에는 아득한 옛날이야기를 실은 구름이 허옇게 떠 있다. 목동 셀라동은 목녀 아스트레를 사랑하였나니…… 내일 우리는 그런 사랑의 성을 찾아갈 예정이다.

바티 뒤르페 성의 신부와 마을의 혼례

프랑스 최초의 근대소설, 최초의 대하소설, 최초의 베스트셀러로 널리 알려진 '소설 중의 소설' 『라스트레L'Astrée』는 프랑스의 '가장 아름다운 고장' 포레즈 평원의 고즈넉한 배경 묘사로 시작된다. "오래된 도시 리옹에서 멀지 않은, 해 지는 쪽에 포레즈라는 고장이 있으니 그 조그만 고장은 골족 가운데서도 가장 귀한 것을 품고 있다. (……) 여러 곳에 수많은 시내가 그 맑은 물결로 들판을 적시며 흐르지만 그중 가장 아름다운 시내는 리뇽이니 그 흐름은 정처 없고 그 원천인 샘 또한 분간해내기 어렵다. 리뇽의 냇물은 세르비에르와 샬마젤 높은 산에서부터 푀르까지 벌판 가운데로 굽이굽이 흐르다가 루아르 강의 품에 안기니 리뇽은 본래의 이름을 잃고 도도한 루아르 강의 품에 안겨가서 바다에 공물로 바쳐진다."

레뇌에 도착하여 이틀이 지난 2012년 6월 30일, 나는 클로드에게 이 근처 어디엔가 17세기의 목가소설 『라스트레』의 산실로 알려진 '라 바스티 뒤르페La Bastie d'Urfé' 성이 있지 않느냐고 물었다. 크건 작건 모든 지식의 정확성을 중요시하는 클로드는 우선 고유명사의 발음부터 넌지시 고쳐주었다. "이곳에서는 '라 바티 뒤르페'라고 부르는데……" 아뿔싸! 난 그것도 모르고 지금까지 글자만 보고 잘못 발음해온 것인가.

성은 레뇌 마을에서 불과 8킬로미터 떨어진, 아주 가까운 곳에 있었다. 사실 이 고장은 내게 아주 낯선 곳이 아니다. 우연의 일치에 불과하지만, 나는 날짜까지 틀리지 않을 만큼 정확히 35년 만에 이 고장을 다시 찾은 것이다. 이 글을 쓰면서 내가 오래전에 펴낸 여행기 『시간의 파도로 지은 성』을 다시 펴보니 과연 그때의 기록이 남아 있다.

"중공업 도시 생테티엔을 지나 북으로 40킬로미터, 억수로 쏟아지던 빗줄기가 가늘어질 무렵, 1977년 6월 29일 오후 6시 작고 아담한 소읍 푀르에 도착, 하나밖에 없는 여인숙에 자리를 잡았다. (……) 89번 지방도를 타고 가다가 왼쪽에 자욱한 밀밭을 끼고 소로로 들어섰다. (……) 울창한 수목에 가리고 입구의 담장에 가려 잘 보이지도 않는 성의 입구에 들어서니 아름드리 느릅나무들이 우거진 어두운 정원이 나타난다."

35년 전, 나와 아내는 신혼부부 여행자였다. 그때 아내의 뱃속에 있던 큰딸은 그 사이에 어머니가 되었다. 그리고 35년이 지난 여름날, 아내와 나는 푀르와는 정반대쪽인 레뇌를 출발하여 같은 89번 지방도를 타고 라 바티 뒤르페 성의 주차장에 도착했다. 내가 꿈을 꾸는 것인가? 이른 아침이여서일까, 널찍한 뜰 안으로 들어서니 부속 건물 한쪽 구석에 있는 카페 안에서 테이블을 정돈하는 아가씨의 조용한 움직임뿐 인적이 없다. 아득한 옛날의 목동과 목녀의 사랑이 꿈처럼 마법처럼 고성의 고요 속에 멈추어 있다.

30여 년 사이에 옛 성은 전체적으로 수리, 복원된 것인지 그 인상이 판이해졌다. 하얗게 칠한 회벽이 낯설다. 11시 30분이 되어야 성관 안내원의 설명을 들으며 내부를 관람할 수 있다고 한다. 문이 열리기를 기다리는 동안 넓은 정원을 산책하기로 한다. 아무도 없다. 오직 우리 세 사람뿐. 전에 왔을 때는 늦은 저녁 시간이라 철책 밖에서 건물의 정면만 들여다보고 떠나야 했기에 이 깔끔한 정원은 처음이다. 기하학적으로 다듬은 나무들의 삼각형 윤곽과 울타리들이 반듯하다. 눈부신 흰색으로 단장한 성벽 아래 물이 흐르는 해자 옆을 천천히 걸으며 아담한 성을 바라본다. 한가한 고성, 하얀 드레스를 입은 신부가 검은 정장의 신랑과 함께 결혼 기념사진 촬영을 하느라 이곳저곳으로 옮겨다니며 포즈를 취한다. 목가적 사랑 이야기의 산실이니 과연 결혼 기념사진 촬영 장소로 잘 어울릴 것 같다.

『라스트레』는 아르카디아의 황금 시대 신화, 트리스탄과 이졸데, 성배 전설과 관련된 켈트 신화, 궁정의 기사도 사랑과 관련된 신화를 한데 집성한 소설이다. 전대미문의 폭력이 난무하는 종교 전쟁을 가로지르며 젊은 시절을 보냈던 오노레 뒤르페에게 사랑, 평화, 정의는 깊은 성찰의 핵심이었다. 소설 속의 드루이드 승 아다마스는 주인공 셀라동에게 이렇게 설명한다. “모든 아름다움은 우리가 신이라고 부르는 최고선으로부터 유래한다. 그것은 신으로부터 뿜어나와서 천지 만물 위에 쏟아지는 빛이다.” 신의 영감을 받은 연인들은 그래서 ‘그분’ 가장 가까이에 있는 존재들, 즉 인간들에게서 아름다움과 선을 발견하려고 애쓴다.

‘서랍 달린 소설’ 형식의 대하소설『라스트레』의 줄거리를 간단히 요약하기는 쉽지 않다. 중심된 줄거리는 물론 목동 셀라동과 목녀 아스트레의 사랑 이야기라고 할 수 있겠지만 거기에는 다른 등장인물들이 겪는 매우 복잡한 우여곡절과 정치적 야망, 그리고 권모술수가 뒤얽혀 있다.

옛날 옛적 5세기경, 갈리아 사람들이 드루이드 신관神官들의 지혜에 힘입어 평화롭게 살고 있는 포레즈 평원, 열네 살 난 목동 셀라동은 비너스 축젯날 어린 목녀 아스트레와 만나 사랑에 빠진다. 셀라동의 아버지는 그 사랑이 불길하다고 여겨 아들을 멀리 떼어놓지만 아스트레에 대한 그의 사랑은 더욱 뜨거워진다. 아스트레는 꾀를 내어 자신의 친구 아맹트를 사랑하는 체하고 아버지의 눈을 피하라고 셀라동에게 시킨다. 그러나 어느 날 셀라동이 정말로 아맹트를 사랑하게 되었다는 뜬소문을 듣고 오해한 아스트레는 그를 멀리한다. 절망한 셀라동은 아스트레의 눈앞에서 리뇽 강물에 몸을 던진다.

사나운 물결에 실려 떠내려가는 그를 숲속의 님프들이 구해준다. 그를 궁 안으로 데려가 돌보아주던 갈라테 공주가 그만 사랑에 빠져버린다. 그러나 마음속에 오직 아스트레뿐인 셀라동은 숲속에 신전을 꾸며놓고 그녀만을 생각한다. 마침내 셀라동은 드루이드 신관 아다마스의 도움을 받아 신관의 딸 알렉시로 변장하고 아스트레 앞에 나타나 친구가 된다. 그러나 결국 속임수를 알아챈 아스트레는 다시 그를 멀리한다. 아스트레도 셀라동도 삶의 의욕을 잃고 목숨을 버리기로 결심한다.

두 사람은 그들과 마찬가지 처지에 놓인 두 연인 실방드르, 디안과 함께 '진실의 샘'을 찾아간다. 그 진실의 샘물을 들여다보면 남자의 얼굴 옆에 일편단심의 연인이 비춰 보이거나 자신의 얼굴이 라이벌의 얼굴로 바뀌어 비치게 되어 있다. 그러나 그곳에는 샘을 지키는 사자들과 일각수들이 그들의 목숨을 노린다.

그들이 샘가에 이르자 무시무시한 폭풍이 일어난다. 마침내 폭풍이 진정되자 마법이 풀리고 야수들은 대리석 조각으로 변해버린다. 신탁에 의하여 진실의 샘은 그 위력을 회복하고 샘물에 비치는 모습을 보고 연인들은 서로의 사랑을 확인한다. 사랑하는 남녀는 쌍쌍으로 혼례를 올리고 포레즈 평원에는 환희가 넘친다.

11시 30분. 꽤 오래 기다린 끝에 거구의 중년 여성이 우리 앞에 나타났다. 그녀가 안내인이다. 1인당 입장료 4유로 50상팀. 그녀의 좀 험악하다 싶을 정도로 퉁명스러운 표정은 목가적인 사랑의 상상 속으로 빠져들고 있던 나를 가차없는 현실로 불러냈다. 그러나 일단 성관 안으로 들어서자 우리 셋이 전부인 관람객 앞에서 많은 청중을 상대로 강연하는 듯 말하는 그녀의 역사적, 고고학적 설명은 놀라울 정도로 소상하고 박식하다. 바로 이런 것이 프랑스 문화의 저력인지도 모른다.

1500년 7월 1일 성주 피에르 뒤르페의 아내는 결혼 후 5년이 지나도 아이가 없는 자신의 절박한 처지를 비관한다. 이를 딱하게 여긴 수녀들의 정성어린 기도 덕분인지 이듬해 2월 24일 그녀는 아들을 낳았으니 그가 "기적의 아이" 클로드 뒤르페다.(같은 해 신유년 11월, 우리나라 안동에서는 퇴계 이황이 태어났다.) 훗날 프랑수아 1세의 명을 받아 포레즈의 대법관이 되고 로마 주재 대사로 활동한 그는 예술과 문예의 애호가로 이탈리아 최고의 예술가들을 불러들여 이 오래된 요새형 저택을 개축하여 '르네상스풍의 보석'으로 탈바꿈시켰다. 성의 입구를 지키는 학문의 상징 스핑크스상, 성관 안에 독창적인 모습으로 꾸민 '물의 동굴'과 기도실, 도서관, 대연회실 등 곳곳에는 그의 깊은 신앙심의 증거들과 더불어 인문학의 체취와 세련미가 깊이 배어 있다.

클로드의 아들 자크 뒤르페는 슬하에 아들 여섯, 딸 여섯, 모두 열두 남매를 두었다. 그중 끝에서 둘째 아들이 바로 『라스트레』의 저자 오노레 뒤르페다. 그는 열세 살 때 아버지의 뜻에 따라 수도승이 되기로 서약했다. 열여섯 살 때 그는 명문 투르농 대학교(200여 년 후 시인 말라르메가 임시 교사로 부임하여 고통스러운 젊은 날을 보내게 될)에 입학하여 라틴어, 그리스어, 이탈리아어, 스페인어, 독일어, 철학, 역사, 수학 등을 익혀 인문학적 바탕을 갖춘다. 라 바티 성으로 돌아온 그는 학문을 넓히는 한편 성 주변으로 유유히 흐르는 리뇽 강변을 소요하며 전원 풍경의 아름다움에 깊이 빠져든다.

『라스트레』 목동들은 그런 정경과의 깊은 친화에서 길어낸 상상력의 소산이다. 그러나 종교전쟁의 소용돌이에 휘말린 시대는 그를 전원 풍경 속에 머물도록 버려두지 않았다. 열정적인 가톨릭 신자인 그는 스물두 살 약관의 나이에 가톨릭 동맹원으로 앙리 3세의 군대와 싸웠다. 1590년 5월에는 부대장으로 생테티엔 근처의 요새를 공략했고 두 번이나 포로가 되어 포레즈 지방의 주도 푀르와 몽브리종에서 수형 생활을 했다. 그의 문명을 세상에 알리고 한때 세네카의 작품에까지 견주어졌던 『도덕적 편지』를 쓰기 시작한 것은 바로 이 몽브리종 감옥에서였다.

푀르의 감옥에 갇힌 오노레의 몸값을 지불하고 구해준 사람은 만형 안의 아내인 디안 드 샤토모랑이다. 포레즈 총독이었던 안은 가톨릭 동맹 내에서의 활동을 이유로 총독직에서 해임되자 교황청에 아내와의 혼인관계를 무효화해달라는 청원을 넣고 수도원으로 들어갔다. 반면 오노레는 수도사로서의 서원을 무효화해 달라는 청원을 올려 교황의 허락을 받는다. 그리고 1599년 오래전부터 연모하던 일곱 살 연상의 형수 디안 드 샤토모랑과 결혼한다. 그는 『라스트레』의 제3부 서문에서 이렇게 노래했다. "그리운 리뇽 강이여, 내 그대에게 모든 감미로운 생각들과 사랑이 넘치는 숨결을 바치노라. 그 생각, 그 숨결은 그토록 행복했던 한 계절 동안 내 영혼에 그토록 달콤한 대화들로 자양을 주었으니 추억은 내 마음속에서 영원히 그 양식을 먹고 살리라." 여기서 말하는 '자양'은 바로 아름다운 디안 드 샤토모랑이 공급해준 자양이었다. 그러나 그들의 결혼은 행복하지 못했다. 디안은 그가 원했던 자녀를 낳지 못했다. 더군다나 그녀는 자신의 미모에 대한 자부심이 너무 강하고 거만했다. 결국 오노레 뒤르페는 디안과 합의하여 헤어지고 뷔제 근처의 비리외 르 그랑 성으로 옮겨온다. 이곳에서 그는 『라스트레』를 계속하여 집필한다.

전체 6부, 60책, 40개 이야기로 무려 5399쪽에 달하는 방대한 이 소설의 제1부에서 제3부까지는 1607, 1610, 1619년에 차례로 발표되었다. 1625년 뒤르페가 사망하자 그의 비서 발타자르 바로가 제4부를 완성하고 그 뒤를 이어 썼다고 전해진다. 소설은 온 유럽의 궁정, 살롱, 학교, 성 등 도처에서 읽혔고 수많은 언어로 번역되었다. 소설의 주요 등장인물들은 유명한 오뷔송 타피스리나 도자기를 장식했다. 게다가 셀라동이 청록색 옷과 리본을 즐겨 착용하였다 하여, 당시 중국을 통해 들어와 궁정에서 인기를 얻고 있던 고려청자는 '셀라동'이라는 불어 이름을 가지게 되었다.

라 바티 뒤르페 성에서 돌아온 뒤, 오후에 우리는 레뇌 마을 뒤쪽에 있는 또하나의 성 구틀라로 갔다. 한가하고 조붓한 언덕의 소로는 그 자체만으로도 충분히 아름답다. 구틀라 성은 소설 『라스트레』에서 주요 인물 드루이드 승 아다마스가 사는 '기막히게 멋진 저택'으로 묘사되어 있을 뿐만 아니라 작가 오노레 뒤르페와 함께 작은 문학 서클을 이루어 활동했던 문우 장 파퐁의 성이다.

성 입구의 넓은 풀밭에는 커다란 흰색 텐트가 쳐 있고 성장한 사람들이 북적댄다. 모두들 표정이 환하다. 결혼식 피로연인 것 같다. 신사들이 손에 샴페인 병과 유리잔을 들고 숲속에서 나오며 껄껄댄다. 아스트레와 셀라동의 사랑은 수백 년의 세월이 지난 후에도 계속된다. 고요한 성의 뜰을 지나니 다시 넓은 풀밭. 멀리 포레즈 평원의 파노라마가 나뭇가지 사이로 내다보인다. 아마도 축제에 따라온 듯한 어린아이들이 깔깔대며 쫓아다닌다.

발아래는 리뇽 강 골짜기. 성 뒤로는 포도밭과 소나무 숲을 거쳐 몽토부르 정상까지 소설의 배경이 된 '벨리자르의 길'로 올

레뇌 성당의 혼례.

라갈 수도 있다. 성의 담장 밑 풀밭에 '아스트레의 길'을 안내하는 아담한 조형물이 배치되어 있다. 소설이 그려 보이는 행동과 상징적 메시지를 이 고장의 풍경 속에 가시화하여 방문객을 꿈과 몽상의 세계로 초대하는 관광과 문화 프로젝트의 일부다. 아담한 조형물에 새겨진, 소설과 장소의 관계를 설명하는 글과 소설에서 발췌한 텍스트를 들여다보고 있자니 등뒤의 저쪽 오솔길에서 말발굽 소리가 들린다. 말 탄 사람들이 말없이 꿈결처럼 내 옆을 지나 숲이 우거진 언덕길로 사라진다.

레뇌로 돌아오니 그 고요하던 마을에 성당의 종소리 오래오래 울린다. 성당 앞에 문득 성장한 사람들의 무리. 그들에게 에워싸인 신부의 하얀 드레스가 눈부시다. 조촐하고 빛나는 결혼식이다. 광장 가운데는 1950년대식 화려한 녹색 캐딜락 한 대가 번쩍인다. 이 난데없는 혼례는 내가 꾼 낮 꿈이었을까?

『대장 몬느』의 잃어버린 영지로 가는 길

클레르몽페랑에서 71번 고속도로를 타고 북으로 약 100킬로미터쯤 달리다가 9번 출구로 나와 발롱 앙 쉘리의 북쪽 약 3킬로미터 지점. 조그만 옛날 학교, 면사무소, 성당, 직각으로 교차하는 두 개의 큰길가에 늘어선 나직한 가옥들에 겨우 400명 남짓한 주민들이 한가하게 모여 살고 있는 베리 지방의 작은 마을 에피뇌유르 플뢰리엘. 얼핏 보기에 별다른 특징이 없어 보이는 이 평범한 시골 마을은 소설 『대장 몬느』를 읽은 독자들의 몽상 속에 마치 신비의 섬처럼 떠 있는 전설적 공간이다. 나는 10여 년 전에 한 번 와본 적이 있다. 면사무소 옆 하나밖에 없는 카페에서 차를 마시고 있을 때 옆 테이블의 마을 토박이들이 이상한 눈길로 자꾸만 쳐다보던 기억이 난다.

조르주 상드의 노앙 성으로 가는 길목이기도 해서 이 마을을 한번 더 보고 가기로 했다. 마을 입구에 들어서자 벌써 길 왼편 높은 가로등 기둥에 모범생 필체의 흰색 글씨로 써붙인 '그랑 몬느의 집-학교' 안내판이 뚜렷하게 눈에 들어온다. 이 학교 겸 주택은 알랭 푸르니에Alain Fournier라는 필명으로 널리 알려진 앙리 푸르니에가 다섯 살(1891년) 때부터 열두 살 때까지 교사인 아버지의 상급반 학생으로 8년 동안 공부하며 살았던 곳이다. 1991년까지만 해도 여전히 학교였지만 1994년부터 『대장 몬느』의 작가를 기리는 문학관이 되어 방문객을 맞아들인다. 소설 속에서 이 마을은 '생트아가트'로 명명된다.

면사무소 앞 작은 광장. 가로수 그늘 밑에 차를 세우고 보니 바로 눈앞에 전에는 없었던, 그 '집-학교'의 안내소가 따로 있다. 점심시간이 끝나 문이 열리자면 20분 정도를 기다려야 한다. 사람의 그림자도 보이지 않는 하얀 대낮의 거리. 왼쪽에 담쟁이 덩굴 무성한 학교의 담장과 굳게 닫힌 철대문이 보인다. 건물 뒤쪽 어디선가 아이들 목소리가 떠들썩하게 솟아오른다. 나는 안내소의 흐린 유리창 너머로 진열된 각종 안내 서적, 소설 『대장 몬느』의 여러 가지 에디션, 그림엽서, 비디오테이프, 지도, 시각자료, 옛날 학생들이 쓰던 잉크병이나 철필, 철자 연습용 노트 같은 기념품들을 들여다본다. 문득 한 무리의 남녀 어린아이들이 학교 뒤편에서 나오더니 선생님인 듯한 남자와 함께 길 건너편에 주차해둔 승합차에 오른다. 금발의 키가 큰 소녀 하나가 차에 타지 않고 포도 위에 서서 오랫동안 우리를 건너다본다. 선생님이 차에서 내려 그 아이를 부른다. 차에 오르기 전에 또다시 그 소녀는 오랫동안 우리 쪽을 바라본다. 왜 그랬을까? 무엇이 궁금했던 것일까? 차가 떠난 뒤에도 인적 없는 길 위에 그 아이의 깊은 눈빛이 환영처럼 오래 남는다. 나는 문득 소설 속의 신비스러운 영지와 이본 드 갈레 양을 떠올린다.

알랭 푸르니에가 1차 대전 전장에서 28세의 젊은 나이로 사망하기 1년 전인 1913년에 발표한 소설 『대장 몬느』는 매부인 작가 자크 리비에르와 주고받은 편지들의 『서한집』을 제외한다면 저자가 남긴 하나밖에 없는 작품이지만 그 간결한 스타일, 신비스러운 이야기의 전개, 극도로 치밀한 구성으로 젊은 날의 꿈과 절대적 행복에 대한 초조한 갈망, 비현실 세계의 신비에 대한 다할 길 없는 매혹을 형상화함으로써 프랑스 현대 소설사에서 가장 높은 경지를 보여준 작품들 중 하나로 꼽힌다.

오귀스탱 몬느는 신비의 매혹에 '들린' 떠돌이인 동시에 그 신비의 세계를 여는 문이다. 소심한 붙박이 프랑수아는 하늘을 나는 들오리의 야성적 매혹에 충동을 느껴 날개를 푸덕거리는 집오리 같다. 몬느의 '모험'은 프랑수아뿐만 아니라 마침내 독자들의 가슴속에도 폭풍을 몰고 온다.

소설 『대장 몬느』의 화자인 열다섯 살 소년 프랑수아 쇠렐은 생트아가트 초등학교의 교사 쇠렐 부부의 아들이다. 그는 이 학교의 교사인 부모님과 함께 학교의 '상급반 건물'에 살고 있다. 개학한 지 한 달 뒤 열일곱 살 난 오귀스탱 몬느가 그 집의 하숙생으로 들어온다. 이 '대장 몬느'의 기이한 행동은 프랑수아의 단조롭던 학교생활에 격동의 변화를 가져온다. 성탄절을 일주일 앞둔 어느 날 아침, 몬느는 프랑수아의 조부모님을 마중하기 위하여 역으로 간다면서 아무도 모르게 마차를 빌려 타고 혼자 비에르종으로 떠난다. 그날 저녁 어떤 사람이 길에서 빈 마차를 발견하고 끌어다준다. 사흘 뒤 신비에 싸인 표정으로 돌아온 몬느는 입을 봉한 채 자신이 다녀온 행로를 되짚어 찾아갈 지도를 작성하는 데만 골몰한다. 그가 저고리 밑에 감추어서 입고 있는 그 비단 조끼는 어디서 난 것일까? 그는 또다시 어디로 떠나려고 하는 것일까? 그의 수수께끼는 프랑수아와 다른 학우들의 호기심을 강하게 자극한다.

몬느가 프랑수아에게 비밀을 털어놓는다. 그는 마차에서 졸다가 길을 잃었다. 망아지는 달아났고 그는 무릎을 다쳤다. 양 우리에서 하룻밤을 보내고 난 그는 길을 잃고 헤매다가 문득 어떤 신비스러운 영지와 성을 발견한다. 성주의 아들인 프란츠 드 갈레의 약혼식을 위하여 아이들, 장돌뱅이, 희극배우, 이상한 복장의 농부, 보헤미안 등이 기이한 축제를 벌이고 있다. 그곳에서 몬느는 어떤 젊은 여자를 만나 마음이 끌린 나머지 그 여자를 따라가 함께 배를 타고 대화를 나눈다. 이본 드 갈레라고 이름을 밝힌 그녀는 자신을 더이상 따라오지 말라고 당부한다. 한편 부르주에서 약혼녀를 데리고 와서 사람들에게 소개하기로 했던 프란츠는 혼자 나타나서 약혼녀가 떠나버렸다고 말한다. 절망한 그는 이제 더이상 살고 싶지 않다는 말을 남기고 사라진다. 몬느는 서운한 마음으로 그 영지를 떠나 생트아가트로 돌아온다.

몬느와 프랑수아는 그 신비스러운 영지가 어딘지 알아내고 싶어 애를 태운다. 2월 어느 날 저녁, 이마에 붕대를 감은 기이한 보헤미안이 이 마을에 나타나서 몬느가 기억을 더듬어 작성하기 시작한 지도를 빼앗아간다. 이튿날부터 학생들의 새로운 대장 행세를 하기 시작한 그는 문제의 지도를 보완하여 되돌려주면서 언젠가 자신이 구원을 요청하기 위하여 부르면 언제든 달려와 돕겠다고 맹세할 것을 요구한다. 그와 몬느와 프랑수아 세 사람은 변하지 않는 친구가 되기로 약속한다. 파리로 간 이본의 주소를 몬느에게 알려준 후 보헤미안이 머리에 감고 있던 붕대를 풀자 그의 정체가 밝혀진다. 그는 바로 신비스러운 영지의 약혼자, 절망한 나머지 자살하려다가 살아난 프란츠 드 갈레인 것이다. 이튿날 프란츠는 친구들을 남겨놓고 사라진다. 잃어버린 행로를 되찾을 희망이 사라지자 몬느는 혼자 이본 드 갈레를 찾기로 결심하고 파리로 떠난다. 그러나 그는 프랑수아에게 보낸 세 통의 편지에서 탐색이 실패했음을 알린다. 이본이 결혼을 했다는 것이다.

1년도 더 지난 뒤, 비외 낭세 마을의 삼촌 댁에서 바캉스를 보내던 프랑수아는 폐허가 된 사블로니에르 성과 영지를 발견한다. 그는 이본이 결혼하지 않았으며 몬느를 잊지 않고 있다는 사실을 알게 되는 한편 무아넬 아주머니로부터 축제에서 돌아오는 길에 어떤 불쌍한 처녀를 구하여 집에 데리고 와서 하룻밤 재워 보낸 일이 있다는 기이한 이야기를 듣는다. 그러나 몬느에게 이본의 소식을 알릴 일에 마음이 급해진 그는 아주머니가 만난 여자 이야기를 잊어버린다. 마침내 몬느는 이본을 다시 만나 결혼한다. 그러나 결혼 첫날밤, 그를 찾아와 도움을 청하는 프란츠의 "부르는 소리"를 듣고 몬느는 지난날에 맹세한 대로 홀연히 그를 찾아 떠나버린다. 이웃 마을 학교의 교사가 된 프랑수아는 이본을 위로하려 애쓴다. 혼자 남은 이본은 딸아이를 낳고 죽는다. 사블로니에르에 와서 살게 된 프랑수아는 그곳에서 몬느의 일기를 발견하고 파리에서 그 친구에게 있었던 충격적인 사연을 알게 된다. 이본을 찾아 헤매는 동안 몬느는 어떤 다른 여자를 만나 사랑했다. 어느 날 그 여자가 간직하고 있는 옛 애인의 편지를 읽고 그 여자가 바로 프란츠의 사라진 옛 약혼녀, 그리고 무아넬 아주머니가 길에서 만난 처녀 발랑틴 블롱도라는 사실을 알게 된다. 발랑틴과의 사랑이 불가능하다는 사실을 깨달은 그는 그녀를 버린다. 그러나 곧 후회한다. 그는 프란츠와 발랑틴을 서로 결합시키지 않고는 마음의 평화를 찾을 수 없음을 깨닫는다. 마침내 그 임무를 완수한 그는 사블로니에르로 돌아온다. 이본 드 갈레도, 그의 늙은 아버지도 죽은 뒤 남은 어린 딸아이의 후견인이 되어 그곳에 조용히 살고 있던 프랑수아의 삶은 다시 혼란스러워진다. "나는 대장 몬느가 찾아와서 자신이 내게 남겨준 유일한 기쁨을 빼앗아가려 한다는 것을 느낄 수 있었다. 나는 벌써 한밤중에 그 아이를 외투에 감싸안고 또 새로운 모험을 찾아 떠나는 그의 모습을 상상하고 있었다."

드디어 점심시간이 끝나고 나타난 안내소 여자가 "담쟁이덩굴 아래 다섯 개의 유리문이 보이는 이 길고 붉은 건물" 마당으로 들어가는 철문을 열어준다. 우리 두 사람은 어둑한 교실로 들어선다.

19세기 말에서 20세기 초 제3공화국 시절 특유의 옛 교실엔 몇 줄의 긴 나무 책상과 의자, 선생님의 교탁과 칠판. 현실과 환상의 경계가 흐려진다. 대장 몬느와 프랑수아의 '모험'이 "황량한 바위에 부딪치는 파도처럼 밀려갔다가 되밀려와 부서지곤 했던" 그 세계가 눈앞에 열린다. 금방이라도 "난로 위에 굽고 있는 정어리 냄새와 실내에 들어서면서부터 너무 가까이에서 불을 쬔 학생들의 털옷 눋는 내"가 풍길 것만 같다. 까마득한 어린아이 시절로 돌아간 느낌이다. 프랑수아가 앉던 자리에 앉아본다. 그러나 현실의 내겐 너무 좁고 낮은 의자. "앉는 자리가 가장 나이 어린 학생들이 차지하는 앞줄 책상 맨 끝 창가인 나는 약간만 몸을 일으켜

세워도 곧장 정원과 저 아래쪽 개울과 들판을 내다볼 수가 있다. 나는 이따금씩 발끝을 세워서 라벨에투알 농장 쪽을 불안한 마음으로 바라다보곤 한다. 몬느가 떠나버렸다는 것을 알고 있으니 말이다."

두 개의 교실을 지나 문을 열면 바로 작가의 아버지, 어머니가 거처하던 집이다. 독립된 방이라기보다는 2층으로 올라가는 계단 밑의 통로에 불과한 좁은 부엌. 초보적인 화덕과 가난한 주방기구들. 그 옆은 식당이다. "아버지는 교실의 난롯불을 우리 식당의 벽난로로 옮겨오곤 했다." 붉은 타일이 깔린 바닥. 둥근 탁자와 네 개의 의자. 벽난로 위에 램프가 켜져 있다. 이어진 "붉은 방"의 침대. "어머니는 밤늦게까지 어두컴컴한 방에 틀어박혀 형편없는 옷을 깁곤 했다. 어머니는 자기처럼 가난하지만 자존심 강한 친구 중의 한 사람이 갑자기 방문할까봐 두려워 그렇게 틀어박혀 있는 것이다."

황량한 나무 계단을 따라 올라가본다. 다락방. "우리 방은 대단히 큰 다락방이었다. 반은 채광창이 나 있는 고미다락이었고, 반은 침실이었다. 그 방과 붙어 있는 다른 다락방들에 창문이 나 있었다. 우리들은 왜 그 방에 천창이 뚫려 있는지 알지 못했다. 문이 마룻바닥에 닿아서 완전히 닫을 수가 없었다. 밤새도록 우리를 에워싼 세 개의 다락방에 가득한 침묵이 침실까지 뚫고 들어오는 것을 느끼곤 했다." 몬느가 아주 떠나버린 날 저녁, 프랑수아는 그 다락방에서 혼자 "슬픔의 밑바닥에서 올라오는 듯한 회한을 억누르려고" 일찍 잠자리에 든다. "한밤중에 두 번씩이나 잠을 깼다. 처음에는 갑자기 돌아눕는 몬느의 버릇 때문에 들리곤 했던 침대 삐걱거리는 소리가 난 것 같았기 때문이고, 또 한번은 망보는 사냥꾼과 같은 그의 가벼운 발걸음 소리가 저쪽 다락방을 지나가는 것 같았기 때문이다."

낮은 천장 아래의 다른 방을 거닌다. 빨랫줄에 허연 시트들이 유령처럼 걸려 있고 낡은 고리짝에 담긴 먼지 앉은 잡동사니들, 가면, 마네킹, 헌 책, 모자. 흐린 거울이 걸린 벽 밑에는 낡은 천 위에 널어 말리는 보리수 잎. 칠판에는 1901년 3월 19일 수요일의 도덕 수업 과제가 분필로 적혀 있다. "의지란 자유로운 결단을 내리는 자질이다." 나는 다락방의 창가로 가서 마을을 내려다본다. 알랭 푸르니에는 어느 날 바로 이 창가에서 마을을 내려다보며 사진을 찍었다. 그 사진 속에는 지금 내 차가 서 있는 면사무소 앞쯤에 그의 어머니가 양산을 들고 걸어간다. 그 옆에 눈부시게 하얀 옷을 입은 그의 누이동생 이자벨이 어머니의 손을 잡고 걷는다. 1905년 6월 1일 예수승천절, 파리의 그랑 팔레에서 전시회를 보고 나오다가 18세의 알랭 푸르니에가 문득 마주쳤다는 일생일대의 여인, 흰옷을 입은 금발 미녀 이본 드 키에브르쿠르. 그리고 신비스러운 영지의 흰옷을 입은 이본 드 갈레. 이 박명의 다락방에는 작가의 삶을 관통해가는 여인들의 환영이 하얗게 바랜

다락방 침실과 천창. >>

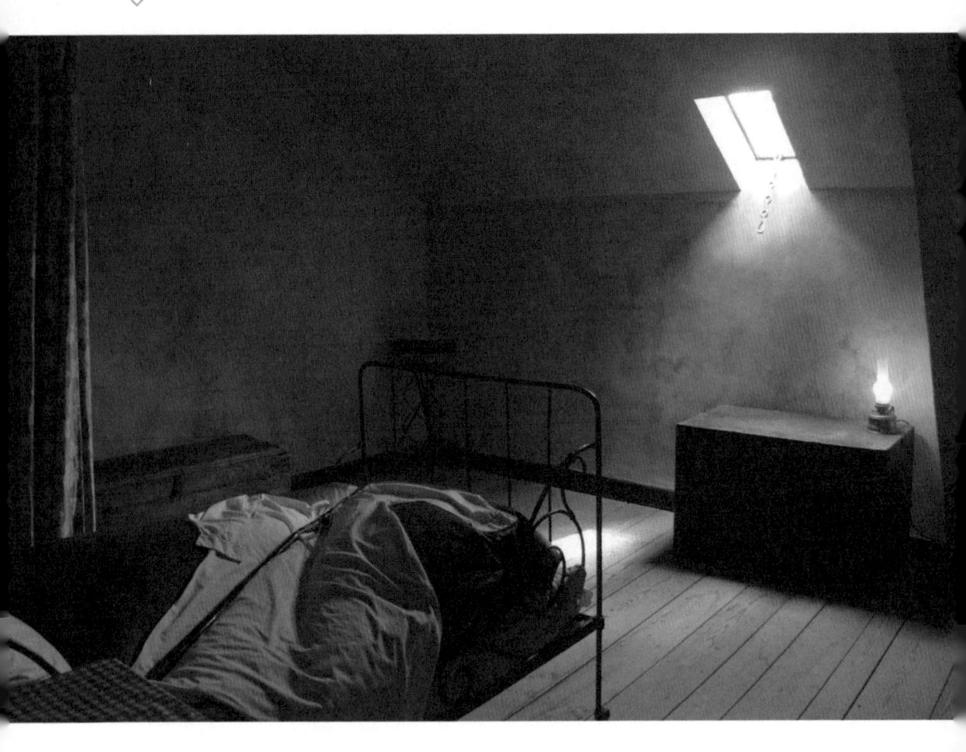

빨래들처럼 걸려서 흔들린다. 이제 그만 밖으로 나가는 것이 정신 건강에 좋겠다.

학교 마당을 건너 철대문을 나서니 인적 없는 마을에 가득한 여름 대낮의 햇빛이 눈부시다. 마법이 풀렸다. 마을 성당에 들렀다가 노앙으로 가는 방향의 교차로에 이르니 문득 저 앞 표지판이 '몬느'라는 이웃 마을을 가리켜 보인다. 작중 인물의 이름이 어디서 왔는지 알겠다.

노앙 성에서 조르주 상드의 이웃이 되어

에피뇌유 르 플뢰리엘에서 노앙 비크(이것이 노앙 마을의 공식 명칭이다)까지는 80킬로미터 남짓한 거리다. 라 샤트르를 향해 서쪽으로 호젓한 시골길을 따라가다가 퀼랑 성을 지나면 이내 943번 지방도를 만난다. 그 도로를 타고 한참을 달리면 상드의 유명한 전원소설 『라 프티트 파데트』(우리말로는 흔히 '소녀 파데트'라고 번역한다)에서 어린 파데트가 늙은 할머니와 장애인인 동생을 남겨두고 고향 코스를 떠나 지내는 동안 옛날과는 판이한 모습으로 성숙, 변화하는 마을로 그려진 샤토 메양을 지난다. 그리고 이내 노앙 사람들에게는 일종의 '읍내'라고 할 라 샤트르. 거기서 노앙까지는 불과 5킬로미터다. 상드의 아버지는 라 샤트르에서 말을 타고 노앙으로 돌아오는 길에 사고로 목숨을 잃었다. 상드의 나이 불과 다섯 살 때였다.

노앙의 팻말이 보이는가 싶으면 벌써 길의 왼편에 노앙을 방문하는 사람들을 위한 널찍한 주차장이 나타난다. 주차장에서 길 건너편으로 보이는 숲이 노앙 성이다. 그러나 나는 마을 안으로 곧장 들어간다. 내가 예약한 호텔이 마을 안에 있다고 했으니까. 오른쪽에 노앙 성의 담을 끼고 마을 안으로 들어서자 물어볼 것도 없이 낯익은 생트 안느 성당 앞 광장. 해묵은 성당은 복원공사 중이다. 그 맞은편에 호텔의 간판이 보인다. 시골 분위기가 물씬 풍기는 소설 제목 그대로 '오베르주 드 라 프티트 파데트', 즉 '소녀 파데트 여인숙'이다.

키가 성큼하고 눈빛이 싱그러운 부인이 호텔의 2층 복도 끝방 10호실로 안내한다. 서향 볕이 방안에 가득하다. 간단히 씻고 창밖을 내다보니 앞집 뒷마당의 빨랫줄에 걸린 하얀 옷가지들이 한가하게 흔들린다. 시골의 평범한 일상이 호젓하다. 밖으로 나선다. 호텔 옆 건물이 조그만 관광안내소다. 상드의 성을 방문하기에는 좀 늦은 시각이란다. 내일 아침 10시 15분에 해설자의 안내를 받으며 방문할 수 있다고 한다. 그러나 성의 문을 닫는 저녁 6시 전이므로 성관 내부가 아닌 정원은 아직 개방되어 있다.

정문으로 들어서서 성관의 왼편으로 돌아가니 해묵은 느릅나무의 어둑한 그늘 밑에 상드의 가족묘지가 나타난다. 조르주 상드의 육중한 묘석을 중심으로 왼편에는 딸 솔랑주, 조모 오로르

뒤팽 드 프랑쾨유, 아버지, 손녀 오로르의 무덤, 오른편에는 아들 모리스와 어머니 소피의 무덤이다. 가족묘지 울타리 저 너머는 마을의 공동묘지와 밀밭.

한세상을 주름잡으며 질풍노도와 같은 삶을 살고 나서 만년에는 고향으로 돌아와 느긋하고 사랑으로 충만한 여생을 보낸 끝에 자기 집 안뜰 느릅나무 밑에 묻히는 사람들은 행복하도다! 하기야 그냥 범상한 집안 사람들이 아니다. "조르주 상드 가문의 역사를 연구하는 사람이 미리부터 기이하고 파란만장한 운명을 예견하게 되는 것은 자연스러운 일이다. 어느 집안에나 조상 중에 한두 사람 정도의 비범한 인물이 있을 수는 있다. 그러나 조르주 상드의 조상들은 모두가 다 비범했다. 왕이 수녀와, 위대한 군인이 무희와 엮였다. 여자는 하나같이 동화 속에서처럼 오로르라는 이름을 가졌고 그 여자들은 애인을 사귀면 아이를 낳았고 그렇게 낳은 자식들을 애인보다 훨씬 더 사랑했다. 애인과의 사이에 우박처럼 태어난 사생아를 수치심 없이 당당하게 인정했고 자랑스럽게 양육했다. 그들은 모두가 다 매력적인 무정부주의자들로 상냥한 마음씨를 가졌고 게다가 잔혹했다." 전기 작가 앙드레 모루아의 말이다.

그러나 이제 상드 가문의 역사는 더이상 계속되지 않는다. 조르주 상드가 숨을 거두었을 때 아들 모리스의 큰딸 오로르는 열 살, 그 동생 가브리엘은 여덟 살이었다. 두 손녀 모두 결혼했지만 후손이 없었다. 유산을 물려받은 오로르는 1952년에 노앙 성을 국가에 헌납한 뒤 1961년 죽을 때까지 노앙 성에 살았다.

가족묘지에서 나와 성관의 반대편 넓은 정원으로 나선다. 모래 깔린 소로의 좌우에 펼쳐진 넓은 잔디밭가에 향초 덤불. 꽃이 만발했다. 농기구를 넣어두는 곳인 듯 두 채의 작은 건물이 화단 사이 적당한 거리를 두고 저녁 빛을 반사한다. 오른쪽, 일정한 간격으로 늘어선 사과나무들 사이 풀밭이 양탄자인 양 푹신하다. 돌아서서 성관 쪽을 바라보니 큰 나무 밑 벤치에 어떤 노부부가 오후의 볕을 즐기며 앉아 있는 뒷모습이 정겹다. 사과나무 정원 옆에는 기하학적으로 다듬은 생목 울타리 사이로 신비한 모퉁이를 돌고 또 도는 어둑한 오솔길의 미로정원이다. 인적이 없는 미로의 끝엔 빛이 환하게 비쳐드는 빈터. 문득 동작을 멈춘 무희의 황금빛 팔. 꿈속을 헤매는 것만 같다. 미로에서 빠져나오니 성관의 정면 뜰이다. 노앙 성에 올 때마다 크고 둥근 이 돌 연못 앞에서 사진을 찍곤 한다. 관광안내서에서 늘 보는 그 사진. 성관을 배경으로 양쪽에 뭔가 할말이 있는 듯 하늘을 손가락질하는 아름다운 거목 두 그루. 각각 조르주 상드의 아들 모리스와 딸 솔랑주가 태어난 것을 기념하여 심었다는 서양 삼나무들이니 나이가 이백 살 가깝다.

아직 해가 남았으므로 마을 안을 산책하기로 한다. 수리중인 성당 뒤쪽 골목을 따라가니 오른쪽은 노앙 성에 이어진 넓은 밭,

왼쪽은 큰 나무들이 늘어선 숲과 들, 짙은 갈색 지붕들이 정다운 골목의 끝은 라 샤트르와 샤토루를 잇는 대로다. 그러니까 노앙비크 마을은 상드의 노앙 성과 자그마한 호텔 하나, 성당, 관광안내소, 그리고 마을 사람들의 가옥 몇 채, 돌담 위로 뻗어간 수십 년 묵어 보이는 칡넝쿨, 어느 집 뜰인지 초록이 유난히 짙은 풀밭, 거기 엎드려 있는 고양이, 그게 전부다. 상점도 없고 사무실도 없다. 그 속에 저무는 저녁 하늘의 채색 구름과 노랗게 찰랑대는 저녁 빛이 주연이다. 문득 나도 이 마을에 오래전부터 살아온 주민의 하나인 것 같은 착각.

아직 문이 열려 있는 서점이 있다. 조르주 상드의 널리 알려진 소설들은 물론 그가 사랑했던 연인들, 뮈세나 쇼팽과 관련된 책들과 음반들이 다양하게 진열되어 있다. 정다운 친구 백건우의 낯익은 피아노 협주곡 청록색 표지도 눈에 띈다. 상드의 열정적인 남성편력은 오랜 세월이 지난 뒤 노앙 마을 서점의 넓은 홀에 이토록 풍성한 자취를 남기고 있다. 상드의 사인이 있는 깃털펜과 『라 프티트 파데트』 포켓북 한 권을 산다.

이튿날 아침, 간단한 식사를 끝내는 즉시 노앙 비크 마을 인근, 상드의 전원소설들의 무대가 된 곳을 한 바퀴 돌아보기로 한다. 소설은 물론 상상의 소산인 허구에 불과하지만 사람들은 종종 현실 속에서 그 모델을 찾고자 한다. 『조르주 상드의 고장』이라는 작은 책자는 소설 『마의 늪』과 관련된 숲길을 안내하고 있다. 순박한 홀아비 제르맹은 장인 영감의 뜻을 받아들여 부유한 과부와 선을 보기 위해 말을 타고 떠난다. 남의 집 양치기로 일하기 위하여 떠나는 처녀 마리, 그리고 한사코 함께 가겠다고 따라나서는 어린 아들 피에르와 동행이다. 그들이 큰길을 벗어나 숲으로 들어갔을 때는 이미 해가 져서 어두웠다. "밤이 되면서 피어오르기 시작한 안개 때문에 방향을 가늠하기가 어려워졌다. 하얀 달빛을 받아 더 짙어지고 앞을 분간하기 어려운 가을밤 안개였다. 숲속의 빈터 여기저기에 널려 있는 큰 물웅덩이에서 아주 짙은 김이 피어올라서 그들이 타고 가는 말이 그곳을 건널 때 물이 철벅거리는 소리를 내고 진흙 속에서 발을 빼느라고 애를 쓸 때야 비로소 길을 잘못 든 것을 깨달았다."(달빛, 안개, 숲, 물웅덩이……낭만주의의 소도구는 다 갖추어졌다!)

그러나 메르 쉬르 앵드르 마을 끝에서 내가 만난 것은 밤안개가 아니라 싱그러운 여름 아침의 숲이다. 나무 그림자가 발처럼 드리운 곧게 뻗은 숲속의 길. 웃자란 고사리가 밀림 속 같다. 어느 한 곳에 작은 팻말이 있어 차를 세우니 『마의 늪』 가는 길이라고 표시되어 있다. 숲속으로 난 오솔길엔 이른 아침 빛에 반사된 이슬만 반짝일 뿐 인적이 없다. 한밤중에 제르맹과 마리가 길을 잃은 곳이 저 숲속이었을까? 열여섯 살 먹은 처녀 마리는 모닥불가에서 잠이 들었다. "홀아비 제르맹은 모닥불 맞은편으로 가서 마리가 잠이 깰 때까진 움직이지 않으리라 맹세했다. 맹세를 지키는 것이 쉬운 일이 아니었다. 그는 정말 미칠 것만 같았다. 자정이 넘어 안개가 걷히자 나무 사이로 별들이 반짝였다." 물론 노앙의 할머니 조르주 상드의 너그러운 소설이고 보니 모든 것이 다 좋게 끝나게 되어 있다. 제르맹과 마리는 결혼을 하고 "많은 아이를 낳고 행복하게 살았다." 우리는 상드의 이 품 넓은 낙천성을 좋아한다.

다시 노앙으로 돌아온 우리는 성관 안으로 들어가 해설자의 안내를 받는다. 하인을 부를 때 흔드는 서로 다른 용도의 종 다섯 개. 튼튼한 무쇠화덕이 설치된 주방, 그 옆 살롱의 한가운데에는 노앙에 초대받은 귀한 손님들, 플로베르, 발자크, 투르게네프, 폴린 비아르도, 들라크루아, 알렉상드르 뒤마 피스 등의 명패가 놓인 원탁. 조르주 상드는 시골에 와 머무는 동안 파리의 살롱을 그리워하는 애인 쇼팽의 기분 전환을 위하여 많은 사람들을 초대하곤 했다. 당시 파리에서 이곳까지는 먼길이었다. 1841년 외젠 들라크루아는 파리에서 아침 8시에 우편마차를 타고 떠나서 저녁에 오를레앙에 도착, 하룻밤을 여인숙에 묵었다. 그리고 다음날 점심 때쯤에야 비로소 노앙에 도착했다. 여정이 멀고 힘들어 초대받은 손님들은 고생이 많았다. 그러나 1847년 샤토루까지 철도가 부설되자 여행은 좀 쉬워졌다.

그렇지만 이미 명성이 확고해지고 난 뒤에도 상드 자신은 파리의 사교계 출입에 그다지 열을 올리지 않았다. 초원과 숲속에 사는 것을 더 좋아한 그녀는 여러 계절을 송두리째 노앙에서 보냈고 1년에 그저 한두 번만 파리에 올라갔다. 상드는 자신의 집에 초대받아 온 사람들이 무엇을 필요로 하는지 잘 알았다. 쇼팽은 오직 노앙에 와 있을 때만 작곡을 했다. 파리에 있을 때는 작곡을 할 여유가 없었다. 상드는 쇼팽이 조용한 분위기를 누릴 수 있도록 최대한 배려했고 모든 편안한 환경을 만들었다. 1841년에는 비밀리에 피아노 한 대를 빌려 노앙으로 가져왔다. 일주일 넘게 걸렸다. 작곡가가 자기 방에 도착했을 때 깜짝 놀라며 기뻐하도록 하기 위함이었다.

1839년부터 1846년까지 쇼팽은 베리에 와서 지내는 여름 동안 무려 40여 곡을 작곡했다. 그의 손끝에서 솟아난 곡을 들으며 상드는 그를 격려했고 그 걸작을 찬탄해 마지않았다. 리스트 역시 일부러 파리에서 실어 온 그랜드 피아노를 살롱에서 보고 기뻐한 나머지 여러 날 동안 틀어박혀 작곡을 했다. 들라크루아는 창문을 통해서 들려오는 쇼팽의 음악에 귀를 기울인 채 영감을 길어내면서 꽃다발 정물화를 그렸다. 그러나 이제 2층에 있던 쇼팽의 방은 없다. 그가 사망한 뒤 30여 년을 더 살았던 상드의 체취만 가득하다.

식사가 끝나면 손님들은 살롱의 커다란 테이블 주위에 둘러앉아 각자가 좋아하는 일에 몰두했다. 살롱의 유명한 탁자는 노앙의 생활을 단순하게 요약하여 보여준다. 아들 모리스는 연극 각본을 쓰거나 손님들 얼굴을 그렸고, 랑베르는 꽃들과 짐승들을 그렸고, 쇼팽은 작곡한 작품을 정서했고, 들라크루아는 노앙에 두고 갈 작품 〈성모의 교육〉의 마지막 손질을 했고, 상드는 들라크루아에게 줄 보네트 모자 뜨개질을 했고 큰 소리로 페니모어 쿠퍼의 소설을 읽었다. 밤 11시가 되면 하인이 여남은 개의 촛대나 석유램프를 가지고 와서 불을 켰다. 그러면 각자 하나씩의 등불을 들고 저녁 인사를 하며 계단을 올라갔다. 밤새도록 글을 쓴 상드는 다음날 점심때나 되어야 나타나서 오후 시간은 친구들과 어울렸다.

노앙 비크 마을을 떠나 아제 르 리도와 발자크의 사셰 성을 향하며 우리는 마지막으로 『앙지보의 방앗간 주인』의 무대가 되었던 물방앗간에 잠시 들러 가기로 했다. 노앙에서 불과 5킬로미터 정도 떨어진 호젓한 시골길 끝에 좁고 깊은 앵드르 강 지류, 다리 하나를 건너서니 나무 울타리를 따라 물방앗간 입구가 나타났다. 18세기 말에 만들었다는 물방아는 지금도 여전히 돌고 있다. 너무나 아름다운 정원 안, 꽃을 잔뜩 실은 큰 수레, 나무다리. 밀을 빻던 방앗간은 이제 작은 박물관이 되었다.

수백 년 묵은 거목들이 그늘을 드리우고 그 밑에 호수처럼 흐르는 강물은 집과 꽃과 다리와 여름날의 환한 고요를 비추는 거울이 된다. 이런 한적한 낙원에 오래오래 머물며 몽상에 잠기고 싶지만 갈 길이 바쁘다. 아쉬움은 그리움이 되어 강물 따라 느리게 뒤를 따라온다.

^^ 앙지보의 방앗간.

루아르의 보석 아제 르 리도와 사셰 성 골짜기의 하얀 꽃

"내가 어리둥절한 무감각 상태에서 벗어나도록 하는 데는 불멸의 영약인 시골에서의 휴식이 제일 좋을 것 같다고 판단한 어머니는 나를 프라펠르로 보내 며칠간 머물게 했다. 그곳은 앵드르 강가의 몽바종과 아제 르 리도 사이에 있는 어머니 친구분 저택이었다. (……) 그래서 어느 목요일 아침, 나는 생 텔루아 문으로 투르 거리를 나와 쉬농으로 가는 길로 접어들었다. 나무 밑에서 쉬기도 하고 마음 내키는 대로 천천히 또는 빨리 걸을 수 있었다. 온갖 억압에 짓눌린 가련한 젊은이에게는 사소한 일이긴 해도 처음으로 자유의사대로 산다는 것은 마음속에 무언가 꽃이 피는 것 같은 느낌을 갖게 만든다. 많은 이유들이 하나가 되어 이날을 환희에 가득찬 축제의 날로 만든다."

발자크의 가장 시적인 소설이자 상당 부분 자전적인 소설인 『골짜기의 백합』에서 첫사랑의 고통을 앓는 사춘기의 청년은 이렇게 길을 떠난다. 상드의 노앙 성에서 출발한 내가 향한 곳은 바로 이 '축제'의 길이다.

노앙에서 샤토루, 로슈를 거쳐 투르로 가는 913번 지방도는 훤칠하게 닦인 외길로 앵드르 강이 때로는 숲속의 늪인 양 고여 있다가 때로는 햇빛에 번뜩이는 배를 드러내고 굽이돌아 동행해주는 길이다. 다만 비교적 큰 도시인 투르가 멀지 않았다 싶으면 몽바종 부근에서 일찌감치 자동차 전용도로를 벗어나 조붓한 시골길로 접어드는 것이 좋다. 거기서 아제 르 리도까지는 20킬로미터 남짓. 앵드르 강이 줄곧 길의 왼쪽, 오른쪽의 덤불숲이나 외딴집 뒤에 숨바꼭질하듯 모습을 드러내며 바싹 뒤쫓아온다. 이 골짜기에서는 자동차의 속도를 늦출 필요가 있다. 아니 당신이 『골짜기의 백합』에 등장하는 사춘기의 청년 펠렉스 드 방드네스처럼 사랑에 빠져 몽상에 젖고 싶다면 차를 버리고 천천히 걸어도 좋을 것이다. 그리하여 여인의 아름다움이 "그 미덕의 향기로 골짜기를 가득 채우며 하늘을 향하여 퍼져나가는" 모습을 음미해보면 어떨까? 펠릭스 드 방드네스의 눈에는 사랑하는 여인과 그 여인이 몸담고 있는 골짜기의 풍경은 서로 다른 둘이 아니라 같은 하나다. 이것은 물론 젊은이 특유의 낭만주의적 관점이다.

그래서 그는 말한다. "겨우 한 번 보았을 뿐인데도 다른 아무

런 도움도 없이 내 영혼을 가득 채웠던 그 무한한 사랑이 눈앞에 표현되고 있음을 나는 발견한 것이었다. 그것은 푸른 강변 사이에서 햇빛에 번뜩이며 흐르는 리본 같은 긴 강, 그 사랑의 골짜기를 흔들리는 레이스로 장식하는 포플러나무들, 끊임없이 굽이치며 흐르는 강이 감고 도는 언덕 위 포도밭 사이로 보이는 떡갈나무 숲, 그리고 색조의 대조를 이루며 멀어져가는 지평선, 이런 것들 속에 표현되어 있었다. 약혼녀처럼 아름답고 순결한 자연을 보려거든 어느 봄날 그곳에 가보라. 피가 흐르는 듯 아픈 마음의 상처를 달래고 싶거든 늦가을 어느 날 그곳에 다시 가보라. 봄에는 그곳에서 사랑이 하늘 높이 날개를 펴고 가을에는 이미 가고 없는 사람들을 생각하게 한다. 병든 폐는 유익하고 신선한 공기를 들이마실 수 있고 금빛 숲 위로 눈길을 돌리면 평온과 감미로움이 영혼 속으로 스며든다. 그때 앵드르 강은 폭포로 변하고 그 물로 돌아가는 물방아는 진동하는 골짜기에 하나의 음성을 주고 포플러나무는 웃는 듯 몸을 흔든다. 하늘에는 구름 한 점 없고 새들은 노래하고 매미는 울어대니 그곳에서는 모든 것이 멜로디로다. 내가 투렌을 왜 사랑하는지 이제 더이상 묻지 마라. 사람들이 그들의 요람을 사랑하거나 사막의 오아시스를 사랑하는 것과는 달리, 내가 투렌을 사랑하는 것은 예술가가 예술을 사랑하는 것과 같다."

그러나 지금은 19세기 초엽의 약혼녀 같은 봄도, 상처를 달래는 가을도 아닌 21세기의 한여름. 나는 사춘기와는 아득히 멀어져버린 나이든 여행객일 뿐이다. 내가 우선적으로 찾는 것은 예약한 호텔이다. 사실 내게 발자크의 사셰 성은 이미 여러 차례의 방문으로 낯이 익다. 이번에는 사셰로 직행하는 대신 가까운 아제 르 리도에 호텔을 예약했다. 아제는 작은 마을이다. '비앙쿠르 호텔'은 아제의 중심가인 샤토 거리 오른편, 관광안내소와 우체국 사이로 난 고풍스러운 골목, 즉 발자크 거리 7번지에 있다. 바캉스 직전이라 인심 좋게 배정해준 침실 두 개의, 이를테면 스위트라 여유가 있다. 2층의 거리 쪽으로 난 밝은 방.

아래로 내려와보니 뒤쪽에 널찍하고 한적한 테라스가 딸려 있다. 이웃 건물들과 담으로 에워싸여 푸른 하늘로 열린 큰 우물 같은 안뜰에 세 개의 큰 테이블, 그 주위에 의자 여럿이 비치파라솔의 그늘 속에 놓였다. 테이블 주위와 담장 밑에 만발한 꽃들이 탐스럽다. 음료수를 마실 수도 있고 간단한 식사도 할 수 있어 보인다. 마을 골목을 거닐다가 특산품 상점에서 테린과 리예트, 투렌 명산 백포도주 '생 니콜라 드 부르괴유' 한 병을 구해 와서 테라스의 자리 하나를 차지한다. 젊고 서글서글한 주인이 잘 닦은 유리잔 두 개를 쟁반에 받쳐 날라 온다. 그리고 저 안쪽 복도에 냉장고가 있으니 음료수를 넣어둘 수 있다고 친절하게 설명한다. 마치 친구네 집을 방문한 듯 친근한 느낌이다. 쾌적한 저녁나절, 여행길의 목적지에 잘 도착한 사람 특유의 안도감을 느끼며 여름 하늘을 바라본다. 취기가 아련한 인동꽃 향기에 섞이면서 시간도 공간도 다 지워진 여름날 오후의 대기를 팽창시킨다.

이튿날 이른 아침, 인적이 드문 마을 거리를 한 바퀴 돈다. 꽃시장을 열기 위한 준비가 부산한 광장. 성당의 종탑에서 종이 울리면서 한동안 투명한 아침 공기가 흔들린다. 마을 한구석 물이 풍성한 앵드르 강이 다리 아래 넓은 보를 지나며 하얀 거품을 일으킨다. 물가의 오래된 집들이 거울을 보며 아침 채비를 하듯 강물을 들여다본다. 금방 물을 뿌린 듯 다리 위에 장식한 꽃들에 이슬이 맺혔다. 강물이 흘러가는 저 아래쪽이 아제 르 리도 성이다.

성문은 9시 30분에 연다. 성문 앞 넓은 뜰에는 엄청나게 큰 서양 삼나무 몇 그루가 서 있다. 노앙 성의 모리스와 솔랑주의 탄생목과 같은 종류의 거목들. 250년 묵었다는 둥치가 짐승의 몸통 같다. 몇몇 관광객들과 함께 성안으로 들어간다. 루아르 강변의 유명한 고성들 가운데서도 아제 르 리도 성은 유네스코가 지정한 세계문화유산의 하나로 '루아르의 보석'이라 불릴 만큼 정교한 아취를 자랑하는 16세기 건축의 걸작이다. 프랑수아 1세의 재정을 관리하던 질 베르틀로가 16세기 초에 중세 요새를 이탈리아 르네상스 초기 양식으로 개축함으로써 요새가 지닌 봉건적 권력의 상징과 르네상스의 세련미를 결합했다. 대혁명 후에 샤를 비앙쿠르가 성에 사치를 더했다. 그는 특히 성 주변에 영국식의 광대한 낭만적 정원을 조성했다. 우리가 묵는 호텔은 바로 이 성주의 이름

^

아제 르 리도 성.

을 빌린 것 같다. 무겁고 오래된 가구들, 빛나는 샹들리에, 초상화들, 중세의 침대, 가문의 문장이 새겨진 벽난로, 격조 높은 식탁과 식기들…… 해설자의 긴 설명을 듣다 말고 창가로 가서 정원을 내다본다. 이 화려한 궁전에는 화장실이 없다. 고상하고 지체 높은 사람들은 그 긴요한 볼일을 어떻게 해결했던 것일까? 벽에 붙은 반달 모양의 검은 쇠붙이 손잡이를 돌리니 우리네 아파트에서 쓰레기봉지를 넣고 아래로 떨어뜨릴 때 이용하는 것 같은 개폐용 장치가 입을 벌린다. 하인들의 수고가 잦았겠다. 밖으로 나와 아름다운 정원을 한참 거닌다. 잔디밭 저 끝으로 흐르는 앵드르 강물이 돌아들어와 성관을 에워싸니 이 보석 같은 성이 아름다운 연당이 되고 연못 속에 첨탑들이 대칭으로 비친다. 이제 발자크의 성으로 떠나야 할 시간이다.

사셰 성은 아제 르 리도 마을에서 10리. 자동차로 10분 남짓 호젓한 시골길을 달리다 오른쪽으로 틀면 이내 사셰 마을로 들어서게 되고 언덕길 끝이 성의 정문이다. 늘 그렇게 했듯, 나는 인적 없는 성의 담장 밑에 차를 세운다. 3에이커에 달하는 광대한 정원, 꽃밭, 멀리 우거진 숲. 전에 왔을 때보다 한결 깔끔하게 정돈된 인상이다. 앞서 본 아제 르 리도에 비긴다면 성관 자체는 발자크 자신의 표현처럼 "성의 잔해 같은" 인상을 주는 소규모의 건축물이다. 이 성을 거대하고 숭고한 불멸의 공간으로 변신시키는 것은 소설적 상상의 힘이다.

원래 이 성의 성주는 발자크의 부모님 친구인 장 드 마르곤느였다. 미남인 그는 사촌 여동생 안느 드 사바리와 결혼하면서 사셰 성과 많은 토지와 집과 지참금을 손에 넣었지만 아내는 키가 작고 우울한 표정의 꼽추였다. 발자크의 젊은 어머니는 첫아이가 태어난 지 한 달이 채 못 되어 죽자 두번째로 태어난 아들 오노레를 아예 유모에게 맡겨 키웠고 여덟 살이 되자 방돔의 기숙학교에 넣었다. 바로 이 무렵 어머니는 장 드 마르곤느의 아이로 추정되는 동생 앙리를 뱃속에 가지고 있었다. 어머니는 동생을 편애했다. 그래서 발자크는 "내겐 어머니가 없었다"고 말할 정도로 부모에게 버림받은 것으로 믿는 "상상의 사생아"가 되었다. 역설적으로 이런 결핍은 현실의 불행을 상상으로 보상하는 소설가 특유의 조건이 되었다.

반면에 장 드 마르곤느는 어린 발자크를 몹시 귀여워하여 "무릎 위에 앉히고 안아주곤 했다." 그리고 작가가 된 뒤에는 성안의 3층에 그의 방을 따로 마련해주었다. 발자크는 1824년부터 1837년까지 파리의 복잡한 인간관계와 금전적인 채무, 출판사 편집자의 독촉을 피해 자주 이곳을 찾아와서 『시골의사』 『루이 랑베르』 『고리오 영감』 『잃어버린 환상』 등 10여 편의 걸작들을 구상, 집필하거나 원고를 수정하는 데 몰두했다. 특히 시적인 자전소설 『골짜기의 백합』에서 이곳 풍경을 무대로 "상상의 사생아"가 된 자신의 불행과 욕망과 동경 그리고 사랑을 펠릭스 드 방드네스의 초상 속에 투영했다. "시골에서 남의 손에 길러지고 3년 동안 가족들에게 잊힌 채 지내다가 부모에게 돌아왔을 때도, 나는 하인들의 동정을 받을 만큼 거의 무의미한 존재였다." 이런 외로움을 보상받으려는 듯 그는 어머니 같은 앙리에트 드 모르소프 부인, 아니 로르 드 베르니 부인을 사랑했다.

발자크의 수많은 작품들과 그에 대한 연구서와 안내서가 전시된 방을 지나 계단을 오르면 화려한 성주 마르곤느의 살롱. 그러나 나는 곧장 3층의 '발자크의 방'으로 올라간다. 큰 램프 하나, 청동의 커피 주전자와 종이 자르는 작두가 놓인 책상 하나, 벽난로, 맞은편에 놓인 침대가 전부인 소박한 방. 창밖으로 '골짜기'가 내다보인다. 잠시 작가의 의자에 앉아본다. 발자크는 이 방에서 잠자고 새벽 2~3시면 일어나 저녁 5시까지 쉬지 않고 줄기차게 글을 썼다. 5시에야 그는 손님들을 만나거나 회식을 위하여 제대로 옷을 갖춰 입고 방을 나섰지만 그 시간에도 그는 내처 집필에 몰두하고 싶었을 것이다.

그는 작업의 리듬을 유지하기 위하여 엄청난 양의 커피를 마셨다. 그에게 커피는 영감을 자극하는 필수 음료였다. 커피에 관한 글에서 그는 이렇게 쓴다. "커피를 마시면 그때부터 모든 것이 활발하게 움직이기 시작한다. 전장에서 막강한 대군대의 여단이 행동을 개시하듯 온갖 아이디어들이 일어선다. 그러면 전투가 시작된다. 온갖 추억들이 불을 켜고 빠른 속도로 밀어닥친다. 비유

발자크의 책상.

의 경기병 부대가 멋들어진 보조로 포진한다. 논리의 포병부대가 그 모든 장비와 탄약통을 장착하고 달려든다. 재치 번뜩이는 돌격대의 프로필이 산개하며 다가든다. 비유와 상징이 몸을 일으킨다. 종이는 잉크로 가득히 덮인다." 그는 머릿속으로 밀어닥치는 거대한 언어군단의 목소리를 받아쓰며 "호적부와 경쟁하는" 『인간 희극』의 대제국을 건설하기에 바빴다. 그리하여 이 거인 천재는 17년간 구애했던 한스카 부인을 아내로 맞고 불과 6개월이 지난 1850년, 나이 오십을 갓 넘기고 과로에 지쳐 숨을 거두었다. 그는 살기에 바빴고 쓰기에 바빴고 죽기에 바빴다.

성관의 맨 아래층에는 전에 없던 '로댕의 방'과 '인쇄소'가 추가되어 있다. 프랑스 문인협회로부터 그 초대 회장이었던 발자크의 동상 제작을 의뢰받아(이를 주선한 것은 에밀 졸라였다) 로댕이 1891년에 완성한 발자크 동상은 대중의 거센 비판 때문에 뫼동의 아틀리에 한구석에서 잠자고 있다가 20세기 초에야 파리의 라스파유 거리에 세워졌다. 그 과정을 설명하는 방이 '로댕의 방'이다. 한편 19세기 초 프랑스 인쇄업의 선구자였던 발자크의 활동(방대한 소설 『잃어버린 환상』은 그와 관련된 이야기를 포함한다)을 보여주는 것이 '인쇄소'다. 그러나 선구적 창의가 과도했던 발자크는 이 활동으로 엄청난 채무에 시달렸고 그 빚을 갚기 위하여 채무자들을 꽁무니에 달고서 끊임없이 글써야 하는 처지가 되었다.

마침내 아무도 없는 성의 뜰, 거대한 나무 밑에 놓인 탁자 앞에 앉아 음료수를 마시며 담장 저 아래 골짜기를 건너다본다. 발자크 나이 스물한 살 적에 만난 스무 살 연상의 여인 로르 드 베르니 부인, 죽는 날까지 변함없는 어머니요 연인으로, 격려와 충고와 후원을 아끼지 않았던 '딜렉타'. 그녀의 모습이 소설 『골짜기의 백합』의 "아름다운 어깨를 가진" 모르소프 부인의 이미지와 겹쳐지며 한 송이의 하얀 꽃으로 피었다. "나는 사랑에 대해 아무것도 모르면서 갑자기 사랑을 하게 되었다"라고 고백한 청년의 뒷모습이 보일 듯도 하다. 성의 뒤뜰로 돌아가니 드넓은 잔디밭 가에 검푸른 태산목 이파리들에 무섭도록 커다란 흰 꽃 한 송이가 미동도 않은 채 숨어 있다.

마르셀 프루스트의 콩브레

"콩브레, 매년 부활절 바로 전 주일에 이곳으로 오면서 기차에서 멀리 사방 100리에 걸쳐 가로누운 들판을 둘러볼 때면 콩브레는 그저 하나의 성당에 불과한 것이어서 그 성당이 마을을 대신하고 요약하면서 먼 곳을 향하여 마을의 일을 이야기해주고 있는 것만 같아 보였다. 그런데 막상 가까이 다가가보면 성당은 들판 한가운데서 바람을 맞고 서서, 마치 양치기 여자가 양떼를 감싸듯, 주위에 모여 있는 가옥들의 양털 같은 잿빛 등허리를 그 크고 우중충한 외툿자락으로 꼭 싸안아주고 있는 한편 여기저기 흩어져 남아 있는 중세의 성벽들이, 마치 르네상스 이전의 그림 속 작은 마을이 그렇듯 둥그런 원을 그리며 그 가옥들을 둘러싸고 있는 것이었다. 콩브레는 사람이 살기에 다소 쓸쓸한 마을이었다. 그도 그럴 것이, 거리 양쪽에 늘어선 집들은 이 지방의 거무스레한 돌로 지은 것으로 돌층계가 앞으로 툭 튀어나와 있는데다가 지붕의 박공이 건물 앞쪽으로 길게 그림자를 드리우고 있어서 거리가 몹시 어둡기 때문에 해가 기울면 곧 넓은 홀에서는 커튼을 걷어올리지 않으면 안 되는 것이었다."

프루스트는 그의 유명한 소설 『잃어버린 시간을 찾아서』에서 콩브레를 이렇게 묘사하고 있다. 과연 나의 기억 속에도 콩브레는 우중충한 회색의 오래된 성당과 그 앞의 광장, 뙤약볕이 쏟아지는 휑한 주차장의 모습으로 남아 있다. 그런가 하면 여러 번의 방문으로 앞과 뒤의 기억들이 시간의 구별 없이 뒤엉킨 채, 부활절 무렵 언덕 비탈 이곳저곳에 노란 손수건처럼 펼쳐져 있는 유채꽃밭의 광채, 프레 카틀랑 공원을 향해 가는 길가의 좁은 도랑과 빨래터, 공원 입구 어딘가에 새로 조성한 연립주택 단지, 마을 여기저기 상점에 늘어놓고 파는 싸구려 마들렌 과자, 레오니 아주머니의 집 정원에 놓여 있는 녹색 페인트칠한 철제 탁자, 마르셀의 방에 놓여 있는 마술 환등, 레오니 아주머니 침대 머리맡의 광천수 병…… 이런 단편적인 인상들이 흐리게 명멸한다.

발자크의 사셰 성을 출발하여 투르, 샤토르노, 방돔을 지나 샤토덩에 이르면 벌써 프랑스의 곡창 보스 지방 특유의 광대한 밀밭 사이의 오솔길을 끝없이 달리게 된다. 이삭이 잘 여물어 그 결실의 무게가 손안에 느껴지는 것 같은 밀 대궁들로 빼곡히 들어

찬 들판은 그 자체가 거대한 곡식 창고다. 드넓은 밀밭들의 황금빛 지평선 저 너머 멀리 솟아 있는 이름 모를 마을 성당의 지붕이나 뾰족한 종탑과 그 주변에 엎드린 가옥의 지붕들은 지팡이를 짚고 양떼를 모는 고독한 목자의 모습 같다는 비유를 실감케 한다.

그런데 원경의 들판을 그윽하게 바라볼 겨를도 없이 내비게이션의 안내를 따라 마을 한복판으로 불쑥 들어서고 보니 어느새 일리에 콩브레의 성당 앞 광장. 이내 "목적지에 도착했습니다"라는 안내가 흘러나온다. 마치 집주인과 수인사를 건네기도 전에 남의 집 안방으로 곧장 들어서버린 느낌이랄까. 당황하여 길가의 주차표시 금 안에 차를 세우고 보니 바로 등뒤에 내가 예약한 호텔 '리마주'가 있다. 마을의 한복판에 위치하고 있다고 해서 일부러 정한 호텔이다.

머리가 희끗한 호텔 주인이 건물들의 블록을 반 바퀴 돌아서 호텔 뒤쪽으로 오면 전용 주차장이 있다고 안내한다. 호텔 뒤뜰인 주차장의 담장 저 위의 목책 뒤쪽이 바로 마르셀 프루스트가 어린 시절에 자주 와서 놀곤 하던 삼촌댁 옥상 테라스라는 설명이다. 리옹 출신이라는 이 사내의 말을 과연 믿어도 되는 것일까? 하기야 이 마을에서는 어차피 현실과 소설의 경계가 불확실한 것이 사실이다. 안내받은 2층 2호실에 짐을 내려놓고 창문을 여니 바로 맞은편이 생 자크 성당, 그 뾰족한 종탑이 건너다보이고 그 앞이 시장 광장이다.

"이 마을의 모든 관심사, 모든 시간, 모든 견해에 형태를 주고 그 모두를 완성하고 공인하는 것은 다름 아닌 생틸레르의 종탑이었다. 내 방에서는 슬레이트를 씌운 탑의 밑부분밖에 보이지 않았다. 그래도 여름철 무더운 날 일요일 아침나절, 그 슬레이트가 검은 태양처럼 타오르고 있는 것을 볼 때면 나는 속으로 생각하는 것이었다. '이런! 벌써 9시네! 곧 큰 미사에 갈 준비를 해야겠는걸, 가기 전에 레오니 아주머니에게 입맞출 시간 여유가 있어야 하니까.' 그때 나는 광장으로 쏟아지고 있는 햇빛의 색깔, 장터거리의 더위와 먼지, 상점의 차양이 짓는 그림자가 어떤 것인지 정확히 알고 있었다."

그러나 현실 속의 마을 성당은 생틸레르가 아니라 생 자크다. 아무래도 나는 이 마을의 현실과 허구의 경계를 간단없이 넘나들며 하룻밤을 묵게 될 모양이다.

'일리에'는 일 드 프랑스의 시골 소읍으로 행정구역상 외르에 루아르 도에 속한다. 샤르트르로부터 남쪽으로 25킬로미터, 그리고 파리로부터 113킬로미터 떨어진 이 마을은 대량의 곡물을 생산하는 보스 지방과 목축이 주업인 페르슈 지방 사이의 경계에 위치하여 파리의 부르주아들에게 일용할 양식을 공급한다. "건물 앞쪽으로 길게 그림자를 드리우고" 거리를 어둡게 한다는 지붕의 '박공'은 바로 집집마다 밀을 저장하는 지붕 밑 곳간이 거기 있음을 말해주는 것이다. 본래 '일리에'였던 이 마을 이름은 마르셀 프루스트 탄생 100주년을 계기로 1971년 4월 8일부터 내무부령에 의하여 '일리에 콩브레'로 개명되었다. 소설 『잃어버린 시간을 찾아서』의 첫 권에 등장하는 허구적 마을 이름 '콩브레'가 원래의 행정 명칭에 추가된 것이다. 프랑스에서 현실의 지명을 문학작품에서 빌려온 유일무이한 예다.

일리에는 원래 작가의 아버지 아드리엥 프루스트의 고향이다. 1834년 이곳에서 태어난 프루스트 박사는 19세기 후반 콜레라와 페스트 연구에 정통한 최초의 위생의학 전문의로 파리 의과대학에서 이름을 날렸던 교수다. 작가 알베르 카뮈도 소설 『페스트』를 구상할 때 그의 저서에서 영감을 받았을 정도였다. 오늘날 호텔 '리마주' 바로 뒤쪽의 길 이름이 옛날의 '슈발 블랑 거리'에서 '프루스트 박사 거리'로 바뀐 것은 바로 그 길가에 위치한 양초 제조인의 집에서 미래의 유명한 의사 아드리엥 프루스트가 태어났기 때문이다.

그의 아들 마르셀 프루스트는 1877년과 1880년 사이, 그러니까 여섯 살에서 아홉 살 사이에 아버지 쪽 가족들의 요람인 이 마을을 찾아와서 부활절과 여름 바캉스를 보내곤 했다. 아버지가 파리에 자리잡고 살게 된 뒤에도 아버지의 하나뿐인 누나인 고모 엘리자베트 프루스트가 성당 앞 광장가에서 큰 상점을 경영하는 고모부 쥘 아미오와 결혼하여 살고 있었던 것이다. 아미오 고모의 집은 소설 속에서 "레오니 아주머니의 집"으로 등장하여 이 시골 마을 생활의 정감 있는 일화들과 함께 독자들의 머리속에 잊을 수 없는 신화적 공간으로 자리잡게 되었다. 이 고모의 집은 오늘날 '레오니 아주머니의 집'이라는 이름의 프루스트 문학관이 되었고 그 집의 작은 정원 또한 1961년에 문화재로 지정되었다.

그러나 "콩브레는 사람이 살기에 다소 쓸쓸한 마을이었다"라는 소설 속의 표현처럼 100여 년이 지난 오늘날에도, '일리에 콩브레' 자체는 별로 볼 것이 없는 쓸쓸하고 따분한 마을의 인상을 준다. 우선 "거무스레한 돌로 지은" 집들의 색깔이 그럴뿐더러, 프랑스 시골 특유의 아늑한 레스토랑 하나 보이지 않고 마을의 중심인 광장가에 패스트푸드 케밥집 두 곳만 낯선 간판을 달아놓고 을씨년스러운 홀의 카운터 뒤쪽에서 아랍인인지 터키인인지 알 수 없는 주인이 무심한 표정으로 밖을 내다보는 광경 또한 엉뚱하다. 그런가 하면 웃통을 훌떡 벗은 채 바이크를 타고 요란한 소음을 내며 성당 앞 광장을 빙빙 돌곤 하는 한 무리 청소년들의 볼썽사나운 모습은 소설 속의 한가한 마을 정경과는 거리가 멀다. 사실 프루스트의 그 감동적인 소설이 아니었다면 난들 무엇하러 몇 번씩이나 이 궁벽한 시골 마을까지 여정을 바꾸어가며 찾아들겠는가. 그런데 이제는 그 흔하던 마들렌 과자를 파는 가게 하나 없다.

프루스트 문학관은 시간이 지나 문을 닫은 것 같다. 아직 여름 해가 많이 남아 있으니 아름다운 모습으로 기억되는 프레 카틀랑 쪽으로 산책하기로 한다. 호텔 아래쪽 약간 경사진 내리막 길을 나서니 이내 마을을 벗어나고 있다는 인상을 주는 작은 개울이 나타난다. 소설 속에서 "게르망트 쪽으로 산책하는 동안 곁에서 흐르고 있는 것이 가장 큰 매력"이라고 소개한 바로 그 비본느다. 어린 마르셀이 "지옥의 입구"라고 상상하며 무서워했지만 나중에 보니 "네모난 빨래터에 불과했다"고 『되찾은 시간』 편에서 술회한 개울가의 나직한 시설은 상수도가 널리 보급된 오늘날에는 한갓 소설을 위한 장치로밖에 달리 쓸모가 없는 옛 세탁장이다. 그리고 마르셀이 "집에서 나선 뒤 한 10분쯤 지나면 처음으로 비본느 내를 건너가게 된다"고 한 퐁 비외 작은 다리. "다리를 건너면 예인선을 끄는 좁은 길을 만나게 되는데 그 지점은 여름철이면 개암나무의 푸른 잎으로 덮이고 그 나무 그늘에 밀짚모자를 쓴 낚시꾼 하나가 뿌리를 내린 듯 꼼짝도 하지 않고 박혀 있었다"라고 소설은 말하지만 지금은 동네 아이들 떠드는 소리만 왁자지껄하다. 풀밭가 나무 그늘 속 개울은 좁고 깊은데 소설의 분위기를 살려보려고 심어놓은 듯 수련이 한가하게 물위에 떠 있다. 그러나 수련이나 그 꽃들이 떠다니는 하늘 비친 수면의 정경이라면 소설 속의 것이 더 신비스럽다.

"그 수상 화단은 꽃 자체의 색깔보다도 더 귀하고 감동적인 색깔의 놀이터를 꽃들에게 마련해주고 있었으니 가히 천상 화단이라 할 만했다. 그래서 오후 시간이면 이 화단은 수련꽃들 밑에서 조심스럽게 가만가만 움직이는 행복의 만화경을 반짝거려 보이고, 때로는 저녁 무렵 어딘가 먼 항구에서 저물어가는 해의 장밋빛과 몽상들을 가득 싣고 좀더 고정된 색조의 꽃판들 주위에서 그 시각의 가장 깊고도 덧없으며 신비스러운—즉 무한한—그 무엇과의 조화를 유지하기 위하여 끊임없이 변화했다. 그래서 그 화단은 마치 하늘 한복판에다 수련꽃들을 피워놓은 것 같아 보이는 것이었다."

개울가의 오솔길 왼쪽에는 잔디밭 주변으로 둥그렇게 늘어선 '레지당스 프레 카틀랑'. 90년대 초에 이곳에 들렀을 때는 프루스트 문학의 '성역'이나 마찬가지인 프레 카틀랑 공원 입구에 너무나 현실적인 주택단지를 조성한 처사가 일종의 신성모독같이만 느껴졌었다. 그러나 세월이 지나고 보니 이 연립주택들까지도 프루스트가 살아 있던 그 시절부터 줄곧 있어온 풍경의 일부인 양 흐드러진 녹음에 깊이 파묻혔다. 결국은 시간과 대자연의 유구한 힘이 인간을 이기는 법이다. 나무들의 궁륭 속으로 난 좁은 오솔길을 지나려니 저녁 빛이 회상의 슬픔처럼 떨어진다. 깊은 웅덩이가 된 비본느의 수면에 느린 물살을 지으며 떠도는 오리 몇 마리. 마침내 프레 카틀랑 공원 입구다. 머리 위의 간판이 웃자란 생목 울타리에 반쯤 가려 있다.

이 공원을 찾은 것이 벌써 몇번째인가? 1977년 여름, 첫아이를 가진 만삭의 아내와 함께 처음 찾아왔던 이 공원, 초록빛 임부

프레 카틀랑 공원.

복 차림으로 언덕길을 힘겹게 올라가던 앳된 아내의 뒷모습이 어제인 듯 눈에 선하다. 그리고 35년의 세월이 흘러 그때 뱃속에 있던 아이가 어머니가 된 지금, 머리가 희끗해지려는 초로의 아내와 다시 인적 없는 공원을 호젓이 걷는다. 나무들이 많이 자라 큰 숲을 이루니 잘 깎은 잔디밭 곳곳은 어둑한 궁륭 속이 되어 신비를 더하고 그늘 속 회색빛을 띠는 실개천 위로 건너가는 좁은 나무다리는 그 너머 나뭇가지들에 반쯤 가린 네오 고딕풍의 정자들과 함께 흘러가버린 채 되찾지 못한 시간을 손가락질한다. 쓸쓸한 마을과는 딴판으로 손질이 잘된 공원은 아껴가며 숨겨둔 낙원 같다.

마르셀 프루스트가 태어나기 바로 1년 전 고모부 쥘 아미오가 19세기 특유의 낭만적 취향과 오리엔트 유행에 대한 열광적 취미를 살려 영국풍으로 디자인하여 조성한 개인 정원이다. 그는 공원 이름을 붙일 때 파리 교외 불로뉴 숲속의 유명한 레스토랑 프레 카틀랑을 생각했을 것이다. 어쨌든 현실 속의 고모부는 마을 안의 집과 마을 밖의 넓은 정원을 별도로 가꾸었다. 반면에 소설가는 허구 속에서 레오니 아주머니 집에다가 마을 밖의 아름답고 널찍한 공원을 이어붙여놓았기 때문에 집에 딸린 정원이 저녁 식사 후면 할머니가 오래도록 산책을 할 수 있을 만큼 아주 큰 공간이라는 느낌을 준다. 공원을 한 바퀴 돌다가 길옆의 비탈진 잔디밭이 소담스러워 잠시 주저앉아 쉬려니 등뒤에서 허브 꽃향기가 은은하게 퍼져온다. 그 뒤로 울창하게 자란 울타리의 생목들이 바로 소설 속에서 스완의 딸 질베르트와 더불어 잊을 수 없는 자태로 등장하는 '산사나무'들이다. 지금은 철이 지나 꽃은 다 떨어지고 푸른 잎과 가시만 무성하다. 소설 속에서 마르셀은 흐드러지게 떨어진 꽃잎들로 뒤덮인 산사나무 울타리 앞에서 그 아름다움에 홀린다. 이때의 산사나무 울타리와 황홀한 꽃잎들의 잔치는 잠시 뒤 스완의 딸 질베르트와 처음 눈이 마주치며 발화하게 될 첫사랑의 성스러운 예고편이다.

"그 오솔길은 산사 꽃향기에 온통 들썩이고 있었다. 생목 울타리는 마치 작은 예배당들이 나란히 늘어서 있는 것 같은데 흩뿌려진 꽃잎들이 임시 제단 모양으로 쌓여 그 위를 온통 뒤덮고 있었다. 그 밑으로 비쳐든 해가 마치 이제 막 그림 색유리창을 통과하기라도 한 듯 땅바닥에 빛의 모눈을 그려놓고 있었다. 산사꽃 향기는 내가 지금 성모 마리아 제단 앞에 와 있는 것이 아닌가 싶을 만큼 촉촉하고 그 형용이 뚜렷하게 느껴졌다. 그리고 꽃들은 저마다 무심한 표정으로 반짝이는 수술 다발을 달고 있었는데 그 수술의 가늘고 빛나는 플랑부아양 양식 대궁들은 흡사 성당 주랑의 난간이나 그림 색유리창의 창살들 사이로 빛을 들이는 막대들을 연상시키며 딸기꽃 같은 새하얀 살결로 무르익어 있었다."

레오니 아주머니의 집과 스완의 집

이튿날 이른 아침, 늘 하는 습관대로 아직 잠이 덜 깬 콩브레 마을을 혼자서 이리저리 거닌다. 클레망소 대로 표지판을 따라가니 큰 플라타너스 가로수 늘어선 길가에 새로 지은 듯 말끔한 '마르셀 프루스트' 중학교 철책. 그 끝이 일리에 콩브레 역이다. 아무도 없는 이런 시골 간이역과 작은 역사의 이마에 단정하게 붙인 오래된 간판, 그리고 역 앞으로 소실점을 향하여 하염없이 뻗어가는 철길을 보면 왜 가슴이 저릿해지는 것일까? 이제 다시는 만날 수 없는 떠나간 사람들과 잃어버린 시간들을 생각나게 하기 때문일까? 이른 아침부터 찾아드는 여린 생각을 떨쳐버리고 나는 역 앞 철도호텔 오른쪽의 낯선 길로 방향을 튼다. 마을을 벗어나는가 싶더니 호젓한 풀밭 옆 좁고 긴 개울. 우거진 가로수 사이의 오솔길과 그 길 위로 떨어지는 아침 빛이 싱그럽다. 개울 건너편 목초지에는 우두커니 쳐다보는 젖소들 몇 마리. 호텔 주인의 설명에 따르면 프루스트의 가족이 바캉스 때 기차를 타고 일리에에 도착하면 마을 밖 오솔길로 우회하여 고모 댁으로 오곤 했다는데 아마도 이 길이 그때의 베디에르 산책로일 법하다.

마침내 시간이 되어 생테스프리 거리 4번지 '레오니 아주머니의 집' 짙은 청색 철대문이 열렸다. 대문 위에 달린 작은 종과 정원 한구석에 놓인 둥근 철제 탁자로 먼저 눈이 간다.

"저녁때 우리가 집 앞 정원의 커다란 마로니에나무 밑 철제 탁자에 둘러앉아 있노라면 뜰 저쪽 끝에서 방울 종소리가 난다. 도무지 끝날 것 같지 않은 싸늘한 쇳소리를 쏟아놓아서 문을 지날 때마다 온통 정신을 얼떨떨하게 하는 탓에 집안 식구들이 으레 연결 장치를 벗겨서 '소리내지 않고' 들어서곤 하는, 그 엄청나게 요란스러운 방울이 아니라, 외부 손님용으로 타원형의 금빛 나는 작은 종이 수줍게 달랑달랑 울리는 소리였다. 그러면 우리들 모두는 금세 '손님이 오셨네, 누굴까?' 하고 서로 묻지만, 사실은 스완 씨 밖에 다른 손님이 올 리 없다는 걸 잘 알고 있는 것이다."

집 마당으로 들어서면 보이는 왼쪽의 별채는 원래 다른 사람 소유의 건물이었는데 지금은 '프루스트 애호가 모임'에서 사들여 매표소 겸 서점으로 사용하고 있다. 입장권을 사서 해설자의 뒤를 따른다.

정원 오른쪽은 1994년에 증축 복원한 건물. 둥근 창문은 아미오가 북아프리카풍을 본떠서 만들어 달았다. 그 입구의 주방은 소설 속 가정부 프랑수아즈의 왕국으로, 그녀가 다듬던 굵직한 아스파라거스나 그녀의 명작 크렘 오 쇼콜라 냄새가 물씬 풍길 것만 같다. 모두 프루스트의 시절과 거의 달라진 것이 없다.

"프랑수아즈는 마치 거인들이 요리사가 되어 등장하는 옛날이야기 속에서처럼 그녀의 조수들인 자연의 힘을 총지휘하면서 석탄을 쑤시고, 증기로 감자를 찌고, 각종 그릇들에 담아 준비해 둔 요리의 걸작들을 알맞은 세기의 불로 익히고 있었다. 옹기장이가 만든 그릇들이란 커다란 독이나 솥, 냄비(생선 냄비, 크기가 다른 냄비 세트 등)부터 사냥하여 잡은 새와 육류 테린을 담는 단지, 여러 가지 과자 굽는 틀, 그리고 작은 크림 항아리에 이르는 다양한 것들이었다."

"내가 참으로 황홀해진 것은 아스파라거스 앞에 이르렀을 때였다. 군청색과 장밋빛으로 물든 그 줄기는 연보라와 하늘빛의 섬세한 획들로 모양을 갖추다가 어느 사이엔가 색이 연해지면서 그 밑동에 이르면—아직 그 묘판의 흙이 묻어 더러웠지만—이 지상의 것이 아닌 듯 무지갯빛이 되어 어른거리는 것이었다. 그러한 천상의 색조 속에서는 재미있다는 듯 채소로 둔갑한 아름다운 여인들의 모습이 비쳐 보이는 것만 같았다. 토실토실한 식용의 속살로 변장한 그 미녀들의 모습 뒤에는 여명의 동트는 빛깔,

미처 다 그리지 못한 무지개 빛깔, 사라져가는 저녁의 푸른 빛깔로 된 그네들의 진귀한 에센스가 눈에 보이는 것 같았다."

본채 현관을 들어서면 식당. 고모부 아미오가 알제리에서 가져온 오리엔트풍 테이블과 그 위에 놓인 꽃병. 거울, 시계, 벽에 걸린 달력. 이 모든 것은 스완이 찾아올 때마다 식구들이 둘러앉던 그때 그 모습 그대로다. 여름 한낮, 어린 마르셀은 이 방의 시원한 한구석에 혼자 숨어 앉아 책을 읽다가 가끔 마을 종소리에 고개를 들곤 했다.

이어 위층으로 올라가는 계단. 소설 속에서 스완이 찾아오는 날 저녁이면 부모님들은 아래층 식당에 오래도록 남아 즐겁게 담소를 나누고 어린 마르셀만 혼자 계단 저 위의 방으로 올라가 이제나 저제나 어머니가 올라와서 저녁 키스를 해줄까 애타게 기다리며 잠을 청해야 했기에 억울하고 고통스러운 냄새가 스며 있는 어둑한 통로다.

"내가 언제나 슬픈 마음으로 올라가는 이 혐오스러운 계단에서는 니스 냄새가 풍겼다. 이를테면 내가 저녁마다 맛보는 유별난 종류의 슬픔을 쭉쭉 빨아들여가지고 단단하게 굳혀놓았다고 해도 좋을 냄새였다. 이런 식의 냄새를 맡으면 나의 지능이 제 구실을 하지 못하기 때문인지, 내 감성에는 더욱 잔혹하게만 느껴졌다. (……) 일단 방안으로 들어가면 나는 모든 출구를 틀어막고 덧문을 닫은 다음 이불 속으로 들어가 나 자신의 무덤을 파고 잠

옷이라는 수의를 걸쳐야 했다."

과연 계단을 오르면 곧장 정원 쪽으로 창이 난 마르셀의 방이다. 아담한 벽난로를 중심으로 벽 쪽으로는 흰 커튼이 드리워진 조그만 침대와 머리맡 둥근 탁자 위에 놓인 조르주 상드의 소설 『프랑수아 르 샹피』 한 권. 어머니가 머리맡에서 너무나도 멋지게 읽어주던 책이다. 반대편 창 쪽의 작은 마호가니 탁자 위에는 어린 마르셀의 마음을 달래주는 '마술 환등'.

"내 표정이 너무나 울적해 보이는 저녁이면 가족들은 기분 전환을 시켜줄 아이디어를 생각해내어 내게 마법의 환등을 보여주려고 저녁식사 시간을 기다리는 동안 내 방 램프 위에 그 환등을 씌워놓곤 했다. 그리하여 그 환등은 어두운 벽면들을 손으로 만질 수 없는 무지갯빛 광채와 오색영롱한 초자연적 환영들로 가득 채워놓는 것이었는데 그것들은 순간적으로 너울거리는, 무슨 스테인드글라스 속에서처럼 가지가지 전설들을 그린 내용이었다. 그러나 나의 쓸쓸한 기분은 오히려 그 때문에 더해만 갔다."

벽난로 위에는 어린 마르셀을 고문하듯 똑딱거리던 시계, 그리고 어두운 거울.

마르셀의 방 건너편, 집 뒤쪽 출입문 쪽으로 난 두 개의 방은 이 집 주인인 레오니 아주머니의 방이다. 벽난로 위에는 그녀의 초상이 걸려 있고 창가로 침대가 놓여 있다.

"레오니 아주머니는 그분의 남편 되는 옥타브 아저씨가 세상을 떠나자 처음에는 콩브레 마을을, 그리고 콩브레에서는 자기 집을, 그 다음에는 자기 방을, 그 다음에는 자기의 침대를 더이상 떠나려고 하지 않았다."

지병으로 인하여 외부 세계로부터 격리되어 보호받으며 지내는 레오니 아주머니의 생활방식 때문에 그녀는 자연스레 콩브레 마을의 '중세적' 전통의 수호신과도 같은 역할을 맡게 된다. 그녀의 '방'은 콩브레의 지리적, 상징적 공간 속에서 중심 위치를 점한다. 그녀의 집과 그 집 주변의 길들은 침상에 붙박인 이 여인의 휴식을 에워싸는 보호벽과도 같은 것이다. 마들렌 과자에서 콩브레 전체의 재생에 이르기까지 소설 속 "기억의 여로"에 있어서 레오니 아주머니의 방은 그 최초의 이정里程이다. 화자 마르셀은 장차 바로 이 레오니 아주머니와 매우 흡사한 인물로 변한다. 어떤 의미에서 타자와 단절된 레오니 아주머니의 생활방식은 작가 자신에게 전수된 것인지도 모른다. 글을 쓰는 프루스트의 자아는 모든 외부 활동을 접고 코르크로 방음장치를 한 방안에 칩거하는 자아이고 보면 레오니 아주머니는 프루스트의 작가적 소명 의식을 미리부터 예고하는 셈이다.

"언제나 슬픔과 육체적 무기력과 질병과 어떤 고정관념과 신앙심이 두루 뒤섞인 애매한 상태에서 자리에 누운 채 두 번 다시 침대에서 내려오지 않았던" 레오니 아주머니의 침대에서는 창문 밖 저 아래로 내가 묵은 리마주 호텔 뒤편 생 자크 거리와 산티아

^ 레오니 아주머니의 침대.

고로 가는 순례자 숙소의 노란 담벼락이 내려다보인다. 침대 옆 탁자에는 소설에서와 마찬가지로 레오니 아주머니의 반복되는 일상을 요약해주는 모든 소도구들이 유리 상자 속에 진열되어 있다.

"레몬나무로 짠 노란빛의 큰 서랍장과 약을 조제하는 탁자인 동시에 주제단主祭壇으로 쓰이는 테이블이 놓여 있고 그 위에는 작은 성모상과 비시 셀레스텡 생수병 밑에 몇 권의 미사 책과 약 처방전 같은, 침대에서 내려오지 않은 채 여러 성무일과와 식이요법을 챙긴다든가 복용하는 약과 저녁기도 시간을 잊지 않도록 하는 데 필요한 것들이 놓여 있었다. 그 반대쪽에는 침대가 창을 따라 나란히 놓여 있어서 아주머니는 페르시아 왕후장상들같이 아침부터 저녁까지 바로 눈 밑의 그 거리에서 펼쳐지고 있는 콩브레의 일상적인, 그러나 아득한 옛날부터 변함없이 이어오는 잡다한 일들을 빠짐없이 관찰했고 나중에 이것들을 프랑수아즈와 함께 꼬치꼬치 따져보는 것이었다."

물론 이 소도구들 가운데는 저 유명한 마들렌 과자와 함께 마시는 보리수 차를 위한 도구들을 빼놓을 수 없다. 하얀 도자기 주전자와 찻잔, 접시에 담긴 말린 보리수 꽃잎과 마들렌……

"잠시 후 나는 방안으로 들어가 아주머니의 뺨에 입을 맞추었다. 프랑수아즈가 아주머니의 차를 달였다. 혹은 아주머니 스스로 마음이 좀 산란하다고 느낄 때면 홍차 대신 보리수 차를 청했다. 그러면 약방에서 구해온 봉지에서 적정량의 보리수 꽃을 접시에 쏟아 담은 다음 그것을 끓는 물에 부어넣는 것은 나의 역할이었다. (……) 얼마 안 있어 아주머니는 마른 잎이나 시든 꽃잎 맛이 우러난 뜨거운 찻물에 프티트 마들렌을 담글 수 있게 되었고 그 과자가 충분히 젖어 부드러워지면 그 한 조각을 내게 건네주는 것이었다."

잃어버렸다가 되찾은 시간이 지금도 이 찻잔과 주전자 속에 흐린 빛을 받으며 고여 있는 것만 같다. 100년의 빛과 시간. 2013년은 『잃어버린 시간을 찾아서』의 첫 권 『스완의 집 쪽으로』가 출판된 지 꼭 100년이 되는 해다.

나는 문학관의 서점에서 나다르가 프루스트 가족과 친지들을 찍은 고풍스러운 사진집 한 권을 사 들고 밖으로 나온다. 일리에 콩브레를 떠나기 전에 소설 속의 '탕송빌', 즉 '스완의 집 쪽으로' 한번 들러보기로 한다.

"콩브레 주변으로 우리가 산책 나가는 길에는 두 가지 '방향'이 있는데 이 두 방향이 정반대 쪽이어서 실제로 그중 어느 방향으로 가려고 하든 같은 문을 통해서 집밖으로 나갈 수는 없었던 것이다. (……) 그중에 메제글리즈 방향은, 그쪽으로 가면 스완 씨의 소유지 앞을 지나가게 된다고 해서, 스완의 집 쪽이라고도 불렀다. 그리고 다른 하나는 게르망트 쪽이었다."

스완의 집 쪽으로의 산책은 그리 오래 걸리지 않는 비교적 짧은 거리로, 작은 종이 딸랑거리는 정원의 푸른 대문 쪽이 아니라 탕송빌 밀밭.

생 테스프리 거리 쪽으로 나 있는 아주머니 집 현관문을 통해 나가는 것이었다. 마침 정원 쪽 문 앞 주차장에서 마주친 이 마을 시장이 탕송빌로 가는 길을 소상하게 가르쳐주었다. 소설의 표현대로, 게르망트 쪽이 어제 가본 비본느 개울 쪽, 다시 말해서 "시냇물 풍경의 전형"이라면 스완의 집 쪽은 "아름다운 평야의 경치"로 광활한 밀밭을 따라 끝없이 이어지는 언덕길이다. 레오니 아주머니 집에서 약 5킬로미터라니 그리 멀지 않다. 소설 속에서 100년 전의 산들바람이 불어오는 것만 같다.

"일단 들판으로 들어서면 산책이 끝날 때까지 다시는 들판을 떠나지 못하게 되어 있었다. 들판은 마치 눈에 보이지 않는 무슨 방랑자같이 끊임없는 바람이 훑고 지나가는 것이었는데 내겐 그 바람이 콩브레에만 있는 정령처럼 여겨졌다. 해마다 우리가 그곳에 도착한 날이면 내가 확실하게 콩브레에 와 있다는 것을 실감하기 위하여 그 바람을 찾아 언덕길로 올라가곤 했는데 바람은 밭고랑을 달려가며 나로 하여금 제 뒤를 따라 달리게 했다. 메제글리즈 쪽의 이 불쑥 솟아 있는 들판은 몇십 리에 걸쳐 그 어떤 땅의 기복과도 마주치지 않는 평지여서 언제나 바람이 옆에서 길동무를 해주는 것이었다."

이윽고 탕송빌 팻말을 보고 좁은 오솔길을 따라 들어가니 화려한 대저택의 대문이 보인다. 그 좌우로 멀리 뻗어간 담장과 풀을 깎아놓은 소로. 개인 소유의 저택이라 방문은 불가능하다. 대문 너머로 아름답게 가꾸어놓은 정원과 그 뒤쪽에 숨은 건물을 들여다본다. 금방이라도 내다볼 듯한 스완, 오데트, 아니 그들의 아름다운 딸 질베르트……

"생울타리 틈으로 정원 안의 오솔길이 하나 보였는데 그 길가에 피어난 재스민, 팬지, 마편초 사이로 꽃무들이 향긋하고 빛바랜 장밋빛의 신선한 주머니를 열어 보이고 있었다. 자갈 위에는 초록색의 물 호스가 풀어져서 길게 뻗어 있고 그 뚫어진 구멍들에서 꽃이파리 머리 위로 다채로운 작은 물방울들이 뿜어나와 프리즘 같은 수직의 부챗살을 만들며 꽃향기를 촉촉이 적시고 있었다. 그때 갑자기 나는 걸음을 멈추었다. 나는 그만 움직일 수가 없게 되었다. 마치 어떤 환영이 나타나서 단지 우리의 시선만 건드리는 것이 아니라 보다 깊은 지각을 요구하고 우리의 존재를 송두리째 다 손아귀에 넣어버렸을 때와 같은 느낌이었다. 붉은색이 깃든 금발의 소녀 하나가 막 산책에서 돌아오는 듯한 모습으로 손에 원예용 삽을 들고서 장밋빛의 주근깨가 뿌려진 얼굴을 쳐들며 우리를 바라보고 있었다. 소녀의 검은 눈이 반짝이고 있었다."

다시 콩브레 마을로 돌아오다가 탕송빌로 가는 그 길이 어제 왔던 프레 카틀랑 공원과 그 아래 비본느와 이어져 있다는 사실을 발견했다. 스완의 집 쪽은 게르망트 쪽과 이어지며 원을 이룬다. 이렇게 이어진 원을 프루스트는 '되찾은 시간'이라고 불렀다. 소설 『되찾은 시간』에 이르면 마르셀은 오랜 세월이 지나 친구

생 루의 부인이 된 질베르트의 옛집, 이 탕송빌에 와 머문다. 스완의 딸인 질베르트는 게르망트 집안인 생 루와 결혼하여 딸 생 루 양을 얻었으니 마침내 스완의 집 쪽은 게르망트 집 쪽으로 이어지며 원을 그린다. 프루스트의 소설이라는 신비로운 우회를 통하여 기억의 찻잔 속에서 마침내 잃어버린 시간의 온전한 전체가 시간을 초월하여 떠오른다. 그리하여 소설가는 말한다.

"그리고 일본 사람들의 놀이에서 물을 가득 채운 도자기 사발에 작은 종이쪽들을 담그면 그때까지 서로 분간이 되지 않던 그 종이쪽들이 물에 적셔지자마자 곧 펴지고 꼬부라지고 물이 들어 각기 다른 형태를 만들면서 식별할 수 있을 만큼 뚜렷한 꽃이 되고 집이 되고 인물이 되듯이, 바야흐로 우리집 뜰의 모든 꽃들, 스완 씨의 집 정원의 꽃들, 그리고 비본느 냇물의 수련과 마을 사람들과 그들의 조촐한 집들과 성당과 온 콩브레와 그 변두리, 형상과 견고함을 갖춘 그 모든 것이 마을과 정원이 되어 나의 찻잔에서 솟아나온 것이다."

말라르메의 정원에서 하늘을 보다

두 해 여름에 걸친 긴 여정이 끝나간다. 이제 일리에 콩브레를 떠나 북동쪽을 달려 100킬로미터 남짓한 거리면 파리에 당도한다. 그러나 나는 곧장 북으로 올라간다. 오래전 여행중에 처음 보았던 아네 성이 자꾸만 눈에 밟혔다. 그때의 여행기를 다시 펴보니 이렇게 적혀 있다. “1977년 7월 7일, 이 신비스러운 7자가 마치 기적처럼 캘린더 속에 되풀이하여 나타나던 우리 일생의 우연한 하루, 그날 당신은 무엇을 하고 있었던가? 그날 나는 무덥고 나른한 대도시 파리를 벗어나 여행길에 올랐었다. 푸른 나뭇잎 사이로 햇빛이 방울처럼 딸랑딸랑 울리던 국도를 따라 달리며 내가 찾아간 곳은 프랑스 역사책을 지루하지 않게, 젊게, 감미롭게 장식해주는 아름다운 여인 디안 드 푸아티에의 아네 성이었다. 베르사유처럼 숱한 사람들의 입에 오르내리지도 않고 퐁텐블로처럼 정사正史의 진부함으로 닳아버린 곳도 아니다. 파리에서 멀지 않은 곳이면서도 대로에서 비켜서서 지나간 시절의 불길처럼 타오르던 사랑이 휴식에 들고, 맑고 고즈넉한 눈길로 소용돌이에 찬 과거를 되돌아보기에 적당한 침묵을 시샘하듯 껴안고 있는 곳이 아네 성이다."

그때로부터 정확하게 35년이 지난 2012년 7월 7일, 나는 다시 아네 성으로 간다. 광대한 드뢰 숲을 통과한다. 울울창창한 나무들에 하늘이 가려 어둑하다. 숲가의 빈터에 잠시 차를 멈추고 쉰다. 아무도 없다. 새소리마저 들리지 않는다. 간간이 지나가는 차들은 저마다 혼자서 바쁘다. 숲을 빠져나와 약간 오르막인 길을 따라 올라가니 왼쪽에 마을이 나타난다. 곧 낯익은 아네 성의 성문. 고대 개선문을 본떠 축조한 정교한 돌문 한가운데 새겨진 여인의 나상裸像 부조는 벤베투토 첼리니의 작품이다. 성문 이마에 박힌 시계와 하늘을 배경으로 먼 곳을 바라보는 사슴과 네 마리의 사냥개는 조각가 장 구종의 빛나는 솜씨로 다듬은 것. 500여 년 동안 저 충직한 짐승들은 쉬지 않고 뿔을 흔들며, 혹은 왼쪽 뒷다리를 움직이며 묘당에 누운 성주 마님 디안 드 푸아티에에게 흐르는 시간을 고해왔다. 열다섯 살 어린 나이에 자신보다 마흔 살이나 더 많은 노르망디의 총독 루이 드 브레제와 결혼하여 두 딸을 둔 디안 드 푸아티에는 1525년 전쟁의 패배로 샤를 5세의 볼

모가 된 두 왕자 프랑수아와 앙리를 국경까지 모시고 가는 행렬의 일원이었다. 여덟 살과 일곱 살이었던 어린 왕자들이 국경을 넘기 전에 대비마마와 그 시녀들에게 작별을 고할 때 디안은 둘째 왕자 앙리의 이마에 어머니처럼 정다운 키스를 해주었다.

훗날 고국으로 돌아온 앙리는 1531년에 개최된 기마경기 때, 자신의 소년 시절을 품어주었던 디안 드 푸아티에의 무릎 앞으로 찾아가서 검은색과 흰색 수건을 바치며 기사로서의 변함없는 충성을 맹세한다. 이 흑백색은 바로 이제 막 남편과 사별한 디안의 상복 색깔이었다. 태자로 책봉된 앙리는 카트린 드 메디치와 결혼하지만 1538년 디안은 자신보다 스무 살이 어린 왕 앙리 2세의 둘도 없는 애첩이 되어 엄청난 부와 영예를 누린다. 총명하고 정열적이며 자신의 지위와 영향력을 철저하게 의식하고 있는 디안은 사실 왕의 애첩이라기보다는 플라토닉한 사랑의 대상으로 대모 겸 현명한 충고자였다. 그러나 1559년 7월 기마경기에서 부상당한 왕이 사망하자 디안은 장례식에도 참석하지 못한 채 지녔던 패물을 반납하고 아네 성으로 물러났다. 그리고 바로 남편 루이 드 브레제가 물려준 이 성에서 예순여섯을 일기로 사망했다.

날이 흐렸다. 거대한 성은 프랑스대혁명 때 파괴되어 지금은 왼편 날개 건물과 오른쪽 예배당만이 남아 있다. 그러나 남아 있는 건물들의 화려하고 정교한 구석구석은 탄성이 절로 터져나오게 한다. 더욱 놀라운 사실은 이토록 오랜 역사와 아름다움을 간직한 성이 수많은 손을 거치고 거친 끝에 1998년 할머니께 유산으로 받은 한 개인의 소유가 되어 지금도 그 주인이 들어 살고 있다는 사실이다. 그래서 상당한 입장료를 받고 성관의 극히 일부 공간만을 정해진 시간에 해설자의 안내로 일반에 공개하고 있다.

500년 역사에 더해진 오늘의 성주의 체취가 묻어 있는 품위 있고 화려한 실내를 돌아보자니 문득 서울 어느 동네에 새로 지은 공동주택인 무슨 고층 아파트가 특권계층의 상징인 양 세상에 알려지고 종합부동산세가 부과되느니 어쩌느니 하여 떠들썩하던 기억이 되살아났다. 전국에 이런 화려한 성이 수천 곳씩 널려 있는 프랑스에서도 성주들은 종합부동산세 때문에 고민하고 있을까? 이런 쓸데없는 '남의 걱정'을 털어버리라는 듯 이번 여행중 처음으로 서늘한 비가 흩뿌렸다. 비에 쓸리는 아네 성을 등뒤에 남겨두고 나는 서둘러 떠난다. 목신을 찾아 프로방스에서 시작한 긴 여행 동안 나 역시 뿔 달린 반인반수의 목신처럼 뒤랑스, 론, 셰르, 리농, 앵드르 등 수많은 강을 건넜다. 여러 날 동안 숲과 밀밭을 뚫고 오솔길과 국도와 어두운 숲길을 통과하며 북으로 올라왔다. 나뭇가지 사이로 황금빛 여름해가 세차게 쏟아지던 숲속에 꿈속인 양 님프들의 발그레한 살빛이 떠 있는 것만 같았다. 그 환상과 명상과 휴식의 여로가 끝나가고 있다는 것을 알려주려는 듯 문득 고속도로에 차들이 붐비기 시작한다. 파리가 가까웠다. 산문적인 도시의 현실이 가까웠다.

이튿날, 화창한 파리의 아침. 빌린 차를 반납하기 전에 마지막 여정으로 예정해둔 말라르메의 문학관을 찾아가보기로 했다. 파리 남쪽 이브리의 친구 집에 무거운 짐을 부려놓고 나왔기에 몸과 마음이 한결 홀가분해진 나들이다. 파리를 기준으로 일리에 콩브레가 서남쪽이라면 퐁텐블로 숲은 동남쪽으로, 대충 비슷한 거리다. '말라르메의 집'은 그 퐁텐블로의 광대한 숲 동쪽 가장자리에 위치한 센 강가의 마을 뷜렌 쉬르 센의 발뱅 구역에 자리잡고 있다.

앞서 우리가 프로방스의 그리냥을 출발하여 북으로 올라오며 통과했던 론 강가의 마을 투르농에서 1863년에 시작된 젊은 말라르메의 따분한 영어 교사 생활은 브장송, 아비뇽을 거쳐 1871년에 파리로 이어진다. 결혼하여 두 아이의 아버지가 된 시인 말라르메는 파리의 리세 퐁탄느(오늘날의 콩도르세)에서 영어 강사 자리를 얻었다. 한편 그는 얼마 뒤 파리에서 개성적인 화가 에두아르 마네를 만나 우정을 쌓아가기 시작한다. 1863년 이른바 '낙선전'에 도발적인 작품 〈풀밭 위의 점심식사〉를 내놓아 세상을 떠들썩하게 한 바 있는, 나이가 열 살 위의 화가였다. 널리 알려졌다시피 마네와 동시대 화가들은 대담하게도 회화에 '야외의 모티프'를 도입했다. 빅토르 위고가 "우리의 친애하는 인상주의 시인"이라고 정답게 불렀던 말라르메 또한 그들의 영향을 받아 파리 근교 센 강 근처에 시골집을 구하고 싶어했다. 그는 1874년 여름, 마침내 "물가의 작은 집"을 발견하여 그곳에서 가족과 함께 여름휴가를 보낸다. 집 앞의 강과 강 건너의 광대한 퐁텐블로 숲은 몸이 허약한 시인에게 반드시 필요한 산소와 평화의 보고였다. 그리하여 오늘날 '말라르메의 집'이 된 이 아담한 가옥은 이때부터 시인이 사망하는 1898년까지 24년간 그의 파리 생활에 휴식과 정일함으로 리듬을 부여하는 귀중한 공간이 되었다.

퐁텐블로 숲을 관통하는 138번 지방도를 타고 센 강 상류의 마을 사모로 쪽으로 달리다가 강 위에 걸쳐진 조그만 다리를 건너는 즉시 좌회전하면 강변의 조붓하고 긴 풀밭을 따라 오솔길이 정답게 뻗어간다. 왼편은 풀밭과 강이고 오른쪽엔 초목에 덮인 집들이 나란하다. 이곳이 바로 말라르메의 애독자들에게 익숙한 발뱅 구역이다. 유심히 보면 어떤 집 입구에는 '목신의 오후'니 '말라르메'니 하는 식당과 카페의 간판이 푸르게 무성한 넝쿨 속에 수줍은 듯 숨어서 여름 빛을 반사하고 있다. 말라르메 강둑 길 4번지, 77870 벨렌 쉬르 세느, 이것이 지방자치단체가 관리하는 '스테판 말라르메 박물관' 주소다.

몇 년 전에 왔을 때도 그랬지만 오늘 역시 이 아름다운 강가 마을과 지난날 '시인 중의 왕자' 칭호를 받았던 말라르메의 집에 찾아온 사람은 뜻밖에도 지구 저편 한국에서 온 우리 두 사람뿐이다. 한적하기 이를 데 없다. 열린 대문 안으로 들어서니 거대한 마로니에 나무 밑 철제 탁잣가에 젊은 여자와 중년 남자가 마주앉아 무슨 서류를 들여다보고 있다. 들어서면서 바로 오른쪽으로 집의 벽을 따라 칡넝쿨과 담쟁이덩굴 사이로 약간 가파른 실외 계단이 2층으로 올라가고 있다. 1874년 말라르메가 이 집을 빌렸을 때 사용했던 공간은 2층의 식당과 그에 딸린 작은 알코브 방, 그리고 작업실로 사용하는 작은 '일본풍의 방'이 전부였으므로 시인과 그의 가족들은 집주인과는 별도로 이 계단을 이용했다. 교직에서 은퇴한 뒤인 1895년에야 비로소 말라르메는 더 많은 방들을 빌려 집수리를 했다. 즉 2층의 나머지 방 두 개를 침실로 개조했고 식당에 딸린 알코브 방은 막아서 더 큰 주방을 만들었다. 그리고 시인은 "모든 방들이 서로 아무런 관련이 없는 독립적인 공간이 되도록 꾸며서 한 방 한 방에 들어설 때마다 전혀 새로운 곳이라는 놀라움을 주어야 한다"는 원칙에 따라 집 전체를 장식했다. 오늘날 자치단체가 이 집을 구입하여 '말라르메 박물관'으로 개관할 때는 시인의 만년 생활 그대로, 그의 손때가 묻은 가구, 책, 사진, 그림 들(물론 파리의 로마 거리 아파트에 거주할 때 사용하던 가구들과 책들을 포함하여)을 제자리에 배치하도록 노력했다고 한다.

방문객이라곤 우리 두 사람뿐이었으므로 일단 본체의 정문을 통과하여 각종 브로슈어와 서적들이 진열된 현관 방에서 입장권을 구입하고 실내의 계단을 따라 2층으로 올라간 뒤부터는 자유롭게 이 방 저 방을 돌아다니며 여유 있게 시간을 보낼 수 있었다. 일리에 콩브레에서처럼 사진을 찍으면 안 된다는 주의 사항도 없었다. 복도를 지나 안으로 들어서면 왼쪽의 첫번째 방은 정원 쪽으로 난 밝은 동향이다. 부인 마리와 딸 주느비에브가 꾸민 옅은 녹색의 방. 말라르메가 직접 손으로 시를 써서 장식한 유명한 부채가 벽에 걸려 있다.

이 집에서 가장 흥미로운 방은 역시 그 옆의 식당 겸 살롱이다. 가운데 둥근 탁자는 파리의 로마 거리 아파트에 놓여 있었던 바로 그 가구다. 매주 화요일 저녁이면 그 주위에 모여들었던 유명한 상징주의 시인들의 추억이 서린 목제 탁자. 그 위에는 중국산 도자기 담배통이 놓여 있었다. 탁자에 둘러앉은 시인들과 화가들은 저녁 내내 그 통에 담긴 담배를 파이프에 덜어내어 방은 물론 벽에 걸린 깊숙한 베네치아 거울 속을 연기로 가득 채웠다. 주위에 놓인 의자와 프로방스식 장의자는 아마도 교사 생활을 하던 아비뇽의 추억이 깃든 물건일 듯하다. 이 방에서 가장 눈을 끄는 오브제는 역시 벽난로 위에 놓인 화려한 장식의 시계. 작센 도자기로 만든 18세기의 추시계다. 시인 앙리 드 레니에가 이 도자기 장식 추시계와 꽃이 만발한 이 집 정원의 조화를 노래하는 소네트를 발표하자 말라르메는 이 집의 중심은 바로 이 시계라고 대답했다. 이 귀중한 골동품은 시인이 결혼 직후에 구입한 물건으로 1864년 투르농에서 쓴 산문시 「겨울의 오한」에 등장한다.

저의 꽃들과 저의 신들 가운데서 늦게 가며 13시를 치는 이 작센

추시계는 누구의 것이었을까? 지난날 이 시계가 그 오래 걸리는 역마차를 갈아타며 작센에서 왔다는 것을 생각해보라.

(낡아빠진 유리창에는 기이한 그림자들이 걸려 있네.)

그리고 뱀처럼 구불거리는 가장자리의 금박이 벗겨진, 차가운 샘물처럼 깊은 너의 베네치아 거울에는 누가 얼굴을 비춰보았던 것일까? 아! 분명코 수많은 여인들이 이 물속에 들어가서 제 아름다움의 죄를 씻었으리라. 하여 오래도록 들여다본다면 아마도 벌거벗은 유령이 보일지도 모르지.

그다음은 강 쪽으로 난 일본풍의 방. 19세기 말엽 유럽 예술가들에게 일본풍이 얼마나 대단한 유행이었는지를 말해준다. 방에 놓인 일본색 짙은 자개장의 그 수많은 서랍은 시인이 자신의 작품 원고를 넣어두던 곳으로 알려져 있다. 그 바로 옆에 자기 자신만이 사용할 수 있는 새로운 방이 생기자 시인은 이 일본풍의 방을 아내 마리와 딸 주느비에브에게 양보했다.

그러나 정작 말라르메의 집에서 한국인으로서의 내 마음을 끄는 곳은 집 안이 아니라 넓은 정원이다. 프랑스에서는 아주 보기 드문 자연스러운 정원. 어느 면, 제멋대로인 것만 같아 오히려 호감이 가는 정원. 집의 벽 가까운 쪽으로는 흰 장미, 마거리트, 접시꽃, 클레마티스, 모란 등 다양한 꽃들이 어우러졌다. 왼쪽으로 난 조붓한 통로를 따라 무성한 꽃과 풀과 나무. 작은 궁륭을 이루는 넝쿨들과 꽃들의 시렁. 그리고 오른쪽으로 돌아서보면 정원의 한가운데 벚나무, 사과나무, 마르멜로, 호두나무 등 과일나무를 드문드문 심어 작은 과수원을 이룬다. 그 무성한 나무들 사이 여기저기에 놓인 벤치나 의자, 혹은 등받이 없는 의자 들. 그 어딘가에 홀로 앉아 빛과 그늘이 만드는 여름 아침의 아라베스크를 따라가노라면 시간이 멈춘 가운데 문득 말라르메의 반생을 따라다녔던 '목신'의 뜨거운 탄식이 귀에 들리는 듯…… 여린 꽃잎 눈부신 빛 속에 어른거린다.

> 이 님프들, 내 그들을 영원토록 두고두고 보고 싶어라.
> 너무나 해맑아서
> 그 여린 살빛은 빽빽하게 밀려오는 잠에 취한 채
> 공기 속에 하늘하늘 날아다닌다.
> 내가 사랑한 것은 한낱 꿈이었던가?

긴 여행이 끝났다. 이제 목신에게도, 순결과 관능, 둘로 나누어졌다가 하나의 그림자로 합쳐진 두 님프들에게도 인사를 해야지. "커플이여 안녕, 그림자로 변한 그대를 내 보러 가리라." 꿈과 같았던 빛이여, 너무나 짧았던 우리의 생생한 여름빛이여 안녕.

지금은 혹한의 겨울. 만물이 깊은 눈 속에 묻혔다. 잎 떨어진 나목들을 눈으로 쓰다듬으며 너무나 짧았던 우리의 싱싱한 여름과 목신의 열정을 생각한다.

여행의 끝
—파리의 무프타르 거리

파리에 도착하자 도방통 거리에 빌려둔 아파트에 짐을 풀었다. 발자크의 소설 『고리오 영감』 첫머리에 등장하는 보케르 하숙이 자리했던 동네다. 투른포르, 아르발레트 같은 거리 이름이 19세기 초엽의 소설 속인 양 귀에 익다. 어디 그뿐인가. 조붓한 오르막 골목을 거닐다보면 여기는 소설가 메리메가 살던 집, 저기는 백과사전파 디드로가 거처하던 집, 그리고 이곳은 근래에 세상을 떠난 철학자 레비나스 광장…… 대리석 팻말이나 표지판이 건물 벽과 길모퉁이에 박혀 있다. 길의 끝에는 에디트 피아프가 노래 불렀던 콩트르에스카르프 광장과 한 그릇 수타국수로 내 젊은 날의 허기를 달래주던 한국식당 '한림'. 서민들을 위한 신선하고도 저렴한 식료품들이 풍부하게 진열된 무프타르 시장. 그리고 어느 호젓한 뒷골목에는 60년대 말, '동백림 사건'의 뜻하지 않은 배경이 되어 초기 한국 유학생들의 기억 속에 상처와 그늘을 남긴 중국식당 '광명光明'.

마침내 큰딸 알린과 손자 태오가 서울에서 날아와 아파트에서 우리와 합류했다. 함께 거리로 나갔다. 바로 이웃인 식물원을 거닐다가 다시 시내를 한 바퀴 돌아보았다. 그런데 집으로 돌아오는 길에 지하철의 전동차에 급히 오르다가 그만 어린 태오의 운동화 한 짝이 벗겨져 플랫폼에 떨어졌다. 금세 문이 닫히고 차가 출발해버렸다. 나는 다른 식구들의 만류를 뿌리치고 혼자 다음 역에 내려서 앞서의 역으로 되짚어갔다. 예상대로 지하철 역 플랫폼의 까만 시멘트 바닥에서 외롭게 기다리는 작은 주황색 신 한 짝. 나는 그 조그만 신의 사진을 찍어가지고 집으로 돌아왔다. 그리고 신을 찾지 못했다고 짐짓 울상을 지어 보였다. 모두들 크게 실망한 표정이었다.

나는 그 대신 그 외로운 작은 신의 사진을 보여주었다. 그리고 이 신이 나의 뒤를 이어 이제 새로운 여행을 떠나게 될 것이라고 말했다. 잃어버렸던 신을 찾았다고 태오는 좋아서 방바닥에 뒹굴었다. 그러나 그 신이 데려다줄 미래의 얼굴이 어떤 것이 될지 이 천진한 아이나 나는 예측할 수 없다. 하지만, 그 미래의 세상에도 찬란하게 빛날 여름의 광채를 이 작은 신 속에 가득 담아두고 싶다.

프로방스, 홀로 그리고 함께
여름의 묘약

1판 1쇄 2013년 7월 5일
1판 9쇄 2024년 7월 30일

지은이 김화영

책임편집 강윤정 | 편집 김민정 김필균 김형균 유성원 | 독자모니터 김지혜
디자인 한혜진 이효진 | 저작권 박지영 형소진 최은진 오서영
마케팅 정민호 서지화 한민아 이민경 안남영 왕지경 정경주 김수인 김혜원 김하연 김예진
브랜딩 함유지 함근아 박민재 김희숙 이송이 박다솔 조다현 정승민 배진성
제작 강신은 김동욱 이순호 | 제작처 영신사

펴낸곳 (주)문학동네
펴낸이 김소영
출판등록 1993년 10월 22일 제2003-000045호
주소 10881 경기도 파주시 회동길 210
전자우편 editor@munhak.com | 대표전화 031)955-8888 | 팩스 031)955-8855
문의전화 031)955-2696(마케팅) 031)955-2678(편집)
문학동네카페 http://cafe.naver.com/mhdn
인스타그램 @munhakdongne | 트위터 @munhakdongne
북클럽문학동네 http://bookclubmunhak.com

ISBN 978-89-546-2156-4 03810

잘못된 책은 구입하신 서점에서 교환해드립니다.
기타 교환 문의: 031)955-2661, 3580

www.munhak.com